你微笑时很美 5

青浼／著

西苑出版社
XIYUAN PUBLISHING HOUSE

图书在版编目（CIP）数据

你微笑时很美.5 / 青浼著. -- 北京：西苑出版社，
2021.6
ISBN 978-7-5151-0802-5

Ⅰ.①你… Ⅱ.①青… Ⅲ.①长篇小说－中国－当代
Ⅳ.①I247.5

中国版本图书馆CIP数据核字(2021)第079689号

你微笑时很美5
NI WEIXIAO SHI HENMEI 5

责任编辑	汪昊宇　樊　颖
装帧设计	沈　鸿　富　贵　张　强
责任印制	荆永华
出版发行	西苑出版社
地　　址	北京市朝阳区和平街11区37号楼　邮政编码：100013
电　　话	010-88636419
印　　刷	北京盛通印刷股份有限公司
开　　本	787mm×1092mm　1/32
字　　数	196千字
印　　张	9.5
版　　次	2021年6月第1版
印　　次	2021年6月第1次印刷
书　　号	ISBN 978-7-5151-0802-5
定　　价	45.00元

（图书如有缺漏页、错页、残破等质量问题，由印刷厂负责调换）

主要人物介绍

童　谣	ZGDX 战队现任中单
陆思诚	ZGDX 战队现任 AD 兼队长
老　猫	ZGDX 战队现任上单
老　K	ZGDX 战队现任打野
小　胖	ZGDX 战队现任辅助
陆　岳	ZGDX 战队替补中单，陆思诚弟弟
明	ZGDX 战队前任中单，现任数据分析师
小　瑞	ZGDX 战队经理
灵　猫	DQWL 战队辅助兼队长
比卡超	FZ 战队上单兼队长
简　阳	CK 战队现任打野，童谣前男友
好运来	CK 战队现任上单

主要人物介绍

小　花	CK 战队现任中单
蝴　蝶	CK 战队现任 AD
老　王	CK 战队现任辅助
凉　生	YQCB 战队现任辅助兼队长
教　皇	YQCB 战队现任 AD，陆思诚好友
艾　佳	YQCB 战队现任中单，陈今阳男朋友
陈今阳	艾佳女朋友，童谣闺密
阿　龙	CNC 战队中单
金宇光	OP 战队中单兼队长
DOGE	OP 战队辅助
SKY	OP 战队打野
GG	OP 战队上单

主要人物介绍

BUNNY	OP 战队 AD
阿　太	TAT 战队中单
SASALI	TAT 战队上单
YO	TAT 战队打野
TYOUZZR	TAT 战队 AD
superman	TAT 战队辅助
JROOM	TAT 战队监督
ABB	G4 战队上单
ARUN	G4 战队打野
BIGBOOM	G4 战队中单
bigleg	G4 战队辅助
riot911	G4 战队 AD

技术名词解释

RANK	排位赛
Buff	增益状态
GANK	指敌人的偷袭、包抄、围杀等行动
Carry	指带领队伍获胜
Counter	克制
Combo	组合搭配
双 C 位	指中单和 ADC 两个核心输出 Carry 点
solo	两名玩家单独游戏，线上单挑
致残	召唤师技能，使敌方移动速度和攻击减半
TP	即传送，召唤师技能，可以传送到地图上任何一个有视野的地方
灼烧	五秒持续性的燃烧伤害，并且附带减疗
惩戒	召唤师技能，对野区怪物造成大量伤害，通常是打野携带
治疗	召唤师技能，可恢复血量，救人于水火，一般为 ADC 携带

目录

第一章	/ 001 /	第 十 章	/ 073 /
第二章	/ 009 /	第十一章	/ 081 /
第三章	/ 019 /	第十二章	/ 089 /
第四章	/ 025 /	第十三章	/ 097 /
第五章	/ 031 /	第十四章	/ 105 /
第六章	/ 037 /	第十五章	/ 113 /
第七章	/ 047 /	第十六章	/ 123 /
第八章	/ 057 /	第十七章	/ 133 /
第九章	/ 063 /	第十八章	/ 141 /

第 十 九 章	/151/	第二十八章	/221/
第 二 十 章	/157/	第二十九章	/229/
第二十一章	/165/	第 三 十 章	/237/
第二十二章	/171/	第三十一章	/245/
第二十三章	/179/	第三十二章	/255/
第二十四章	/187/	第三十三章	/263/
第二十五章	/193/	第三十四章	/269/
第二十六章	/203/	第三十五章	/277/
第二十七章	/211/	第三十六章	/283/

第一章

2016年8月26日,ZGDX战队最后以一局一百血量的裸基地绝地反击翻盘YQCB战队,斩获HPL赛区夏季赛总决赛冠军,随之今年代表HPL出征S6全球总决赛的两支队伍当即就被定了下来——

一支是以夏季赛总决赛冠军直接获得出线权,并将进入一号种子池的ZGDX战队。

另一支是因为ZGDX战队拿到冠军,获得保送门票,而作为全年总积分第二顺位拿到第二张出征S6门票的CK战队,CK战队将进入二号种子池。

至此,HPL赛区夏季赛虽已落下帷幕,然而HPL赛区剩下的其他六支全年积分排在第三到第八位的队伍,将会展开被民间称为"冒泡赛"的连续赛事,争夺代表HPL赛区出征S6全球总决赛的最后一张门票——六支队伍将根据具体积分排名决定比赛场次,第七、第八名为赛事树状图底部,逐级往上,以五局三胜制一路厮杀,直到决出最后一场比赛的第一名,以获得那宝贵的出线权。

2016年8月31日，一大清早的，童谣就被窗户外面吵吵嚷嚷的说话声、汽车发动机轰鸣声吵醒，不情不愿地睁开眼，她将自己的脑袋从男人结实的胸膛上抬起来，动了动，想抬头看看外面在闹什么，但是被腰上搭着的那死沉死沉的胳膊压得爬不起来。

童谣抬起手，不怎么温柔地将腰上那结实的手臂推了下去，考虑了三秒，最终还是仁慈地没有把手臂的主人顺便踹下床。童谣吭哧吭哧地爬起来，推开窗户，趴在窗户边往下看，结果发现隔壁战队早已经换好了队服，背着外设包，整装待发准备出门了。

童谣眯起眼，打了个哈欠，这才想起来今天好像是YQCB战队的冒泡赛。童谣正想摸床头的手机发信息祝福艾佳旗开得胜，然而还没等她转身，她的小腿上就落下一只温热的大手——大手从小腿肚蹭过时童谣一个激灵，回过头发现身后的男人不知道什么时候已经醒了，半睁着眼，一副没睡饱的模样。

"大清早闹什么？"男人的声音低沉沙哑，还带着睡意，"像个老太婆似的睡得早起得早，你到底是十九岁还是九十岁？"

"我九十岁，"童谣一下摁住那只手，"你手拿开！"

陆思诚昨晚RANK到凌晨三点，这会儿是真没睡饱也没心思和她闹，被拍了下后，"嗯嗯"哼了两声乖乖拿开手，抱过枕头拉了拉被子又想翻身继续睡，却感觉到原本趴在窗户边的人转身扑到他身上，爬上来，压住他，伸手摸他的脸，小声地说："我昨晚睡着之前还是一个人。"

陆思诚闭着眼拍开她在自己脸上乱摸的手，"嗯"了一声。

童谣不依不饶地去摸他的下巴上刚长出来还没来得及刮掉的

第一章

青胡荏:"醒来床上多了一个人,我都快被挤到一楼去了……你怎么回事啊?你别睡,你起来。我一个良家少女,你说你……"

陆思诚闹不过她,索性一把抓住她两只作恶的手,原本已经重新闭起的眼又睁开:"什么良家少女?我又不姓良,你是哪家的少女?你好好说话……你房门没关,我就进来了,不行?"

童谣"哦"了一声:"还怪我没锁门是吧?你个贼喊捉贼的。"

陆思诚垂下眼扫了眼童谣,语气平静:"下去。"

童谣忙不迭地从他身上爬下去,站在床边使劲摇晃着他,然后在他不耐烦外加带着警告的"嘶"声中转身冲进浴室里,一番洗漱之后还故意使用功率很大的吹风机。当她从浴室走出来的时候,却发现男人丝毫不受影响,躺在她的床上盖着她的小被子,睡得很熟,一看就知道昨晚又熬夜打RANK了。

其实夏季赛夺冠后,大部分俱乐部结束了一年的赛程开始休假,小瑞也给ZGDX战队放了一周的假,一周之后再开始魔鬼封闭训练,为今年的重头戏S6做准备。这七天内只要不离开上海,不跑出去惹是生非,原则上队员是爱干什么干什么。刚开始大家都很高兴,发誓一周不碰《英雄王座》,只玩其他的游戏,或者出去看电影、逛街,小胖甚至制订了大家一起去看电影然后吃洋房火锅的美好攻略。

第一天大家确实很快活,个个都是浪里小白条。

第二天便因为前日过于放飞自我,个个都累得像条死咸鱼似的待在基地哪儿都没去,眼巴巴地瘫软在沙发上瞪着眼睛无所事事,直到晚上饭点才掏出手机点了外卖,饭后继续在沙发上瘫软

"挺尸",小胖扳着手指嘟囔着:"我觉得有点无聊。"

陆思诚闻声就从沙发上爬了起来,打开电脑,点开排位模式开始排队。

童谣:"说好的七天之内不碰《英雄王座》呢?"

陆思诚:"我无聊。"

陆思诚:"算了,看在假期的份儿上,奖励自己玩一局刀斧手娱乐一下。"

童谣:"你是放假娱乐了,然而排到你的那四个路人队友又犯了什么错要看见你的刀斧手?"

陆思诚:"那你来,批准你给我打辅助。"

童谣立刻摇头:"我的分是欠了你们陆家兄弟的啊?天天净惦记着带我反向冲分,我不和你打,我是要上韩服王者第一的人!"

陆思诚:"这话说的,到底还是不够爱我。"

童谣:"闭嘴。"

就这样,在放假的第二天,一群电竞选手就在队长的带领下回归了《英雄王座》的世界。当天晚上,从外面玩耍回来的小瑞看见队员们整齐划一地坐在电脑前单排的单排、双排的双排,"自发训练",当场感动得不知道如何是好。

收起充满了无奈的回忆,童谣擦擦湿漉漉的头发,换上干净的衣服,放轻脚步走到床边,蹲在床边抱着浴巾眼巴巴地盯着床上熟睡的男人看了许久,眼里带着笑意,伸手轻轻捏了捏他高挺

第一章

的鼻尖,当睡梦中的人被她的作怪弄得微微蹙眉时,她笑了笑,然后放开了手。

拉开窗帘,阳光洒在男人的身上,童谣挂好浴巾,转身出门,来到空无一人的基地一层,在自己的电脑前坐下,打开电脑,随便登录了一个直播平台,准备蹲等今天YQCB战队和红箭战队之间展开的冒泡赛争夺战。

此时是早上九点半,比赛将在下午一点半开始。

时间还久得很,童谣索性打开一些媒体平台看电竞圈新闻——HPL夏季赛刚过去,这时候当然满眼都是夏季赛的新闻,随便点开一篇文章都能看见那天比赛夺冠时的照片,并且只要是组图,就可以看见童谣捧着陆思诚的脸亲吻的一幕。

童谣的脸红了红,鼠标飞快地滑过新闻——

"HPL出征S6确认两个名额,ZGDX战队弥补去年遗憾,再次整装待发"。

"陆思诚:目标只有一个,冠军"。

"国外网友评论今年的HPL:远不如韩国赛区,同欧洲五五开"。

"CK战队:躺着获得的门票"。

"那一晚,CK战队粉丝与ZGDX战队粉丝前所未有地欢聚一堂,YQCB战队粉丝表示很委屈,三天不想刷微博"。

"竞猜:最后一张S6门票花落谁家"。

"HCK:表情包战队再斩夏季赛冠军,冒泡赛打完,表情包战队携手韩国运营商队、RP战队三王出征S6——HPL粉丝共同惊呼,这是本赛区最没有希望夺冠的一年"。

"带你走近冠军中单：HPL'花木兰'smiling的心路历程"……

这些酸掉牙的新闻标题，童谣连点开看的勇气都没有便匆匆关掉，生怕一不小心就把自己看膨胀了，这才哪儿是哪儿，现在他们千万不能也不敢膨胀——她是知道的，从夏季赛结束那一天开始才算是动真格的。别看现在网友吹ZGDX战队吹得飞起，如果S6表现不好，这些人分分钟能提议让他们自己从美国游回来。

如果可以的话，她还是希望到时候能够坐传统交通工具回归祖国的怀抱，也不想下飞机就被人指着鼻子骂。

童谣一边想，一边关了新闻网页。正当不知道应该干点什么来打发时间时，放在桌子上的手机屏幕突然亮了起来。因为在电竞圈泡了半年，自己几乎快忘记这年头还有作息正常的地球人，童谣挑了挑眉，没想明白这大清早的谁能找她，抓过手机一看，发现居然是冬阳，而且已经轰炸式连发了好多条微信——

阿毛它娘："朋友，艾佳又吃饱了撑着想分手了——昨晚居然跟我吵架啊！小兔崽子出息了，敢和我吵架了！就因为我说了句他夏季赛居然拿了亚军，果然天道酬勤，老天爷终于开眼了！"

阿毛它娘："你猜怎么着，就这么一说，他居然生气了！春季赛保级，夏季赛拿亚军我说句'恭喜'怎么了？有毛病？"

阿毛它娘："非闹着说我什么事都向着你，继而脑补到比赛你单杀他的时候我在敲锣打鼓！"

阿毛它娘："我说他这是恼羞成怒，他一开始死不承认，然后真的恼羞成怒了。"

阿毛它娘："然后他就不理我，说去睡觉了，说什么今天早上要去打冒泡赛——背着我送他的键盘，和我生气，去打冒泡赛——打冒泡赛，影响我黄金晋级赛了吗？"

阿毛它娘："对了，他不给我打黄金晋级赛，我当了两个赛季的白银选手，好不容易要成为黄金了，他居然拒绝给我打晋级赛，你说我要这男朋友有啥用啊？"

阿毛它娘："气得我胸口疼。"

阿毛它娘："人呢？和诚哥腻歪呢？大清早的。"

童谣滑动手指，把这么一大串絮絮叨叨的抱怨看完，看着今阳放飞的思想好像有点不对路，于是赶紧给她回了个"1"表示自己还活着。

那边很快有了反应。

阿毛它娘："1什么1，你也欠揍是不是？"

火气很旺。

童谣嗤笑着摇摇头，突然想到自己刚刚被邀请来打职业的那天，今阳也是这样絮絮叨叨说了一大堆和艾佳吵架的事，末了还问她"如果是你，你会选择怎样好好地和这些职业选手谈恋爱？"

阿毛它娘："谣谣，你和陆思诚怎么都不吵架啊？你为啥就能这么相安无事地和职业选手谈恋爱啊，因为天下乌鸦一般黑？"

呃……历史真的重演了，差不多的问题，不过当时她的回答是"如果是我，我不会和职业选手谈恋爱"。

此时此刻仿佛听见空气中响起的打脸的声音，童谣抓住手机尴尬地摇了摇，脸上却忍不住露出清晰的笑容来。

ZGDX smiling："大概是我不用他给我打黄金晋级赛吧！多大点事儿你们也能吵架？你男朋友这两天为了一张美国机票估计都失眠了，你就原谅他吧！不是还有我吗？号发来，我帮你打！"

阿毛它娘："这么好？我还以为你会叫我滚蛋。"

阿毛它娘："这时候你不是应该在床上抱着肚子瑟瑟发抖？怎么，不痛经了是吧？"

童谣一愣。

ZGDX smiling："啥？"

阿毛它娘："今天不应该是你'大姨妈'来访的第二天？"

阿毛它娘："几个意思？没来？"

阿毛它娘："我就随便确认一下，你别放在心上。"

阿毛它娘："人呢？你别吓我，真没来？你人在哪儿！你'大姨妈'不来我来！"

抱着手机，看着对面飞快发送过来的信息，童谣呆滞片刻，盯着今阳发来的这句话出了神，良久，她抬起麻木的脖子看了眼日历，再掐指一算——事实证明，今阳确实是个连她'大姨妈'啥时候应该来访都记得清清楚楚的合格闺密。

然而，出事了。

童谣的手一抖，手机"啪嗒"掉落在地，完美表现出主人公当前内心的震惊。

出事了。

出事了。

出事了。

第二章

这和想象力丰富或者被害妄想症没有关系。

此时已经是九月初,天气不再像六七月那么酷热,早上也有些湿润转凉的意思了。童谣赤着脚刚碰到冰凉的地板,就像是想起来什么似的,脸色一变缩回了脚,下意识不敢再像以前那样赤着脚乱跑,然后又被自己这样的"下意识"惊得愣了下。

保持着缩脚坐在椅子上要上不上、要下不下的姿势,童谣的脸由白转青再转红,几秒后,脚还是乖乖地落在了居家鞋上,穿好,站起来。

这时候她脸上已恢复了淡定,弯下腰捡起手机,看了眼上面今阳已经甩过来的一个未接来电,她清了清嗓子,将垂下的头发别至耳后,低头"啪啪"打字——

ZGDX smiling:"'大姨妈'推迟一两天不是很正常吗?你以为演电视剧哦,一天延迟就是出事了,哪有这么玄幻的事?"

阿毛它娘:"我现在觉得你这个人比较玄幻。"

阿毛它娘:"你'大姨妈'向来都很准时,一天不差的,你别骗我。"

ZGDX smiling:"你这种比我本人还了解我的语气听起来有点变态哦!"

她的语气故作轻松,然而今阳是谁啊,童谣这套在她这儿完全不奏效,当时就无视了她的调侃,直接问:"别打岔,你们这些个小年轻啊,哎呀,气死我了,这么惜命的吗?电视剧看多了?'大姨妈'迟到一两天就是生病了?"

今阳那语气很显然就是"你敢说是我就打你",童谣被微信上今阳的问题问得再也不能强装淡定,回了一大串"事出反常必有妖,我上次看新闻,有个妹子的脑瘤就是从'大姨妈'突然离家出走开始检查出来的,最开始她挂的是内分泌科",回完之后她狠狠地将手机一扔,再也不敢看一眼,"噔噔噔"往楼上走。

她没骗人。

新闻是真的。

后来那个可怜的妹子人很快就没了,家人甚至都没反应过来给她准备一张好看点的遗照。

有些事情就是这么魔幻,最近她生活得太顺风顺水,也许上帝认为是时候给她来一波大考验了,难怪啊,最近她睡得其实不太好,打训练赛也没精神,开会经常走神,头疼,肚子疼,偶尔还头晕想吐……

想到这儿,童谣人已经站在了楼梯口,脸色变了又变,崩溃地伸手抓了抓自己的头发。

第二章

最近事情多,一阵一阵的,天天生存在"甜蜜"与"煎熬"之中,天天训练,难免熬夜,吃垃圾食品,作息不正常,陆思诚说过她好多次她没听,就连小胖都说什么队里最后一个健康作息的电竞人从此陨落……

现在好了,报应来了。

正所谓,自作孽不可活。

童谣深一脚浅一脚地走到自己的房门前,短短几步距离,她脑子里已经上演完了一部一百二十集年度巨作,从陆思诚到她妈把她暴揍一顿,然后抱着她痛哭,最后她独自坚强地走完生命的最后一段路,临终时抓着家人和陆思诚的手交代遗言……

当她握住自己房门的把手,纠结着到底要不要给陆思诚安排个女二号,帮助他走出阴影,幸福美满地生活,让这部巨作有个大团圆结局时,"男一号"正安稳地睡在她的床上,并翻了个身。

童谣推开门走进去,一步步走到床边,往男人身边一坐。

陆思诚迷迷糊糊之间感觉到床陷下去了一点,他没有完全醒过来,只是摸索着抓过她的手握住。童谣被他这么一握,温暖宽厚的掌心立刻让她心软了,她觉得还是给个大团圆结局吧……

屁股从床边滑下,童谣就着被陆思诚拉着的手坐在床边的地毯上,下巴放在床沿边,盯着男人的俊脸看了一会儿,然后开口叫了他的名字。

陆思诚睡得浅,听见有人叫他的名字就从鼻腔里应了声。

童谣想了想,说:"队长,我好像病了。"

陆思诚原本闭着的眼立刻就睁开了。

深褐色的瞳眸与床沿边那双黑色的眼对视几秒，从一开始的诧异到迷茫再到无言，一时间变幻莫测。良久，在童谣紧张的目光注视下陆思诚点点头，他开口时嗓音低沉沙哑："可以，今天这招出奇制胜，比前几天那些个你把夏季赛冠军杯摔碎了之类的新鲜得多。"

童谣想到自己这几天闲得发慌，为了哄陆思诚起床陪自己玩胡扯的那些谎话，短短十分钟内再一次深刻地感受到了"自作孽不可活"这句话。

愣怔之间，陆思诚打了个哈欠，伸手捏了下她的鼻尖."再睡半个小时就起来。"

说完又要翻身，然而还没来得及完全翻过去，就感觉到被他握着的手急急地从他掌心抽走，小细胳膊八爪鱼似的扒了上来，一把抱住他的身子将他强行翻过来："别睡了！我说真的！'大姨妈'两天没来了！我五年来每个月风风雨雨雷打不动三十天一期一会的'大姨妈'迟到两天了！陆思诚，你给我起——"

童谣没说完，男人已经翻身坐了起来——她原本半趴在陆思诚身上，这会儿一个猝不及防差点一屁股坐到地上，还好男人及时一捞把她捞上床，童谣连带着被子被他在怀中抱稳，就听见陆思诚在她耳边问："再说一次。"

声音倒是平静。

童谣不知道他怎么想的，又开始慌起来。

"我知道女生的生理期代表着很多健康问题，从十三岁和它相遇，到现在它准时准点，风雨无阻，我理所当然地把恩赐当作

第二章

日常,从来没有想过哪天它会突然迟到……最近比赛多,训练多,我压力也很大,上次训练赛我送了一血的那天晚上都没怎么睡好觉,我觉得和这个也有关系。我上次看新闻有个妹子,因为没有来'大姨妈'去医院检查,然后没过两个月她就没了,呜呜呜呜呜呜……"

童谣絮絮叨叨的话还没说完就被男人塞进了还带着他体温的被窝里。在童谣茫然之时,陆思诚翻身下床,在床边站稳,想要转身,忽然又一顿,弯下腰替她将被子盖好,这才又转身。

童谣以为他要走,心中一沉,结果男人只是转身进了浴室。

童谣一个人坐在暖洋洋的床上,耳边听着浴室里传来"哗哗"的水声,堂而皇之地走神发呆,同时还有些茫然,脑子里也胡思乱想起来:如果真得了病,那她到时候还怎么去扛起拯救中国电竞的大旗?

不行不行,这还得了,童谣越想越不对,转头一想:去医院照个脑CT?

这想法一出,童谣小脸煞白,心里顿时七上八下地慌乱起来,下意识地就想否定这个想法,她甚至没来得及仔细思考这个"下意识"又是打哪儿冒出来的,转念又开始想怎么跟家里人交代,她都能想象得出,估计刚说完她爸妈能开着装甲车来压烂ZGDX战队基地的大门……

胡思乱想之间,她并未发觉浴室水停了,"咔嚓"一声门响,带着水汽的男人围着浴巾走出来,水珠从他宽大结实的肩头滑落。童谣听到开门声一惊,抬起头便看见这一幕,要是放在以前,估计童谣还觉得挺诱人的，如今不知道怎么的，她鼻子一酸，眼圈就红了，眼泪和陆思诚肩膀上挂着的水珠一样往下落。

陆思诚一脚迈出浴室，一个字儿都没来得及说，就看见坐在床上的人抱着被子先委屈地哭上了。他也是有点茫然，远远地站着也不敢靠近，就问了句"怎么了？"想了想又觉得自己这么问纯属找骂，于是赶紧补充，"别哭，哭什么？"

陆思诚这会儿再茫然也不能傻站着了，他走到床边，拿手上的毛巾随便擦了两把身上的水，将那大半年不掉几次眼泪，这会儿却哭得像开闸泄洪似的人抱进怀里，拍拍她的背，等她稍微冷静下来才小心翼翼地问："你刚说什么来着？"

童谣抬起头，用红得像兔子似的眼瞪他，良久带着浓浓的鼻音道："我病了，要死了。"

六个字，铿锵有力，掷地有声。

陆思诚洗了个澡，脑袋已经清醒了许多，纵使有瞌睡，方才从床上坐起时也已经被惊醒，现在他可以确定的只有一点，看来刚才不是他在做梦。

陆思诚沉默了十几秒，脑海里却已百转千回，当他低下头看了眼怀中的人，心中当下有了结论——

整个过程快得连他自己都感到惊讶，哪怕现在他抱着怀中那软绵绵的少女，整个人还有种做梦似的不真实感。

他刚想开口，余光瞥到她泛红的眼角和黑色眼眸之中的不安，又突然停住，抬起大手替她整理了下被自己抓乱的头发，温和道："好好的怎么会病到要死了？"

第二章

这时候童谣心烦意乱,完全没听出陆思诚语气中的温柔和迁就,之前脑补的剧情又过于丰满,眼下听他这么一问,下意识以为他要翻脸不认人,甩掉她这个麻烦的包袱,当时心中"万里雪飘",恨不得开窗对着外面号啕大哭一场,心疼自己所遇的非传说中的良人!

"什么怎么打算?我不是来问你的吗?!"童谣伸手一把推开陆思诚,从他怀里爬起来站在床上居高临下地瞪着他,"再过两天就开始封闭式训练了,再过一个月就去美国参加世界总决赛了,我现在去医院排队做核磁共振,万一真的出问题了怎么办?脑子里有个东西谁知道它会不会影响我的发挥,万一我补着刀它嘎嘣一下压着我的神经,我手一滑,把凌波交了,岂不是贻笑大方,丢人丢到世界赛去——"

童谣还没说完,被男人伸手拉住拽回自己怀中,同时被另外一只大手伸出来捂住了嘴。当她跌坐在他怀中柔软的被子上时,鼻尖撞到了他结实的肩头上,呼吸也因为过于激动有些不顺畅,她"呜呜"了两声,陆思诚拿开手。

童谣犹如斗败的公鸡:"我怕死,你别不要我。"

陆思诚盯着她垂下的脑袋,看不见她的脸都知道她有多沮丧,无奈地抿抿薄唇,没好气道:"没人说不要你,你怕什么怕?"

童谣瞪大眼"嚯"地抬起头,与那双深褐色瞳眸对视上,又"啪"地低下头。

陆思诚:"我还一个字没说,你发什么脾气?"

童谣嘴角抽搐了一下,干巴巴道:"我怕你大义灭亲,不让我参加比赛，我知道基地里摩拳擦掌等着上位的备胎有很多……朕打下的江山。"

陆思诚想说比赛名单都报上去了，现在最多也就带个替补，没有那么多你想象中的备胎可以上位，而且"大姨妈"迟到一两天就只有一两个月可以活了这种魔幻的事……

然而嘴角动了动，他还是闭上了嘴。

这时童谣抬起手，软软地拍了他的肩膀一下，见陆思诚环着她的腰一动不动，又加重力道拍了他一下——这会儿陆思诚抱着她，生怕她没坐稳滑下去，又怕抱紧了勒着她，一下子分了神，被她一巴掌打得侧了侧身。

童谣愣了下，缩回手。

陆思诚叹了口气，揉揉她的头发，将她摁进自己怀中，起先童谣还不配合地挣扎了一下，但是挣扎了几下发现自己的力气拧不过他，索性就放弃了，软绵绵地趴在他怀里。

沉默之间，童谣感觉到陆思诚摁在她后脑勺的手滑了下来，在她的背部安抚地滑了滑，最后落在她的手上，又插入她的指缝之间，略微粗糙的拇指仿佛若有所思地捏了捏她的中指。

"人不是钢铁机器，总会出一点小毛病的，你慌什么？还哭，我说什么了你就哭？先不说你是不是真的病了，就算你真的病了我说不要你了吗？我要是让你别瞎担心，你又要埋怨我，觉得我敷衍你，不上心，我要说那你去医院吧，你又要说我也觉得你病了是吓唬你……"

"我死了你还会再找一个吗？我会在你的生命里犹如一个过

客，一点痕迹都没留下吗？老了以后你甚至想不起我这个人，提起童谣，只剩下一个记忆——哦，当年那个和我一起打进世界赛的队友……"

"……"

"陆思诚，你说话。"

"过客女士，要不你生日那天我们就去领证？以后结婚纪念日和你生日一起过还省个蛋糕多好……呃，不过戒指也要买啊，你喜欢哪个牌子？虽然喜欢哪个我都买得起，但是以你这么肤浅的路数，我觉得需要留点时间给你查一下哪个牌子最贵……"

陆思诚断断续续地说着，想到哪儿说到哪儿，只是童谣越听越不对劲，把脑袋从陆思诚胸口上抬起来："谁要嫁你了？"

陆思诚一顿，挑起眉："你不嫁？"

童谣："没有玫瑰，没有下跪，连说好的八克拉钻戒也没有，棉被一裹抱在怀里我就要嫁你了？你是哪个山头来的土匪吧？"

童谣眉头一皱："不嫁！你走！"

陆思诚抬起手拍了下她的脑门："恃宠而骄。"

童谣被拍得缩了缩脖子，盯着他看了一会儿，嘟囔了声，又钻进他的怀里——男人的怀抱温暖而结实，被他抱着仿佛被圈在一方天地之中，之前的不安和揣测稍稍消散，童谣闭上眼，将手环抱在他的腰间。

"所以哪个牌子的钻戒最贵来着？"

"不好意思，头一遭结婚，不知道。以后有经验再告诉你？"

"刻薄。"

"肤浅。"

"我跟你说你这不算求婚啊。"

"好,不算。"

"形式很重要,我是传统的女人。"

"你就惦记八克拉钻戒。"

"玫瑰也不能少。"

"还有什么要求一起说完。"

童谣想了想:"要不你找个直升飞机从天上一路撒玫瑰啊,横幅就不用了,忒俗,你用玫瑰就行啦,从小区门口一路撒过来,撒满基地屋顶……"

"童谣。"

"干吗?"

"过了。"

"哦。"

第三章

"总之先确定是不是病了再说吧。"陆思诚拍了拍怀中裹在棉被里的人,"别慌,慌什么?真有什么病就治,现代医疗水平那么发达,你这活蹦乱跳的,也不像下个月就要去世的样子,就算病了你可能也是病房里面色最红润的那个……你不是最喜欢听这种阿谀奉承的假话吗?"

童谣吸了吸鼻子,想象了下那画面好像还是不错的,终于说话不带哭腔了:"你好像对哄女人很有经验的样子。"

陆思诚不冷不热地笑了声:"从小到大,耳朵都听起茧了,上次陪我妈去日本,售货员问她是不是明星,把她给乐的……就是这么好骗。"

未来的婆婆大人这已经不是"好骗"的问题了,这种话都能信,好像只能叫"迷失自我"。

童谣将脑袋从男人胸口上抬起来,正要爬下床,却又弯腰在床边探出身子看了看,停顿了下。陆思诚问她怎么了,童谣哼唧了声:"鞋。"

陆思诚只好跳下床把她刚才摔得老远的拖鞋拿回来,摆好,然后看她一下从床上滑下来穿上拖鞋,忍不住调侃道:"看把你矫情的。"

"生病了,不能着凉,要加重病情的。"童谣穿好拖鞋,抬起头看了他一眼,"以前生理期,你都舍不得我碰凉水,现在就觉得我矫情了,这还没领证就成'下堂妻'了?"

陆思诚:"没有,我也特别喜欢你这副安全防范意识强、无比惜命的模样。"

童谣回过头,看他动作自然地打开她放衣服的抽屉,从里面抓出来不知道什么时候放进去的超大尺寸的短裤和T裇就往身上套,一脸困惑道:"你是在夸我吗?"

陆思诚认真淡定道:"是。"

三分钟后,坐在基地一层吃早餐麦片的小瑞和小胖一抬头就看见陆思诚和童谣并排从楼上走下来——陆思诚扶着童谣的手。

小胖一脸惊恐地看着童谣,语出惊人道:"你怀孕了?"

童谣脚下一滑,陆思诚眼疾手快地一把抱住她的腰。两个人对视一眼都是一背冷汗,童谣站稳了,瞪了小胖一眼,旁边的小瑞拍桌大笑:"怀孕好啊,孩子一生下来有一大堆干爹,一人捐一包尿片顶一个月!"

小胖:"别啊,到时候打比赛咱们这边六个人算不算犯规啊?"

小瑞:"ZGDX战队中路变成双人路,世界赛场上的幻之第六人，说出去吓死他们。"

小胖："哈哈哈哈哈！"

听这两人一唱一和，童谣真是服了这些天天满嘴跑火车的家伙。这时候只有陆思诚是正经的，低头看了看她的拖鞋："下午去换个防滑的，但是你自己小脑发育不发达，给你脚下踩个刺猬你也能摔，怎么办？"

童谣翻了翻眼睛："那你走哪儿都抱着我吧？"

陆思诚："也不是不可以。"

陆思诚将她在自己的座位上安置好，又转身去给她拿早餐，热牛奶，回来的时候看她盘着的腿上蹲了两只加起来估计有二十五斤重的猫，电脑里还开了一局游戏，眼角抖了抖，想了下，小声问："辐射？"

童谣"哦"了一声，一脸淡定道："你去买个铅板，我当头盔顶脑袋上？"

陆思诚挑眉："我跟你说正经的。"

童谣："我也跟你说正经的，这还要训练呢，辐射什么辐射？电脑辐射能有多大？还大学生呢！我先上网挂个号……"

陆思诚拍了下她的脑袋，也不说什么了，让她玩，伸手把赖在她身上的两只猫拎起来看了眼，决定塞宠物箱里打发小胖带它们去洗澡顺便打预防针。

他出门的时候童谣还在里面问："你刚盯着我的猫看是什么意思，不会想把它们放生吧？"

陆思诚站在玄关那里回答："我比较想把你放生，哪儿捡来的就端端正正放回哪儿去。"

童谣:"哪儿?"

陆思诚:"垃圾桶。"

说完"哐"地摔上门,出门去医院了。

网上挂号没有现场挂号那么方便,好的专家号一秒就能没,还是去现场比较快。

隔天在医院,顶着医生荒谬的目光,童谣坚持要求到核磁共振机里照一照。

核磁检查安排在第二天一大早,所以当天干脆在医院住了一晚。童谣换上病号服,往那儿一站,两个人一个站在门里,一个站在门外,对视一眼,目光闪烁之间,陆思诚顿时觉得整个人都不太好了,怎么看都觉得眼前的小姑娘脸色确实不太好。

别不是真的病了?

他都说不准自己到底是后悔了,还是在庆幸自己陪她来医院检查了。

陆思诚把手里拎着的洗漱用品递给童谣。

童谣手一抖,东西掉在了地上。

陆思诚见状眼疾手快地弯腰捡起来,一背冷汗地塞给童谣。

童谣哭丧着脸:"我紧张。"

陆思诚亦面无表情:"我今晚陪你?"

童谣把手掌心在衣服上蹭了蹭,伸出舌尖舔舔唇瓣:"不要,坏结果让我一个人承担。"

陆思诚:"今晚好好睡,明天我来陪你,然后拿结果。被我暴揍一顿,还是早餐我给你端到床上,伺候你到最后一秒,我得亲眼见证。"

八克拉钻戒还是被暴揍一顿,这两个差距有点遥远,当童谣紧绷着小脸"噔噔噔"往回走时,觉得自己更紧张了,甚至一下子也说不清楚自己想要看到哪个结果。回到病床边,回头一看,陆思诚就站在病房门口,认真地看着她,深褐色的瞳眸之中尽是沉静,大有"兵来将挡,水来土掩"的大将之风。

童谣心中一松,远远用口型道:"我去了啊。"

她看见陆思诚缓缓地点了点头。

童谣转身上床,对着病房天花板深吸一口气:这辈子都没对医院产生过这么复杂的情绪,就好像自己的下半辈子怎么过都得看医生他老人家的脸色。

第四章

陆思诚一脸淡定地回到基地,此时隔壁战队打完冒泡赛归来,以老板又站在基地门口喜气洋洋地发红包的画面推断,看来是顺利地拿下了最后一张通往S6的门票。

恭喜YQCB战队。

陆思诚在沙发上坐下来,目光飘忽,偶尔看向楼上某扇紧闭的房门。小瑞感觉到了他的魂不守舍,问他怎么了,陆思诚停顿了下,懒洋洋地答:"早上起来的时候有点低烧,基地没有体温计,我送她去医院看看,让她看看是不是烧了还是别的什么问题。"

声音四平八稳,无一丝破绽。

小瑞:"哦!"

陆思诚一边说一边忍不住抬头看了眼楼上那扇房门,又傻坐了一会儿,才醒悟过来再这么坐下去,等童谣回来他就变成三白眼了,意识到不能再这么继续下去,他索性站起来走到电脑那边拖出自己的椅子坐稳,并开了一局游戏。

进入游戏时,陆思诚选了个自己擅长且以此出名的灵魂射手卡莉,也不是为了赢或者是阵容合适,只是觉得特殊时刻用特殊的英雄,配合起来更加应景。锁定的时候,他有一种英雄在进行生死荣誉之战,祭出自己封印已久的旷世神剑时的山摇地动、轰轰烈烈之感。

然而整局比赛并不是想象中的那样刀光剑影,因为陆思诚真的不像他表现得那么淡定。

平生第一次,他发现召唤师峡谷的地图如此复杂,他居然能在里面迷了路,第一次拿Buff的时候,等他瞪着屏幕机械地点完Buff怪吃掉时,抬头一看,己方中单已经敲了一连串惊恐的问号。陆思诚愣了愣,眨眨眼,这才发现自己人物脚下踩着的盘子是蓝色的而不是红色的。

作为AD,他应该拿红Buff的,而不是可怜的中单的蓝Buff。

陆思诚嘴角抽搐了下,打了个"sorry"(对不起),为表歉意,他跑去中路GANK了一波,帮助自家中路杀掉了对方的中单,并把人家中单的蓝Buff抢了过来。

这也是他本局唯一比较"Chessman"的亮点,替中单拿完蓝Buff后,他立刻回归了迷失于召唤师峡谷的状态,全场神游,漏刀无数,走着走着就莫名其妙走到了别人的防御塔范围内,又莫名其妙挨了几下塔,打团贴脸走对方输出的身上,有大招不用。辅助牛首酋长也很绝望啊,刚开始是疯狂地打信号,发现并没有人理会自己后,他换了中英韩三种语言开始打字——

牛首酋长:"怎么了?发生了什么?"

第四章

牛首酋长:"AD真的是Chessman吗?(韩)"

牛首酋长:"faker Chessman(假的Chessman)?"

牛首酋长:"胖,你放开Chessman的号,别糟蹋你家AD的号。"

牛首酋长:"这波不可以,别上。(韩)"

牛首酋长:"noob! why so noob!"

牛首酋长:"me crazy。"

牛首酋长:"faker Chessman! GG!"

打到最后,直到基地被推掉,陆思诚也不知道这位被他坑出了阴影的牛首酋长是谁——大概是HPL赛区职业联赛的某位职业辅助吧,中英韩三语精通的那种。

陆思诚切出来看了看自己这局并没有比打野高多少的输出伤害,笑了笑,对身后经过的辅助说:"我逼疯了一个辅助。"

小胖闻言伸脑袋看了眼被陆思诚逼疯的牛首酋长的ID:"咦?这ID好像是隔壁的队长啊。"

话音刚落,他们就听见外面院子里传来隔壁战队队长凉生的咆哮:"死胖子你是不是上诚哥号坑我分!还拿灵魂射手卡莉,拿了灵魂射手卡莉就是陆思诚了吗?你骗谁啊!打团贴脸!还吃中单的蓝Buff!辣眼睛!"

小胖闻言,看了眼陆思诚,走到窗户前撅起屁股往外吼:"放屁!是诚哥自己打的啊!就是要搞崩你的心态让你无法出征S6!怎么样,恶毒不?"

两个战队的辅助你一言我一语吼来吼去时,陆思诚站了起来,踹开凳子,"噔噔噔"地上楼去了。

陆思诚没有敲门，径直打开童谣房间的门，走了进去——房间里空无一人，男人嘴角紧抿，转身离开基地。

这夜，队内双C彻夜未归。

有人打电话来问，童谣说在医院，所有人立刻屁都不敢放地表示准假，甚至还想提果篮去探望。

第二天，核磁共振检查。

陆思诚很难说清楚站在外面看着童谣躺平被送进冰冷的仪器里是什么感觉。

五脏六腑都在翻腾，手脚冰凉，脑子里一片空白。

拿结果的时候，这种感觉又来了一次。

而他的小姑娘对此一无所知，拿了结果后，抱着那个单子比猴子还敏捷地左闪右躲，跳下出租车，在基地众人茫然的目光中三步并作两步冲回房间，锁门。

小胖："怎么了！怎么了！真的怀孕了吗？"

童谣房间里传来一阵乱七八糟的骚动，像是有人手忙脚乱地在整理什么，没几秒，又传来有人被绊倒发出的痛呼声……陆思诚一路跟上楼，站在门外，想踹门，想了半天最后还是忍住了，提醒道："慢点，开门。"

过了很久，门开了。

童谣从门缝后露出半张脸，一脸紧绷。陆思诚伸手掐了把她的脸，故作轻松地问："怎么样？"

童谣摇摇头，让开一些，陆思诚脸色发黑，侧身进入房间，

第四章

然后看了一眼——检查结果端端正正地摆在桌子上,还没拆封。

童谣捉住陆思诚的衣角:"我害怕。"

陆思诚:"昨天我已经成功从王者掉回大师,我掉的分意义何在?你能不能给我个痛快了?"

童谣:"不能。"

童谣伸手推搡他:"你出去,你在这儿我更紧张,更不敢拆。"

陆思诚无奈地看了她一眼,拿她也没什么办法,只好转身出门——出门后并没有走开,而是将耳朵贴到了门上,结果刚贴上去就听见里面"啪"地拍了下门,把他吓了一跳:"不许偷听!"

童谣把门锁了。

陆思诚转身去找房门钥匙,找到钥匙回到门边时听见里面有撕包装袋的声音。他等了一会儿,直接用钥匙开门——开门的时候把里面正捏着检查报告往外抽的人吓了一跳。童谣转过头来看了他一眼,随后红了脸。陆思诚直接摁住她的脑袋,伸脖子问:"看了没?"

童谣:"破门而入就是为了看我的检查报告吗?来人啊!这里有变态——你给我出去!"

陆思诚伸手直接将她一把抱起来,童谣用手罩住他的脸推开,两个人在房间里捏着检查报告扭打到一块,最后童谣将他压回床上,仗着他不敢掀开自己,一把夺过他手里的报告。

童谣气喘吁吁地用检查报告的一角戳了戳男人凝固的扑克脸:"跟我斗。"

陆思诚一把捏住她得意扬扬的脸,面无表情道:"如果没事的话……真的，别想下床警告。"

两个人闹够了，童谣笑嘻嘻地抱着他的腰将他推出房门，没收了钥匙，重新锁上门。陆思诚直接靠在门边，就像是等着小企鹅破壳的公企鹅。

直到又过了三十分钟，他听见里面的人"啊"了一声，连带着他的心也颤了颤，猛地抬起头，门被人拉开，里面的人举着检查报告，兴高采烈道："轮廓清晰！分布均匀！无异常！哈哈哈哈，我就说哪有那么玄幻的事！"

看着面前那张大写的笑脸，陆思诚提在胸腔的一口气终于释放出来，他长舒一口气，说不上来这一刻是高兴还是怎样，顺着门滑坐在地上，将头发往后扒了下，顺势用手撑着脑袋。

童谣肩并肩在他身边蹲下。

陆思诚伸手指了指她，半晌说不出一个字来。

童谣捏着检查报告，伸着脑袋飞快地亲了下男人的耳朵："嘻嘻嘻。"

陆思诚看了眼她唇边笑出的深深酒窝，良久感慨道："真想揍死你啊。"

"哈哈哈哈哈。"

"你就仗着我喜欢你。"

第五章

童谣挨着陆思诚坐下来,两个人像两只毛茸茸的兔子一样挤成一团蹲在童谣房门前的地上。陆思诚见状,还是顺手将她拎起来搂进自己怀里:"地上凉。"

"没事,我健康得很。"

童谣举起双手揽住陆思诚的脖子,说完见他没说话,微微侧过头去看他,发现男人垂着眼,似乎有些走神的样子,她愣了愣:"怎么了?"

"没有。"陆思诚撇开头。

童谣抓着他的下巴将他扭回来:"明明就是有。"

陆思诚拍开她的手,把她的脑袋摁进自己怀里,说:"我也不知道,就是其实本来应该松口气的,但是想到你穿着病号服站在病房前的样子……我这几天一直在想一件事。"

"嗯?"

童谣在他怀里蹭了蹭。

男人摸了摸怀里的小姑娘："我在想，愿你今后永远无病无灾，如果老天爷怜悯我，那今后有什么事，都请冲着我来。"

童谣趴在男人怀里，好半天才反应过来他在说什么，半晌，她眨了眨眼，眼眶就红了。

陆思诚摸了下她的耳朵，轻笑了声："你不知道我多想送给你八克拉钻戒。"

童谣耳朵一竖，脑袋抬起来一些，微微眯起眼："现在你也能送啊。"

"无功不受禄，现在上网买个玻璃的送给你我都嫌邮费贵。"

"陆思诚，我陪你拿了夏季赛冠军啊！"

陆思诚心不在焉地"哼"了声："楼下那么老大一个奖杯，你拿去喝水吧，谁要是胆敢阻拦，你就说队长批准了。"

童谣不老实地在陆思诚怀里动来动去，陆思诚揽住她的腰，背后靠着墙壁一使力，连带着她一块抱住站起来："突然想起来还有个东西可以赏你。"

童谣愣了下："什么？"

陆思诚脚一勾，"砰"地将门关上了。

童谣没来得及说话，门被敲响了，小胖的声音传来："来打游戏啊，大白天干嘛呢？"

"放假中！"陆思诚直起身没好气地冲着门吼。

小胖大概是被他理直气壮的偷懒语气镇住了，沉默了下，"哦"了一声，脚步声渐行渐远。陆思诚收回目光，见童谣正发着呆，那呆兮兮的模样特别可爱，陆思诚心中一动，低下头在她额头上落下一吻，温情道："你要健健康康的。"

童谣抬起头看了他一眼："你别盯着我说这话，很像个flag。"

陆思诚没忍住，笑了。

第二天晚上，童谣迟到的生理期及时报到，队长则无语地跟其他一脸茫然的队友宣布：假期提前结束，都来训练。

转眼就到了九月十日。这一天是个特殊的日子。

随着其他几大赛区先后完成季后赛，每个赛区出征S6的队伍名单已经确定，在这一天，将举行S6抽签分组仪式。

五个赛区一共十六支队伍——

HPL中国大陆赛区三个名额：一号种子池ZGDX战队，二号种子池CK战队和YQCB战队。

HCK韩国赛区三个名额：一号种子池TAT战队，二号种子池RP战队和韩国运营商队。

HMS中国台湾赛区两个名额：一号种子池FZ战队，二号种子池CNC战队。

HCS欧洲赛区三个名额：二号种子池G4战队，二号种子池SUN战队，三号种子池MOON战队。

HCS北美赛区三个名额：一号种子池TIME战队，二号种子池TANK战队，三号种子池BBQ战队。

IWC外卡赛区两个名额：三号种子池Bear战队，三号种子池Turkey战队。

抽签仪式以直播形式全球同步播放，每个赛区都会派出本赛区的代表职业选手或已退役的选手先行飞往美国旧金山参加抽签仪式。

今年HPL派出代表赛区前往美国抽签的人不巧正是童谣的偶像，游戏ID为"WEIXIAO"的退役选手，被人们称为"大王"的人。

S系全球总决赛十六支队伍，分为四个小组，抽签顺序是一号种子池一共四支队伍，率先抽取分别放入四个分组，互不重叠，然后是二号种子池抽取八支队伍，分别轮流放入四个分组，最后是三号种子池抽取四支队伍，再分别放入四个分组。

理论上同赛区队伍不在小组赛相遇，小组循环赛以BO1方式进行，每个小组选取积分前二的队伍进入八强。

十日，北京时间早上七点，所有参与S系总决赛的队伍都在各自战队的基地会议厅集合，与赛事举办方派出的摄影师一起，在全球各个角落与观众直播分享抽签时的惊心一刻。

作为一号种子池，第一轮被抽出的全部意义只是看自己被分在哪个字母序号的小组而已，所以当ZGDX战队被抽出放在B组时，观众可以从右下方的摄像头里看到，聚集在会议室的ZGDX战队的大部分人都很平静，没什么表情，除了坐在众人中间的中单，早就以夏季赛一战闻名五大赛区的联赛唯一女选手童谣。

她一把捉住身边男朋友兼队长的手，尖叫道："天啊！大王的手指真好看！你看见他捏着写着我们战队名字的纸条时的样子没有啊？我感觉我就是那张纸条！"

陆思诚抽回自己的手，凉飕飕地嘲讽："现在全世界都知道你喜欢他了，要不要趁机表个白？"

第五章

童谣立刻转过头对准蓝脑公司派来直播的摄像镜头，灿烂地笑着挥手："大王！我喜欢你！等着我把那个杯子捧回来然后快递给你！"

小胖作为王牌辅助加保姆，连忙伸手摁住童谣，将她摁回椅子上："妹子，你坐下！队长只是在讽刺你。你再嚷嚷，下一秒就轮到全世界都知道我队中下二路恩断义绝了。"

老K点点头，对着摄像头说："别听她瞎说，我们的队伍很不膨胀，目标也就是争取四强而已。"

此时抽签仪式还在继续，除ZGDX战队，上一届的S系冠军、陆思诚的老东家韩国表情包战队被放到了A组，中国台湾FZ战队被分到了C组，北美TIME战队被分到了D组。伴随着一号种子池尘埃落定，接下来的抽签队伍对于分组台词就相当统一了——

"No A！No B！God！"

"拜托不要去B组！上次训练赛被ZGDX战队打爆啊，不要拿到我们队，拜托拜托！"

"真的是我们队的标志，我看到一点边边了！绿色的边边！好像真的是我们耶！"

"完了完了，经理你现在就可以去预订小组赛结束之后的回程机票了！"

"No！No A！No Me！We want to go D！"

在其他战队"不要去有表情包战队的A组，也不要去有ZGDX战队的B组"的一片祈祷声中，最后一个外卡赛区名额归入B组名下，几家欢喜几家愁，S系全球总决赛抽签仪式落下帷幕。

不同于被分进A组遭遇同为老东家的TAT战队的YQCB战队，也不同于双双偶遇韩国运营商队和中国台湾FZ战队的CK战队，ZGDX战队在童谣偶像的神手庇护之下，抽到了本场抽签的最佳上上签——

B组分组：中国大陆赛区ZGDX战队、中国台湾赛区CNC战队、北美赛区TANK战队，还有来自俄罗斯的外卡赛区Bear战队。

小组赛完美避开三支韩国队伍，面对外卡大兄弟、北美TANK战队和训练赛一局没输过的中国台湾CNC战队，这个抽签结果表明ZGDX战队已经被保送进入今年八强。

抽签仪式结束，ZGDX战队众人上下皆是一片喜气洋洋。

童谣振臂高呼："大王万岁！"

陆思诚扯过椅子上的垫子摁到她的脸上："吵死了你。"

第六章

抽签仪式结束后,抽了个上上签的众人心满意足,准备回房间睡回笼觉。

小瑞则准备和管理层去开会,确定飞往美国旧金山的时间。S6全球总决赛于九月三十日正式开赛,如今已经九月十日,有了蓝脑公司的邀请函,队员签证已经陆续办好,理论上来说,小瑞是希望队员们能早点过去,调整时差,以免水土不服,反正队员们对于提早去美国也没什么异议,早点去熟悉环境,同国际友人打训练赛顺便旅游也挺开心的。

众人在表达了自己愿意提前走的意愿之后各自原地解散。陆思诚像是寄生兽一样跟在童谣的屁股后头回到她的房间。童谣已经习以为常,再加上今天起得是有点儿早,她也没精神跟陆思诚斗智斗勇。

童谣抬起手拍拍陆思诚的脸,抓着自己的手机刷了一会儿贴吧,看人们对抽签结果的讨论,然后开始顾左右而言他:"这次抽签结果还蛮意外的，三支韩国队都被我们避开了。虽然说小组赛遇上先切磋下好像也没什么不好的，但是总觉得松了一口气……现在看了下贴吧，大家也默认我们抽了个上上签，而CK战队抽的签超烂，你说这算不算是恐韩？"

"HPL这么多年从未在S系总决赛上扬眉吐气过，一直被人说是第二赛区，在被韩国人支配的阴影下瑟瑟发抖……S5的MSI季中赛夺冠，大家都说那是HPL最有希望的一年，结果呢，两支队伍小组赛回家，剩下的一支苦苦支撑到八强也被淘汰，现在不被看好也是自然。"

"去年你们去了就好了，说不定就不会止步八强。"

"去年的这时候我们并不如现在这么强，现在想想，执行力、指挥能力、英雄池确实还和HCK赛区是有差距的。"陆思诚则没想那么多，"而且，已经过去的事有什么好说的。"

可童谣还是忍不住想，去年ZGDX战队拿到了出席S5的门票，却因为陆岳和明神的事耽搁了，当时代替他们出征S5的是哪支队伍来着？那时童谣没有很关注职业联赛，只是偶尔看几眼，现在一下子也想不起来了。

想着想着眼皮就越来越沉重，她看了一会儿手机就抵挡不住困意睡去了。

再醒来的时候已经是下午。

童谣从床上爬起来时，陆思诚已经不在了。她重新洗漱完下楼，发现他在楼下和老K双排上分，听见楼上的动静，他抬起头瞥了从楼上走下来的人一眼，问："饿不饿？"

第六章

"不饿。"童谣走到陆思诚身边坐下,伸出脑袋看着他打完一局排位后也打开了电脑。她自己的号是王者号,只能单排,于是自己单排了几局,再抬头时发现已经晚上九点。

她错过了午餐还错过了晚餐,现在是真的感觉到饿了。

童谣伸手揉了揉胃,还没来得及说话,小胖已经在用高音量宣布自己饿了。今天抽签仪式结束,像是完美地完成了部分使命,大家的一颗心落地一半,于是众人几乎没怎么犹豫就一拍即合,洋房火锅走起。

依然还是诚哥有钱诚哥请。

呼啦啦一大堆人一车拉过去,热热闹闹地落座。屁股才坐稳,他们就发现隔壁一桌好像有点眼熟。隔着走道两桌遥遥相望,小胖一拍脑门,同对面的人打了声招呼:"哟,这么巧?"

隔壁桌的不是别人,正是DQWL战队连带替补和首发外加教练一共八个人。此时,看着他们桌子上已经吃得差不多了,酒也喝了不少。

有了去年的教训,小瑞恨不得在ZGDX战队每个成员脖子上套个狗项圈,在把他们一架飞机拉去美国打完比赛前,俱乐部明令禁酒,所以ZGDX战队这边孬孬地喝着西瓜汁,与隔壁东倒西歪的一堆酒瓶和那两三个已经喝醉的人形成了鲜明对比。

DQWL战队,就是那个以前靠着一个许泰伦Carry队伍带节奏,传说中被韩国成员一言堂支配的队伍,后来许泰伦因为作风问题被赶走,这个队伍在夏季赛中后期就变成了全华班。这事儿童谣也算参与过,DQWL战队虽然挣脱了韩国人一言堂的控制,但成绩好像不是很理想。

童谣拉扯了下小瑞,压低声音问:"都快十点了,他们俱乐部没宵禁?这时候把教练和队员放出来喝酒。"

小瑞低下头也压低声音回答:"废话,对其他九支不用参加S6全球总决赛的队伍来说,今年全部赛程基本已经结束了,这还宵禁个鬼啊!"

童谣"哦"了一声。

这时候,陆思诚踢了童谣和小瑞一人一脚,嗓音低沉如水:"都闭嘴,他们掉级了。"

童谣愣了。

夏季赛夺冠后,她就没怎么关注过HPL剩下的比赛了,升降级赛自然也没太多关心过,DQWL战队保级赛没打成功?掉级了?掉去次级联赛了?下个赛季,HPL的十二支队伍里没有DQWL战队了?

童谣一脸震惊,脑海里全是问号。这时,那边DQWL战队一个瘦高的少年端着杯子站了起来。童谣认识他,游戏ID叫"灵猫",是DQWL战队的辅助兼队长,一个挺老的选手了。只见灵猫将杯子里倒满酒,摇摇晃晃地来到ZGDX战队的桌子旁边,看着陆思诚和小胖,站稳了,笑了笑,道:"兄弟,早上看了你们队的S6抽签,抽得好哇!"

陆思诚和小胖站了起来。

小瑞也站了起来,他只不过是因为一朝被蛇咬,十年怕井绳,这段时间对酒精过敏,对喝醉酒的人一样过敏,所以担心这个人会搞事。但意外的是，灵猫就老老实实站在那里没动，他说话有些含糊，目光也很涣散，举着酒杯，酒泼洒了一些出来。

灵猫道："今年，嗝儿……今年别搞事，拿了门票好好打，在韩国人面前给我们HPL争点光——"灵猫说着停顿了一下，然后自顾自地笑了，看着有些落寞，"兄弟们不能像去年一样给你们顶上了。"

刚开始童谣听着这话还有些奇怪，然后仔细想了想，这才想起今天白天那个没想明白的问题——ZGDX战队因为意外缺席S5全球总决赛时，顺理成章以冒泡赛第二名顶替ZGDX战队进入S5队伍的，就是DQWL战队！

那一年的DQWL战队很强，由老将国人带队，老将在队伍里又很有话语权，管得严，拿过S5的春季赛冠军。也因为队伍曾经有过这样的辉煌，所以时至今日，DQWL战队的粉丝依然挺多，有时候比CK战队的粉丝看起来还多。

后来S5夏季赛，DQWL战队虽然因为老将萌生退役之心导致成绩有所下滑，却也一直表现不俗。后来冒泡赛被当时的CK战队最后一局翻盘，痛失最后一张门票，听说当天晚上微博上"尸横遍野"，DQWL战队的粉丝鬼哭狼嚎的，很是引人唏嘘。

没想到后面有了ZGDX战队退赛这戏剧性的一幕，最终圆了DQWL战队粉丝的梦，只是他们也没想到的是，这个"梦"严格来说只能算是噩梦。

DQWL战队S5小组赛折戟沉沙，灰头土脸地归来后，老将上单和打野双双组队退役，新人顶上，之后S6春季赛初期成绩一落千丈,直到引入许泰伦这个韩援,临危救主打了个保级,队伍成绩才有所起色。

没想到许泰伦走后,队伍再次失去了核心,夏季赛后半程一局没赢,直接以联赛垫底的成绩降级掉入次级联赛,可以想象粉丝从充满希望到绝望的过程究竟有多难熬。

想到DQWL战队那为数不少的粉丝这会儿日子该有多难过,曾经带着队伍拿过HPL春季赛冠军,现在却带着队伍掉级的灵猫该有多难过,童谣一时间心中有些复杂,她突然不确定把许泰伦赶走到底是不是好事。

她放下筷子,虽然还是饿着,却突然觉得没了胃口。

灵猫举着酒杯,同以茶代酒的陆思诚、小胖碰了杯,笑了笑,用不同于方才那样十分清醒的语气缓缓道:"我真的很喜欢打职业,还有和队友并肩作战的感觉,纵使有很多遗憾,或许今天我的这条路已经走到头了,但是总会有人继续走下去,并且走得很远……希望你们是那群幸运的人。"

灵猫一仰头,将手中的酒一饮而尽,然后放下杯子说:"祝福你们。"

灵猫说完,转身回到了自己队友身边。

此时,隔壁桌上的人喝得都差不多了,横七竖八地在桌子上倒了一片,灵猫去结账,然后将他们一个个拍起来,拎到门口。

小瑞去帮他们叫了个车,帮忙把这些醉鬼一个个送上车。灵猫最后一个走,他站在车下,双手插着口袋,歪着头,笑着对小瑞说:"我是本地人,就不回基地了。"

第六章

他说着又抬起手对着车里一群不知道睡死了没有的队友摆摆手:"都醒醒,别睡过了啊,回去擦把脸再睡,拜拜。"

车子开走,外面安静下来。

几分钟后,小瑞回来了,面对一桌子明显兴致不高的人,小瑞叹了口气,就说了三个字:"散伙饭。"

众人变得更加沉默。

一支队伍但凡掉入次级联赛,还想保持着原来的阵容杀回来那基本就是痴人说梦,毕竟职业联赛是个很现实的地方,在队伍降级后,打得还不错的队员会立刻在转会期被其他俱乐部买走,然后进入别的HPL队伍继续为新主效力,剩下的队员则各自散去找下家,而落入次级联赛的,不过是一个空壳而已。

五人齐心协力从次级联赛回到HPL这种梦幻的事大概连爽文小说都不会写。

所以对DQWL战队的人来说,这个队伍确实是在保级失败的那一刻就宣布就地解散了,今后还能不能坐在一起,再像曾经那样打比赛、吃饭、唠嗑,全看缘分。

多少受到了情绪影响,这一顿饭大家都吃得有些食不知味,最后大概谁都不记得他们来吃这一顿本来是为了庆祝S6分组抽了个上上签这码事。

晚上回去睡觉时,童谣闭上眼都是灵猫那双被酒精烧红的眼,还有他举起杯子时,泼洒出来沾湿他手背的酒液。

2016年9月13日,HPL赛区为ZGDX、CK、YQCB三支战队举办了隆重的S6总决赛出征仪式。

仪式上，鲜花掌声，连带着替补队员的十八件专属HPL赛区的"战袍"从天而降，队员亲手将它们从圆形衣架上摘下披上，接受所有人的祝福。

2016年9月15日，ZGDX、CK、YQCB三支战队同时出发前往上海浦东机场，准备搭乘同一班飞机飞往美国旧金山，各直播平台、微博等媒体为他们举办了热闹的送行仪式，粉丝夹道欢送，加油声呼声震天。

与此同时，DQWL战队基地却是与之截然相反的死寂，平日里不绝于耳的鼠标键盘声、少年们大呼小叫的声音都消失了，基地里静悄悄的。

良久，灵猫一人拉着自己的行李箱走了出来。

没有人送行。

拉着行李箱独自一人走过空旷的基地训练室，灵猫来到玄关，打开门将箱子搬到门外，往外走了两步来到烈日之下，灵猫掏出手机，登录微博，看到无数条私信跳出来——

"你们去哪儿，我们也去哪儿，去次级联赛不可怕，我们陪着你。"

"猫神啊，我们还能不能再看到那年春季赛，满脸笑容举起春季赛冠军奖杯的你？"

"失望之后我也不知道该怎么办了，从未这么喜欢过一支队伍，我以后大概再也不会看HPL了……真的感觉好累啊，为什么要喜欢电竞呢？"

"其实有时候总是劝自己,喜欢一下韩国表情包战队啊,喜欢一下ZGDX战队啊,那多好啊,他们总能赢比赛,当他们的粉丝该有多开心——说了无数遍,结果还是屁颠颠跑来看你们的比赛,输了绝望,然后又乐观地觉得你们下次能赢……蠢得要死,能怎么办呢?我也很绝望啊!"

"粉丝确实很绝望,但我知道你们自己大概更加绝望吧……眼睁睁地看着自己一步一步走向深渊,挣脱不开,逃离不了。"

"不在巅峰时慕名而来,不在低谷时弃之而去。"

灵猫笑了笑,退出私信列表。

DQ 灵猫:"绝望啊,就像是被下了死亡通知书的慢性死亡,怎么能不绝望?但是如今也算得到片刻的宁静,是时候好好休息一下了。不论是我们,还是你们这些可爱的粉丝。再见,DQWL战队,你曾拥有光辉荣耀。"

点击发送微博,收起手机。

此时,一架飞机从头顶呼啸飞过,蓝天之中,唯留下一道白色的云迹,转瞬即逝。

第七章

这一日，登机前，ZGDX战队一行人在候机室连带着替补选手、教练组一起扯着国旗合照了一张，童谣个儿矮，站在国旗后面只伸出一个脑袋，陆思诚和其他队友站在她身边一字排开，教练组蹲在国旗前，摄影师一声令下，除习惯性面瘫的陆思诚，众人脸上笑容灿烂，咔嚓——

照完相以后，小瑞把国旗小心翼翼地叠好收了起来，嘴巴里念叨着："收好收好，十月三十日，到洛杉矶再拿出来。"

洛杉矶，是2016年《英雄王座》S6全球总决赛的赛场所在地。十月三十日，是总决赛日期。

童谣他们登机前，这张队员与五星红旗合影的照片被发布在官方微博上，一时间在各大平台引发热议。

在官方微博下，有人留言："职业联赛只是俱乐部联赛，别上升到国家试图圈粉，傻得很。"

对此，官博妹子第一次很强硬地正面回复："我不想骂人，只是想提醒你一下,至少在S2、S3那个年代,国内各大俱乐部的队服上面是绣了五星红旗的。"

在贴吧里,有人发帖:"最看不上那种混淆俱乐部联赛和国家联赛概念的人,ZGDX战队官博这波难道不该说?"

对此,向来是怼选手怼得很开心、来一个怼一个,号称"电竞厕所"的贴吧大吧主忽然站了出来,亲自霸气回复:

"既然有人来送塔,那我就来公布一下最新的贴吧规则。S6总决赛期间,本贴吧禁止一切带三支出征队伍节奏的行为,平时窝里斗,乐呵下,关键时刻麻烦一致对外。如有不信邪违反者,来一个循环黑屋一个,来两个循坏一双。我们的宗旨是:安心享受比赛盛事,为代表赛区出征选手加油!"

"还有,我的贴吧我就一言堂了怎么着?要喷滚别的地方去,不玩权限玩什么啊,不服憋着!"

"此条规则截至2016年10月31日前有效。"

如此这般,一波节奏还没来得及带起,就被久违的正能量就地武力镇压。

等童谣他们拖着疲惫的身体下飞机过完海关爬上大巴车,小胖打开手机刷了刷贴吧,在众人昏昏欲睡的大巴车里当场吓得叫出了声:"我这是坐飞机来美国了还是穿越到平行世界了?'电竞厕所'变花园了是咋回事!"

童谣一听,立刻挣扎着把脑袋从陆思诚的怀里抬起来伸手要去掏手机,陆思诚搋了下她的脑袋:"都意识模糊了还要八卦。"

童谣一只手拿手机,一只手拍开他的手:"你别摸我,你别摸我,我头发好油。"

童谣稍微坐起来打开贴吧,一眼就看见了他们上飞机前的合照当镇楼图的帖子,点进去看了眼,一水儿为他们加油的评论不说,其中有那么一两个奇葩的——

小胡子拐拐:"这么说应该不会被关小黑屋吧?smiling真的好矮啊!"

谢小芳:"排楼上,诚哥往她身后一站,像她老爸,辣眼睛。"

哎嘿嘿嘿:"哈哈哈哈,童谣真人到底去美国了没?这照片难道不是只把她的脑袋P上去了?哈哈哈哈哈!"

啊疼:"这身高去美国,诚哥牵好了,别转头就被当逃课的小朋友强行架回幼儿园里。"

童谣愤怒地将手机关了,塞回陆思诚的口袋里:"变个屁!根本没变!"

赛事举办方提供的酒店还没有到入住时间,好在HPL赛区的俱乐部要啥没啥,就是有钱,三家俱乐部老板碰了个头一合计,直接将队员们之后要住的那家离小组赛赛场很近的酒店提前包下来一层,方便队员和随行工作人员休息,以后也不用挪窝。

这也是记取了多年来参加世界总决赛的教训,生怕一个不小心就弄出"选手换酒店失眠影响比赛""选手水土不服影响比赛""选手时差倒不过来影响比赛"等新闻头条。

除了酒店,选手专用训练室倒是早早开放了,童谣他们到了地方,好好休息了一天,吃了点东西,就一起坐车去看训练室的环境。到了那里才发现，其实除了HPL赛区，其他赛区的队伍也陆续到达了，眼下也就外卡的俄罗斯战队和土耳其战队没有到。

一提到住宿问题，别的赛区的选手都是一脸羡慕。中国台湾赛区的一号种子FZ战队队长也是个胖子，因为过去经常打训练赛，倒是跟ZGDX战队的队员都很熟悉，这会儿他正一脸苦哈哈地跟童谣他们抱怨，说他们提前两天到的，住的地方距离训练室整整一个半小时车程。

"超辛苦的，每天早起然后在车上干瞪眼一个半小时。"游戏ID名叫"比卡超"的FZ战队上单兼队长苦着脸，抱怨道，"这还不是最惨的，最惨的是我们原本想着早点儿过来可以套卜近乎，跟强队约训练赛，结果人家完全不理我们，只搞赛区内部对练……好歹是一号种子池的队伍耶，自尊心都稀巴烂了！"

他一边说着，一边用眼神疯狂暗示HCK韩国赛区专用的三个训练室。

此时，走廊上有一些其他赛区的人，有在喝咖啡聊天的，还有听说HPL这边到了，跑出来近距离围观杀进世界赛的小姑娘长啥样之类的八卦分子，反正整体气氛还算轻松友好，只有韩国赛区那一片安静极了，全体人员整整齐齐坐在训练室里，戴着耳机打训练赛，教练在他们身后走来走去。

童谣踮起脚尖看了看气氛严肃的韩国赛区，问："韩国赛区不跟其他赛区约训练赛啊？"

比卡超："也有可能是嫌我们不够资格，你可以叫小瑞去试试，有不同也说不定，毕竟你们是ZGDX战队……看过你们打比赛的人都知道，你们超厉害的！"

这时童谣还没把比卡超的话放在心上，总觉得韩国赛区不答应和他们打训练赛可能是怕暴露战术之类的。

比卡超告诉童谣他们，FZ战队辛苦了一天，求神告佛才约到六个队伍，加起来大概有七八场训练赛，又撒泼打滚跟小瑞要了个训练赛名额，这意味着第一轮小组赛结束之前，他们就只能打这么几场训练赛。

小瑞深表同情。

和中国台湾赛区的两支队伍相互寒暄之后，童谣又在训练室外接受了其他赛区队员的围观。比卡超一走开，那些早就远远看着，恨不得排个队分个先后的选手们就迫不及待地凑了上来，导致童谣直接和一半以上今后的对手逐一打了招呼。

"你是smiling！"

"我是，您好。"

"快看，又一个世界级的'微笑'！难以置信，一个小姑娘！"

"哈哈，很高兴能以'微笑'之名重归世界舞台，我为圆满崇拜之人当年的遗憾而来。"

"哦哦哦，我的小妹妹看上去和你一样，她今年十四岁。"

"我快二十岁了，谢谢。"

"smiling，你真的成年了吗？真的吗？天啊，你们的队长Chessman，他是你男朋友？"

"当然成年了！"

"嗨，smiling，我看过你的比赛录像，很强，很厉害，你瘦小的身躯里拥有着强大而坚强的灵魂与力量！期待与你在赛场上的正面交锋！"

"谢谢，我也期待着与您在赛场上的对决。"

半个小时后，童谣终于被看不下去的陆思诚拎着后衣领塞回训练室里。

"以前不知道你英语那么好。"

"豪啊油（How are you），豪欧德啊油（How old are you），三克油（Thank you），奈斯兔米兔（Nice to meet you），寒暄一下要什么英语水平？"

"就差掏支笔出来给他们签名了。"

"你这醋吃得没道理。"

"你都快被男人埋起来了，"陆思诚伸过脑袋，嗅嗅鼻子，幼稚道，"一身陌生男人味。"

童谣抓过他的手在自己身上胡乱抹了两把："来给你蹭蹭味……大庭广众之下的，你行行好，别一言不合就醋意漫天，酸得要死。"

陆思诚缩回手，傲慢地斜睨童谣一眼，童谣不理他，扔开他的手自顾自开了几局RANK，热热手。

隔了大概两三个小时后，小瑞回来了，从他手上填得满满当当的训练赛约战表格来看，他简直可以说是满载而归。除了陆思诚的老东家表情包战队以训练赛排满了为由拒绝了对练，剩下的一号二号种子池里的其他队伍被他挑挑拣拣约了个遍。

第七章

为此陆思诚还被童谣调侃:"你老东家并不给你面子。"

陆思诚:"他们也不会给李君赫面子的,你看着吧,我们约不到,YQCB战队一样也约不到。"

童谣甚至没来得及吐槽陆思诚和李君赫这对朋友什么都要互相攀比的德行,事实就马上验证了陆思诚所言不虚。

大概是晚上七点左右的晚餐时间,隔壁战队的经理愁眉苦脸地敲开了ZGDX战队训练室的门,问他们有没有训练赛空闲时间可以安排。

当时童谣正站在饮水机旁边喝水,瞥了一眼YQCB战队经理手上的时间表,发现上面稀疏地填了两三个战队的名字,剩下的大半部分都是空白的。

童谣一愣,放下杯子,YQCB战队居然约不到训练赛?有没有搞错?FZ战队好歹都能约到七八场呢?

震惊之中,CK战队的经理也摸过来了,一看到站在ZGDX战队训练室门口的YQCB战队经理,他立刻露出了"我知道发生了什么,我也是"的表情。

YQCB战队经理:"我还以为是我们春季赛保级的事搞得名声不好,大家都认为我们很菜,不肯跟我们打训练赛……"

CK战队经理:"你好歹约到了韩国运营商队的训练赛。"

YQCB战队经理苦笑道:"那是因为他们的下路组合看上了我们的下路组合,非要切磋下才答应的。"

换句话说,还是看在李君赫的面子上才答应的。

CK战队经理:"我这边也才约到了几家欧洲和北美的,韩国赛区那边我连问都懒得问了,说好的HPL第二赛区呢?"

YQCB战队经理抖了抖手上空白一片的训练赛约战表,又看了一眼CK战队经理:"听说S5我们赛区爆炸,很大一部分原因是我们赛区内部竞争,为了防止泄露战术,拒绝对练?"

CK战队经理立刻明白了他的意思:"所以,从哪里跌倒就要从哪里爬起来?"

两队经理交换了个坚定的眼神,双双赖地打滚般地从小瑞这里拿到了几次训练赛名额后,肩攀肩哥俩好地离开了。

童谣:"什么意思?"

小瑞:"大概在第一轮小组赛结束前,CK战队和YQCB战队的训练赛要打到他们看到对方队员的ID就想吐为止。"

童谣:"他们为什么约不到训练赛啊?"

"还用说?HPL这些年世界赛成绩不好呗,以前拳打北美,脚踢欧洲,同韩国公然叫板,现在呢?最近的国际赛事上,连以前一口一个的欧美菜鸟都偶尔能把菜的帽子扣回我们头上了,"小瑞摸摸下巴,"世界赛弱队约不到训练赛很正常,你看外卡赛区的大兄弟都懒得提前来。"

好气人。

童谣:"我真没觉得韩国的RP战队比YQCB战队强多少,今年MSI上CK战队也有过小组赛第一轮的全胜纪录,连HCK都赢过,更别说其他赛区了。都没正面交锋过,他们凭什么……"

小瑞:"是啊。"

童谣:"啊?"

"所以这种情况大概只会持续到第一轮小组赛结束为止吧。"小瑞摇晃了下手上的训练赛表格,"第一轮小组赛后,这种情况就会进行大洗牌——十月七日之后!到时候我手里的训练赛约战表还能不能像今天一样塞这么满,都要靠你们自己去争取了。"

童谣还在为HPL另外两支队伍双双约不到训练赛而愤愤不平,她知道这些年HPL成绩不理想,但是她万万没想到,这种事居然能这么坦然又直面地被揭开来……

看着身边少女被气得涨红的脸,小瑞抬手拍拍她的脑袋,叹了口气:"面子不是靠别人给的,而是靠自己挣的——能不能把'菜鸟'的帽子扣回那些人的头上,还是要看我们自己。"

晚上,关于CK战队和YQCB战队约不到训练赛的事不知道怎么流传了出去,国内媒体平台又是一波地震!

只是在两个著名电竞贴吧吧主的"只许夸不许踩,举报有奖,人人有责"的规则实施后,阴阳怪气党消失了,大家空前绝后地团结友爱——

"这些人是看不起谁!"

"HCK的鼻孔朝天就算了,毕竟真的强,欧美赛区有什么理由在那儿跟我们摆谱儿?支持一波把他们打爆!YQCB战队加油!CK战队加油!"

"哎哟,气死我了!居然看不起我萌萌的保级队!"

"我们就是保级队也能上世界赛有什么不满啊?我可怜的YQCB战队!"

"支持我阳神在他们的野区养猪！"

"S2那年戴在某些人头上的菜鸟帽子是时候给他们稳稳地扣回去了，莫慌，HPL，不要怂，就是干！"

第八章

转眼来到九月三十日，这一天，是国内人民群众喜迎国庆长假的前一天，也是2016年《英雄王座》职业联赛全球总决赛的开赛日。

上班摸鱼的，上课开小差的，宅在家里颠倒日夜黑白的……只要是关注《英雄王座》职业联赛的人，无一不在早上七点准时打开了各大直播平台，翘首以盼等着今年S6的开幕式。六点多开幕式还没正式开始时，直播间已经开放，人们陆续聚集过来，面对乱糟糟的小组赛赛场发呆，看那些能够幸运地到现场参加开幕式的粉丝带着应援物陆续入场，看工作人员紧张地跑来跑去准备一会儿的开幕一刻……直播间早已热闹非凡。

"怎么还不开始啊？"

"我上一次这么紧张还是北京奥运会开幕……今年HPL能不能争口气了？"

"好想去现场啊！"

"琴魂侍女那个coser不错!"

"我看见了cos风男的,大兄弟,我跟你讲,在国内cos这个英雄你是会被打的。"

"HPL!HPL!HPL!"

"心疼你们这些青铜白银选手成天看什么HPL菜鸡互啄,还是HCK神仙打架好看。"

混乱的时刻持续到六点五十九分五十秒,原本黑漆漆一片的舞台中央突然亮了起来!围绕在舞台周围的四个巨幕之上,同时出现了"10"的数字,现场的观众开始沸腾,人们挥舞起了手中的应援棒,全场开始齐声倒数!

10。

9。

8。

……

4。

3。

2——

随着"砰"的一声巨响,舞台的白色雾气四射,空灵的女声吟唱着"Welcome to Your Life(欢迎踏入生命长河)",低沉又富有磁性的声音,穿透众人耳膜。舞台中间一个升降台升起,璀璨精致的S6全球总决赛奖杯缓缓出现在人们的视野当中,所有观众席上的人们激动得陆续站起来,呐喊着,欢呼着自己支持及热爱的队伍的名字。

第八章

在他们的欢呼声中,舞台中央的灯光逐渐亮起,背景音乐《Everybody Wants to Rule the World》仿佛击打着人们的心弦,当女声清唱到"Everybody wants to rule the world"时,突然,在原本倒计时的四个巨幕上,出现了金色的光芒!

画面逐渐变得清晰,金色的光芒覆盖着奶白色的雾气,巨幕之上,人们只见一个头戴金冠、拥有金色翅膀的古代神明逆着光从雾气之中走出,他闭着眼,五官模糊,神情却冷漠傲慢——金色的皇冠象征着王者地位,神明本身的形象更彰显此意,当镜头拉近,在他身后的迷雾中,突然有一束光驱散了迷雾,照在他的皇冠之上。

神明睁开了眼。

在舞台中央,背对着S6总决赛奖杯的地方,升降台升起,三支来自HCK的队伍,首发阵容十五人,背靠背呈三角形,缓缓出现在人们的视线中。

四个巨幕分别展现了三支HCK队伍在夏季赛联赛赛场上的精彩时刻,随着韩国解说高昂激动的呼喊,主屏幕上显示出HCK夏季赛的最后一幕——TAT战队五人举起了夏季赛奖杯。

现场的人们开始齐声高呼"HCK!""HCK!"呼声震天,哪怕这是在美国举办的比赛,但是电子竞技,强者为王,所以韩国队伍的粉丝自然也不输别的赛区!

"It's my own desire(我所向往的),it's my own remorse(我所悔恨的),help me to decide(驱使我下定决心)……"

神明的形象逐渐变得模糊,四个巨幕仿佛突然被泼上了朱砂墨,红色的浓墨晕染、蔓延,金色的展翅神明被吞噬在红色的墨色中,一条东方龙从墨迹之中迸发而出,张牙舞爪。

"Nothing ever lasts forever(人生苦短)……"

在背对着S6奖杯的另外一个角落,身披红底绣着明黄巨龙赛区战服的十五人在升降台上缓缓出现。当巨龙咆哮着挣脱荆棘束缚,巨大的爪狠狠拍碎地面时,场馆内,原本已经坐下的人们再次站了起来,他们用中文高声呼喊着"HPL加油",声响震天,仿佛要掀翻比赛场地的屋顶!

四个巨幕上,HPL赛区熟悉的解说声音响起,三支队伍畅快淋漓斩杀对手,犀利走位将呈现败局的团战转败为胜,拉扯兵线偷基地等一幕幕出现在人们眼中——

"偷家了!小花!小花!红箭战队万万没有想到,远古龙拉锯战只是一个幌子,CK战队的小花传送兵线直杀红箭战队基地!还有一百血!五十!让我们恭喜CK战队!"

"从春季赛保级到夏季赛亚军,杀出重围,拿到最后一张出征S6的门票,恭喜YQCB战队!"

"夏季赛总决赛冠军!ZGDX战队!全场观众起立,让我们以最热烈的掌声……"

"第一支确认代表HPL出征今年全球总决赛的队伍诞生了!"

"请代表HPL十二支队伍,将这么多年来的遗憾弥补,将属于我们的荣耀夺回!HPL,绝不再向世界低头!"

在赛区解说激昂的呐喊声中,主屏幕里,是ZGDX战队五人举起奖杯的时刻,是高大英俊的男人抱起身材纤细的少女,少女眼含喜悦之泪、满脸笑容捧住男人的面颊俯身亲吻他的时刻……

现场响起了欢呼声、口哨声和笑声。

三支队伍形成的三角形的某个尖角，童谣举起手，笑容满面地冲着黑压压一片的观众席挥手致意！

"Everybody wants to rule the world……"

东方龙消失后，是代表着HCS北美赛区的蓝色Berserker战士，象征着他们坚韧不拔、踏上战场即无所畏惧的战斗精神。

是代表着HMS中国台湾赛区的绿色巨蟒，它身具獠牙，拥有一双黑夜之中能目视一切的夜之瞳眸，猝不及防时的一击足以使人毙命，象征着S2上，HMS赛区出乎意料，杀出重围，夺得当届冠军的辉煌。

是代表着HCS欧洲赛区的苍鹰，象征他们始终以强者的身份翱翔于天际，试图在风暴之中破云而出，与神明、巨龙比肩。

是代表着IWC外卡赛区的射手，作为天地最普通的生灵，徘徊于五大赛区之外，尽管如此，他们面对强大的大自然力量仍无所畏惧，勇敢地弯起弓箭，瞄准了乌云密布的天空。

当五大赛区加上外卡赛区一共十六支队伍以六角星的形式围绕S6奖杯出现在舞台中央时，大屏幕上，射手的箭射破苍穹，黑压压的天空出现裂痕。

"So glad we've almost made it（迎来成功时值得庆贺），so sad they had to fade it（遭遇失败时随他淡去），everybody wants to rule the world（所有人都想征服世界）……"

背景音乐落下尾音，现场的灯光一下变得灯火通明，身材高大、身着西装的主持人从舞台侧面登场,情绪激昂,高声宣布——

"女士们,先生们,欢迎来到2016年《英雄王座》职业联赛全球总决赛开幕式现场。现在我宣布,年终盛宴正式开场!欢呼吧!呐喊吧!呼喊你们所爱的队伍的名称,让他们知道,你们在这儿,是他们坚实的后盾!"

巨大的礼花绽放于场馆之外的夜空,各国语言同时响起,最终却意外和谐地交织在一起,成为狂欢乐章的序幕曲。

年终盛典,最后的战役,至此拉开序幕!

第九章

第一天,CK战队和ZGDX战队都有比赛,所以开幕式过后,YQCB战队没有离开,而是和ZGDX战队两个队伍一群人直接进入后台休息室。

YQCB战队纯粹是因为没事干留下来看揭幕赛,顺便关心一下同一赛区的同胞。ZGDX战队首战将应战来自俄罗斯的外卡大兄弟Bear战队——CK战队去哪儿了呢?CK战队比较倒霉,要打揭幕赛就算了,而且打的还是韩国运营商OP战队。

韩国运营商OP战队和CK战队也算是万年老冤家了。

去年S5,韩国运营商队以一手3:1让CK战队止步八强,今年MSI季中邀请赛,CK战队和中国台湾赛区战队在第一轮小组赛中联手暴打OP战队,害得鼎鼎大名的韩国运营商队差点在小组赛被淘汰,丢掉了今年S系全球总决赛一号种子池的名额(MSI一共六支队伍,前四名可代表赛区为各自的赛区争取一个当年S系总决赛一号种子池的名额)。

听说当时韩国那边的论坛都沸腾了,"死老鼠党"当时已经准备就绪,其爆炸程度让中国这边大多数只动嘴,顶多上网买一箱辣鸡酱寄去战队基地的黑子们望而生畏。

因此这一战,用脚丫子想都知道OP战队不会就此善罢甘休,更别提给CK战队留点面子什么的。而CK战队也是相当看重OP战队这个本组出线的最大竞争对手,势必全力以赴。

赛事安排人员很会玩,这绝对是一场很值得期待的揭幕赛。

而此时此刻,童谣他们在后台休息室坐下来。

休息室里有大电视可以围观当前的比赛,童谣他们坐下来的时候,CK战队和OP战队的比赛已经进入BAN&PICK环节。童谣一把抓住陆思诚,拧了拧他的胳膊:"我紧张,我比自己上台打比赛还紧张——哎哟,他们怎么BAN了个暗黑球女,有毛病吧?跟OP战队打比赛BAN什么中单?"

"老实坐着。"陆思诚拍开她的手,顺便将凑到自己下巴底下的那个脑袋也推开。

OP战队中单金宇光,就是玩得一手非常厉害的美杜莎,害得童谣被陆思诚嫌弃英雄池的大手子。这人是OP战队的灵魂人物,也是HCK整个赛区当之无愧的第一中单。在人们看来,没有金宇光不会玩的中单英雄,甚至有很多原本不是打中单的英雄也是由他亲自开发套路然后才流行起来的。

对于金宇光来说,《英雄王座》这个游戏并没有什么所谓"版本强势英雄"的说法,因为从某种角度来说,金宇光就是版本本人。

打这种人你拿个BAN位去针对他的英雄池,这不是浪费BAN

位是什么?

这会儿童谣坐立不安,要不是陆思诚摁着她,她估计已经冲上去拎住CK战队教练的脖子要问他这是在做什么了。

童谣:"这BAN&PICK怎么做的!"

陆思诚:"小花不想玩暗黑球女,暗黑球女版本强势,所以BAN了。"

童谣:"可是金宇光还会一万个版本强势的英雄!"

陆思诚:"是啊,厉害不?"

身后YQCB战队的队员已经嗤嗤开始笑了起来,在他们的认知里,如果一个人像祥林嫂似的在陆思诚耳边唠叨,他早就该板着棺材脸让她闭嘴了,而这会儿对童谣,他倒是还有耐心敷衍一下,虽然也是真的敷衍到眼珠都没离开过屏幕。

童谣:"厉害什么厉害?你这人怎么长别人士气?对得起在台上战斗的同胞吗?CK战队这BAN&PICK到底怎么——"

童谣没能说完,因为此时陆思诚已经捂着她的嘴将她整个人抱起来了,他一只手臂固定在她的腰间,另一只手捂着她的嘴。

童谣挑起眉"呜呜"了两声,随后听见陆思诚在她耳边嗓音低沉且平静地道:"注意观影素质。"

在身后的一片笑声中,童谣一直被陆思诚捂着嘴,直到比赛开始,陆思诚这才放开她。而这时候她也稍稍冷静下来,跟他"有素质"地小声讨论起比赛来。

开局,OP战队中上野三人组前去抓CK战队的F4野怪,并抓到了阳神!阳神被三个人怼得慌忙交了凌波,血线也极其危险,狂嗑两口红瓶后勉强刷完红Buff回家，OP战队的打野则趁机把CK战队的蓝Buff偷了，并在蓝Buff旁边的草丛里放了一个眼。

阳神自然不知道自己这边蓝没了，从基地走出来路过蓝Buff，在空荡荡的坑里转了一圈——此时他不仅被偷了蓝，而且还被OP战队一清二楚地看见了动向，他试图蹲了一波下路双人组，没蹲到，只能去偷偷OP战队下路的蓝。

只是OP战队的蓝并不是那么好偷的，人家仿佛猜到了你会大驾光临，中单转个头和辅助双双转线，率先拿了自家蓝Buff，阳神再一次空手而归。

这一来一回，三十秒就过去了，开局前三十秒对于打野来说就是生命，在野区闲逛三十秒什么都没捞着，换了一般打野，说不定心态就崩了，但阳神还好，勉强镇定着，只是他自己心里也清楚，这一局刚开局，他的打野节奏算是全乱了。

这样一乱，连带着其他路也跟着受到威胁——

OP战队一看阳神在下，打野立刻跑到上路蹲了一波上单好运来，此时双方级数才刚刚三级，好运来大概怎么都没想到对方会把目标放在他这个远古恐龙上单身上，所以兵线推得比较深，直接被抓掉一血。

休息室里齐刷刷地响起"哎哟"的叹息声，童谣听见教皇在他们身后用中文跟队友说："CK战队，打不好逆风局；OP战队，顺风局，强无敌。"

这中文得多好啊，强无敌都会了。

童谣用手肘碰碰陆思诚："那怎么翻盘？"

第九章

陆思诚："拿头翻。"

童谣用手戳他："你好好说话。"

童谣又问："那如果是你怎么办？"

陆思诚拍了下她，示意让她老实点闭上嘴，回头用韩语和教皇讨论了一波，而后才把脑袋扭回来用那种不紧不慢的语气道："不知道啊，现在看来唯一的翻盘点说什么拖时间啊、牵扯兵线啊都是扯淡，我看就差抢个龙吧，长长士气很重要。而且又不是只有CK战队打不好逆风局，OP战队的逆风局也不怎么样。"

此时开局四分三十秒，从比赛第一秒就开始的连环套路，随着一血的爆发让比赛节奏落入OP战队的手中。

童谣听了陆思诚的话，只好闭上嘴安静地等待一个抢龙。

接下来的比赛正如教皇之前所说，CK战队这种全员都很虎的战队，对于逆风局缺乏绝对的耐心和细心，动不动就被人滚起雪球，放塔放龙，总觉得能这样勉强拖着发育等一波团战，但人家韩国赛区不像HPL一言不合就抬手干架，他们就爱打运营。

等CK战队发现放了三十分钟的塔和龙也没能跟他们团战一波时，急了，眼看比赛可能就要这样慢性死亡，这时候，终于被他们找了个OP战队开大龙的时候怼上去，阳神扫地僧摸眼下坑，惩戒抢龙，抢到了！

可以清楚地看见比赛摄像头里简阳咆哮了一声，CK战队的其他队员也是精神一振。解说叫得嗓子都失声了，观众席的观众跳了起来，CK战队的应援牌被高高举起。

与此同时，休息室里也是一阵赞叹。

童谣:"啊!"

童谣:"说抢就抢啊!别人家的打野!"

老K:"你好好说话,是不是想上演中野恩断义绝?"

此时,不只是童谣揪着陆思诚的衣领高兴,不论是比赛场上还是选手休息室,都是一阵欢呼和掌声,OP战队的打野直接笑了,无奈地摇了摇头表示无奈。

这算是一个小高潮,借着阳神抢来的大龙Buff,CK战队打赢了第一波团战,并推掉了对方的中上两座外塔加下路二塔,抢回来差不多四千左右的经济,此时大龙Buff的时间也到了。然后CK战队全体成员一改之前被动的局面,发现打团战好啊,打团战我们擅长,于是也不等着OP战队自己找上门来了,追着人家屁股后面又打了一次团战,打了一波二换四,又赢了。

童谣:"闹鬼了,CK战队会打逆风啦?"

陆思诚:"OP战队也上头了,这波团战不接,继续拖着运营,拉扯兵线也够玩死CK战队了,非要打架……回去要跪搓衣板了。"

童谣:"打架好啊,打架HPL擅长的,欢迎来到HPL的节奏。"

比赛拖延至第五十分钟,CK战队将经济和掉的塔追平。

第五十五分钟,两队争夺远古龙,OP战队先开龙,打着打着就看见简阳的扫地僧幽灵一样地又出现了。鉴于上次不管这个打野的后果就是被抢龙的阴影还历历在目,OP战队只能先试图怼阳神,没想到技能甩了一大堆,结果还剩一丝血的阳神被吹笛神一个大招金身保住,怂在阳神后面的兄弟一拥而上!

第九章

为了杀阳神,OP战队C位技能用了,输出不足,被远古恐龙一巴掌拍了三个在墙上,伊泽上前自由输出,瞬间三杀带走全部。CK战队在呐喊声中接盘拿下远古龙,远古恐龙回城直接TP至对方基地,联合状态不错的辅助和血不多的打野推掉了对方的中路水晶,又杀掉了OP战队刚复活的打野。

此时其他队友赶到,CK战队势如破竹,直接一波推掉了OP战队基地!

至此,HPL赛区首战告捷……

居然告捷!

"HPL! HPL! HPL!"

"MSI上的一幕再次重现!"

"没有想到,没有人能够想到,女士们、先生们,这一场比赛的MVP,我想必须属于CK战队的打野,龙坑那一波漂亮的摸眼惩戒奏响了本场比赛的变奏曲第一个音节!"

在现场观众的欢呼声中,休息室里的人也纷纷鼓掌,童谣看简阳摘了耳机,像猴子一样蹦跶起来,就像已经能捧起S6奖杯似的,觉得挺有趣,就跟着笑了,没笑两下就感觉到旁边坐着的人腿抖了两抖。

"笑什么笑?"陆思诚严肃的声音传来,"坐在我旁边冲着别的男人笑,像什么话你?"

童谣:"我笑阳神赢了一局小组赛开心得像个猴子。"

"像猴子"怎么听都不像是褒义词,于是陆思诚想了想,点点头道:"这个可以,笑吧。"

这个时候，HPL赛区的观众顿时也变得非常乐观，贴吧又有了每年都会出现、每年都会被打脸的系列帖子："兄弟们，不是我说，这是HPL最有希望的一年！"

大家纷纷表示祝贺，并祝福CK战队再接再厉，然后就收拾收拾心情准备看下午ZGDX战队和外卡大兄弟的比赛了。比赛开始前，大家心里想：那可是外卡啊，别的不说，按照每年外卡就是来娱乐一下，顺便给其他赛区的垫底队伍挽尊的形式，HPL的一号种子打外卡总打得过吧？这局总是稳的吧？

事实也证明是真的稳。

大概因为是首战日，队员都特别兴奋的缘故，ZGDX战队在比赛开始二十五分钟时就把俄罗斯毛熊捶成了泰迪熊，中路直接通关，一路高歌猛进，童谣挂着17击杀0死亡3助攻的战绩推掉了对方基地，拿下第一局比赛的MVP，收获全世界范围内迷弟迷妹一大把。

打完比赛之后，各大国外媒体平台关于"HPL的女选手"这类的搜索火热异常，覆盖了"驯龙传说简阳"的光芒，所有人都在讨论HPL赛区那个掉进人群里都怕她被踩死的小姑娘选手，人们都说，她的灵魂深处住着一只能把摩天大楼扛起来的哥斯拉——所到之处，尸横遍野，寸草不生。

这一天，当ZGDX战队旗开得胜、收队归来时，CK战队经理欢欣鼓舞地挥动着瞬间填上了好多个战队训练赛安排的时间表。

与之相同的是，HPL赛区各大媒体平台整体气氛喜庆得像是提前过年一样,童谣和简阳成了明星人物——

这是他们分手后第一次在同一场合被人拿出来讨论,陆思诚对此非常不满,并表示早知道就不让给童谣那么多个人头了,任由她喊破嗓子也不让,坚决不让,打死都不让。

反正这次到了美国,蓝脑公司派来在后台做赛事收音的工作人员都听不懂中文,不会知道她在鬼吼鬼叫什么,并不怕丢人。

"没有人让人头让得自己一头绿油漆的,"陆队长表示,"没有下一次,永远。"

第十章

第一个比赛日过去之后,HPL赛区战绩喜人,人们沉浸在乐观的气氛里自然不必再说,贴吧众人也欢天喜地地开始着手研究本届S系全球总决赛的出线情况。一时间,瞎吹的、认真分析过去几年战队交战战绩的贴吧大手子,都如雨后春笋般冒了出来,撇开没有HPL队伍的D组,剩下三个组,人们乐观地看出情况大概是这样的——

A组:头名估计还是韩国表情包战队没毛病,毕竟感觉S系赛事都是他家办的,剩下欧美战队不足为惧,YQCB战队可争取第二个出线名额。

B组:头名如果不是以全胜战绩被ZGDX战队拿下,那提议让队内连替补加教练组一起游回国来,别丢人现眼,第二个名额应该属于中国台湾CNC战队。

C组:有韩国运营商OP战队,还有中国台湾的FZ战队,说实话,这个很难乐观得起来——FZ战队在历史战绩上几次闯入四强,真的没有比CK战队差很多，而CK战队虽然赢了一局OP战队，但这并不能代表OP战队就不是一块硬骨头。总结：CK战队争取一个入八强的名额就行，争取不到，也不勉强，尽力即可。

从"争取不到，也不勉强，尽力即可"这十二个字可以预见接下来的一个月内，绝对是一年以来贴吧群众力所能及的最和蔼可亲的一个月。

童谣："为什么CK战队就是尽力即可，我们ZGDX战队就是输一局也要自己游回国？"

没有人理她。

大家都在车上安静休息，准备回去与TAT战队的训练赛。

一天比赛结束，回训练室的路上童谣玩手机玩得很开心，看看战况分析帖，有说得对的，也有胡扯的，最让她佩服得五体投地的是贴吧里甚至还有算卦的冒出来。一个人推了半天的八卦阴阳，推出今年世界总决赛虽群雄逐鹿、高手辈出，却有万绿丛中一点红，于群雄之中脱颖而出一战成名的征兆！

万绿丛中一点红什么的，这傻子也知道说的是谁了。

这说法把童谣看得心花怒放，不管人信不信，总之她是信了——开着小号在众多高呼"吧仙"的人后面屁颠颠地假装路人留言："这说的是smiling吧？我也觉得她很强，不比金字光差的。"

回复完毕，童谣美滋滋地刷着手机，用手肘碰了碰旁边仰着脑袋闭目养神的男人："算命的说我要一战成名了。"

陆思诚睁开眼，眼中满是睡意却还是凑过脑袋来看童谣手里的手机："哪个算命的？"

童谣:"贴吧里的'吧仙'。"

陆思诚想了想,没忍住问:"你去厕所里找算命的?"

童谣伸手作势要打他,想了想好像又觉得有道理,于是放下手:"市井之地,鱼龙混杂,最容易出现隐姓埋名的高手。"

陆思诚:"你求仙不如求我。"

童谣:"什么意思?"

陆思诚笑了笑,慈爱地拍拍她的头:"明天你就知道了。"

明天ZGDX战队有一局和CNC战队的比赛,理论上来说,中国台湾CNC战队是本组唯一够看的队伍,但是HMS赛区实力一向不差,甚至有几年还优于HPL赛区,所以不认真打也会翻车。

然而不幸的是,此时童谣并没有把陆思诚的话放在心上。

晚上十一点左右,回到训练室,同韩国战队打完训练赛,日常输,问题还是在中路——最近半年,童谣在进步,头疼的是她的死敌TAT战队中单阿太也是进步飞快。再遇见时,童谣还在磕磕绊绊地学习如何打抗压局对线,而阿太已经成长为一个成熟的攻守兼备的无解选手。

打完训练赛,童谣脑袋一低,眼看着直接砸到了键盘上,陆思诚在旁边淡定自若地伸出手拦住她,手挡在她额头和键盘之间,淡淡道:"没事,动动脑筋,慢慢来。"

"不动了,"童谣说,"只有阿太脖子上那个才能称作脑袋。"

陆思诚温柔道:"别这么说,猪脑袋也是脑袋。"

闻言,童谣将脑袋从男人的大手上拿起来,转头怒目而视。

陆思诚一脸怜爱地拍拍她的头——同TAT战队的训练赛对战

史里，陆思诚所在的下路从来就没被压制过，看来是TAT战队的新ADC，哪怕在体系的培养下能在国内联赛称王称霸，却依然把他的前辈们当作挡在面前无法逾越的大山。

心魔啊，就像阿太给童谣带来的阴影，可以缓缓走出，但是回过头小心翼翼地看着时，它依然还在那里，令人硌硬至极，却又不得不面对。

美国时间凌晨两点，ZGDX战队打完今日安排的所有训练赛，准备离开训练室回酒店休息时，顺便听到了一些八卦——

好像说的是今日被ZGDX战队暴揍的Bear战队，是因为中单队员水土不服，全场闹肚子，所以才表现得大失水准，晚上他吃了药好些了，在训练赛里居然大杀四方，打爆了原本准备拿他们练手的北美T1战队TIME战队。

欧洲三号种子池里的MOON战队训练赛无敌，一晚的训练赛，先斩杀意气风发的CK战队，再拿下韩国的RP战队。

今年的S系全球总决赛可能要变天，外卡赛区也许不再是其他赛区的挽尊安慰奖。

第二天比赛日，ZGDX战队对战CNC战队，YQCB战队对战TAT战队，CK战队对战FZ战队。

对于HPL赛区来说的三场硬战，ZGDX战队被安排的时间是在其他两个队伍的后面，所以他们早早就来到了比赛场，在坐下观战的同时收集一些对手资料——童谣那个价值超高的数据小本本被她从上海一路揣到了美国。

第十章

大概是四个小时之后,那个本本被密密麻麻地记满了两页,上面详细精确地描述了分别在几分几秒与几分几秒,HPL这艘"堪称最有希望的一年"的华丽战舰从进水到沉底的全过程。

YQCB战队对战TAT战队,CK战队对战FZ战队,两战全败。

在第一天比赛日,OP战队表现出现偏差之后,第二天,TAT战队以赛区第一种子的身份在YQCB战队身上找回了场子——除了教皇和凉生组合的下路勉强能看,上中两路加上野区简直只能说是一场惨无人道的虐杀,比赛十五分钟就接近崩盘。二十二分钟时,直播平台上"GG""二十投"的弹幕已经飘如白雪,以至于不屏蔽都看不见比赛画面了。

比赛结束时,摘掉耳机站起来的韩国战队成员的脸上仿佛写着你"爸爸"还是你"爸爸"。

自古贴吧真"毒奶"。

于是到了第三局,ZGDX战队对战CNC战队,开赛之前,微博、贴吧一片安静,只有实在憋不住的粉丝在微博念叨了一句:"ZGDX战队也输的话那就美滋滋了,现在是国内早上六点,美好的一天从HPL翻车开始?"

这时,国内的粉丝朋友们躁动不安,ZGDX战队的压力也不小。

当国内的众人喝着豆浆,啃着油条,用手机观看比赛时,童谣他们已经坐在了比赛台上,戴上了自己的耳机。来到国际赛场上,打法更多样,套路更新鲜,童谣的妖姬和魔术大师并不再是国内联赛那样几乎百分百上BAN位,所以这一局她顺利地拿到了妖姬。

现场的解说和所有了解她的观众都是一阵欢呼。

解说D:"哦吼,smiling的妖姬!据我所知,这个在HPL赛区联赛时,并不会有对手将它放出来让smiling选手拿到!CNC战队,你们没做功课!"

解说F:"是不是真的强,打过才知道,我倒是认为如果一个选手长久不在赛场上使用一个英雄,再使用时手感就会有所偏差……相比之下,HCS赛区Jones选手的妖姬绝对更让我惊艳。"

解说D:"你对HPL一无所知。"

解说F:"那倒是让我大吃一惊,我等着。"

两个解说之间的火药味浓烈,这也让现场观众的情绪激动起来,伴随着他们的互相挑衅,BAN&PICK环节以陆思诚锁定冰原射手作为最后一选顺利结束。

比赛开始。

CNC战队整体实力不差,中单阿龙是队伍里的硬实力Carry点,打法十分小心,且偷血能力一流,这会儿拿了个吸血公爵,一时间童谣也拿他没什么办法。

而上下两条路,因为知道对线打不过,干脆就选了保守组合怂起来,想等中单发育Carry,能不能打断他们队伍节奏的重任一下子就落在了童谣的肩膀上,她很紧张。

直到对线期维持到第八分钟,童谣早就计算控制好的兵线同时被清空,阿龙反应过来此时不太妙,想要后退却为时已晚,只见妖姬以极其快的手速闪上来WQREW一串连招,原本血线健康的吸血公爵立刻血线见底。

第十章

当现场观众眼睁睁看着他还有一丝血,只需要一个普攻平A就能让smiling将一血收入囊中时,他们突然听见从比赛台那边清晰地传来一声女生的尖叫!

万人场地安静几秒,众人全部一脸茫然。

解说D伸长脖子看了看:"我们好像听见比赛台上传来了一些响动——发生了什么?比赛台上进老鼠吓着我们的女士了?"

话音刚落,延迟了大概三秒左右的画面终于同步显示,原来是在smiling即将收下阿龙人头时,从下路视野盲区横空飞出一个冰原的大招,一箭射掉了吸血公爵的人头!

两名解说瞬间笑成一团。

解说D:"哦吼吼!我的老天爷,见过偷吃女朋友零食被强行单身狗的可怜虫吗?你们马上就要见到了。"

解说F:"奇准无比的大招,从角度到命中时间。"

解说D:"我们现在可以看到——呃,麻烦导播给个镜头——好的好的,现在我们可以清楚地看到smiling正在怒气冲天地说着什么……"

解说F:"如果是在路人局里,中单估计就挂机了。"

解说D:"但是正规比赛里挂机算消极比赛,要罚款的。"

与此同时的比赛台上——

童谣:"陆思诚!"

陆思诚摁下"B"键回城,扶了扶耳机,一脸淡定道:"干什么?我怕他跑了,帮你定住他……"

童谣:"定什么定!你故意的!"

陆思诚:"注意素质,不就是四百块吗?那么气。"

童谣:"气炸了!我交了一万个技能!给你做嫁衣!"

"我昨天不也是交了一万个技能,留一堆残血给你收割吗?你以为你那个四杀哪儿来的啊?惯得你,"陆思诚转过头看了她一眼,不仅没有安慰她,反而眯起眼笑着说,"气成河豚。"

童谣恨不得抓起键盘拍在那张懒洋洋的俊脸上。

童谣:"我要挂机了,你们失去了你们的宝宝,这局比赛没有中单了!"

陆思诚平静地"哦"了一声:"你想好了啊,国际大赛中消极比赛,罚款按美金算的。"

童谣一下子不出声了。

陆思诚:"就知道你不敢!来,别气了,老K呢?过来,给这河豚拿个蓝Buff压压惊。"

第十一章

陆思诚的那一箭虽然没让童谣拿到四百块,但是带来的线上优势还是在的——在CNC战队中单等待复活期间,一波兵线推进对方中路防御塔,他一个兵都没吃到,少了一波发育的机会,让童谣抓住机会压制了他的成长。

因此比赛最后,在下路强势起飞Carry的节奏中,ZGDX战队顺利拿下CNC战队,给大洋彼岸的祖国人民打了一针强心剂。

比赛结束,观众欢呼,解说也非常激动,一言不合就煽情——

解说D:"这一局!HPL向我们展现了他们的风采,我们仿佛看见S2那年HPL那些优秀的AD选手们,给别的赛区带来的强大压迫力与恐惧!"

解说D:"我至今还记得那些选手的ID名字,哈哈!就是他们让我在直到今天的四年里,仍然义无反顾地跑去解说HPL赛区的联赛转播。"

解说F:"HPL一直是盛产顶尖AD的地方,但是在过去的一两年里,他们的表现却不尽如人意,反而是HCK赛区和HCS赛区的AD选手们更加优秀。"

解说D:"你总是不忘记提起你亲爱的HCS赛区的选手们。啊,但是没关系,我希望这一场比赛是一个黎明前被吹响的号角……"

解说F:"什么?"

解说D站了起来,振臂高呼:"他们回来了!那些来自HPL的优秀AD们!欢迎回来!"

解说D激动地振臂高呼,情绪完美地带动起现场的观众,观众们人浪一般全场起立,高呼"HPL"!

此时比赛结束,队员们陆续摘下耳机,第一秒听见的就是人们激动地欢呼着自己赛区的缩写,搞得好像是他们的主场一般。童谣莫名其妙地站起来,走到对面和台湾同胞握手——童谣不知道解说说了什么,撩得现场观众这么激动,她只能听见对方的中单对开场冰原那一箭记忆尤深,抓着陆思诚的手笑眯眯道:"那一箭真的超强的耶,奇准无比,你是算好的吗?简直强无敌,我都吓傻了。"

陆思诚谦虚笑道:"哪里哪里。"

你就记得那一箭了?那我呢?我呢?

精准的计算兵线推进速度,刁钻的进攻角度,完美的连招释放,把你吓得屁滚尿流的我呢?!

和台湾同胞一一握手过后,ZGDX战队在现场的欢呼声中照常走到舞台前面跟观众鞠躬,然后回到自己的座位上看数据和收拾外设。童谣回到位置上坐下来,看了眼数据,陆思诚11击杀1死

第十一章

亡5助攻的数据，相比她的4击杀4死亡12助攻那是相当华丽……

脑海之中不由得浮现出最后几波团战，站在队伍后面走位风骚，疯狂输出，即便前排死光了，他老人家还满血的垃圾冰原射手，踩在队友的尸体上收割完成团灭对手，拿了两次三杀。好像第二次拿三杀的时候，等待复活的童谣抬头看见不远处观众席好多人都站了起来，那些老外兴奋得嘴里高呼着什么，大概就像是现在一样——

他们高呼心中AD之神的游戏ID"Chessman"。

仿佛ZGDX战队从始至终只有一个Carry位，而且他们这局打得确实不是"四保一"保下路复古战术。

很多的羡慕，小小的嫉妒，也想像他一样，有一天……

童谣有些茫然地站起来，一种不安自心底生出，滋长，总觉得自己的思想很危险，远处走在前面的男人就像是ZGDX战队的定海神针，她怎么可以想着有一天要超越他呢？

恍惚之间，童谣才明白了昨天陆思诚意味深长地说的那句"求仙不如求我"到底是什么意思。忍住了把男人暴打一顿的冲动，她追上走在前面的男人的步伐道："陆思诚，我心很凉。"

陆思诚头也不回："怎么啦？"

童谣伸手捉住他的衣角："我突然发现你是个无情的人。"

陆思诚脚步稍稍放缓，勾起嘴角："什么？"

童谣的耳边是身后观众席传来的清晰的欢呼声，她停顿了下，道："你昨天给我让人头，拿四杀，就好像是两个人的热恋期，我说什么都是好的，你都让着我。但是你今天虎口夺食，怒抢人头，翻脸不认人,就仿佛在告诉我,要是有一天你不爱我了,我就会被你饿死,连一口热汤都喝不上。"

陆思诚笑了起来。

童谣刚开始是开玩笑的,但说到最后她自己都开始不安了——尽管自己都觉得自己幼稚,她还是皱起眉,用力扯他的衣角:"你笑什么?我认真的。"

选手通道有点窄,小胖他们走在前面,陆思诚放慢脚步,同童谣落在了后面——在童谣使劲拽着他的衣服拉扯他时,男人突然停了下来,转过身,在身后的比赛场上人们齐声高呼"Chessman!Chessman!Chessman"的背景音中,他挟住身边少女的肩膀,弯下腰亲吻她皱起的眉心,嗓音平静温和道:"那好办,我爱你一辈子就行了。"

周围的声音好像一下子全部消失了,童谣愣了愣——以前他对她说过这样的承诺吗?

好像没有。

陆思诚放开她,直起腰,温暖干燥的大手牵起她的手,两个人肩并肩往前走——不知道什么时候,身边的大长腿居然也学会了放缓步伐,用最自然的方式配合他身边的小短腿。童谣捏住他的手指:"那有一天我人老珠黄了呢?"

"是什么造成了你以为你是以美貌取胜的错……"陆思诚停顿了一下,大概是手指被捏疼了,"我比你大了快五岁,等你人老珠黄,我比你更老。"

"标准答案应该是:你再老,在我心中也是最美的样子。"

第十一章

"哦。"

"但是一辈子太长了,队长,你就是在哄我开心。"

"能有多长?"男人眉眼淡然,垂下的睫毛遮去了深褐色瞳眸中的光,"打比赛,退役,娶你过门——以上顺序可根据实际情况调换——生个女儿,再生个儿子,看着HOL倒闭关服,替小崽子们背上上学的书包,看着小崽子们长大,小崽子们该嫁人的嫁人,该娶媳妇的娶媳妇,然后我们就老了——有一天,我将站在你的葬礼上描述你光辉的一生,细数你年轻的时候Carry了几局比赛,打哭了几个韩国人,然后把'这个女人貌美如花了一生,我爱她'刻在你的墓志铭上……你看,一辈子就这么短,你怎么会觉得长?"

童谣微微转过头,唇瓣微启,满脸呆滞地看着身边的人,心想:这个家伙学的不是法律,而是汉语言文学吧?不然凭什么这么会说话?

听着他用那样平静缓慢的语气描述完他们可能会拥有的一生,童谣鼻子一酸——不要说先前因为被抢人头,发散到自己以后会被陆思诚饿死的那些不安了,现在她只想把下半辈子所有的人头都让给他,就像小胖给陆思诚让人头一样。

啊,看啊,多么厉害,多么可怕!只是用一张嘴,就能活生生把Carry型中单忽悠出一颗辅助的心。

"那……"再开口时,童谣的声音有些沙哑,"你凭什么觉得你会死在我后头?"

"因为我祸害万年长。"

"陆思诚。"

此时两个人来到休息间前,隐约听见里面老猫和小胖聊天的声音,陆思诚停了下来,手放在门把手上:"你被我娇生惯养了大半辈子,我死了你生活不能自理怎么办?因为决定要接手你后半辈子的人生,当然就要负责到底,包括你的葬礼——你这么作,老了以后也是个会作妖的老太太,葬礼要求肯定很龟毛,除了我,谁理……"

陆思诚话还没说完,身边的人已经挣脱他的手,张开双臂一把死死地搂住他的腰,双眼通红,脸上是死心塌地的表情。

童谣:"我错了。"

陆思诚:"怎么了?"

童谣:"我居然嫉妒你。"

陆思诚笑了:"哦。"

童谣闭上眼,鼻尖压在男人的胸膛上:"你都是我的,我为什么要嫉妒自己拥有的?简直莫名其妙。"

陆思诚拍拍她:"是好事,你开始惦记着怎么超越我成为队霸了,就像贪狼那个小鬼一样充满干劲,总比你们总想着躺赢让我Carry值得人欣慰,如果那一天真的能够到来,我会很高兴,我老了,偶尔也会想躺赢一下的。"

童谣抬起头:"真的吗?"

他低头与她对视,微笑道:"真的。"

小胖一拉开门就看见自家中单像是抱着什么宝贝似的抱着自家AD,瞬间乐了:"哟呵,这是怎么啦?十分钟前还是要死要活,中下恩断义绝的节奏,这会儿怎么又像宝贝似的抱着了?不分手啦?抢你四百块的大仇不报了?"

陆思诚拍了拍埋在自己怀里的人的背,感觉到自己腰间的双臂收得更紧了。

他掀起眼皮,似笑非笑地扫了眼小胖:"我不是一直都是她的宝贝吗?"说完还低头问怀中人"是不是"。

小胖翻了个白眼,并不知道这个男狐狸精又使了什么妖法,打了个寒战,让这连体婴似的两个人走进休息室,至少别站在走廊上辣别的选手的眼睛。

第十二章

美国时间,十月三日晚上九点半,在ZGDX战队迎战来自北美赛区TANK战队,并在三十五分钟就飞快拿下比赛后,整个S6的第一轮小组赛宣布结束。

最后一战,童谣拿着妖姬以15击杀0死亡3助攻的战绩,从"国服第一妖姬"顺利升级,荣登"世界第一妖姬"宝座,就连那个一直不是很看得起HPL赛区的解说F,也在赛后心服口服地叹息:"第二轮小组赛中,也许不再会有队伍轻易将妖姬这个英雄放给smiling了。"

ZGDX战队和它的女中单在小组赛一战成名!

还真的就应验了贴吧"吧仙"所说的那句话,国外网络上甚至出现了童谣暴打其他战队十七位中单的漫画,漫画形式非常丰富,基本体现了她高高在上的姿态,大写的牛!

国内打游戏的妹子们可算是扬眉吐气了,遇见说"赢了一堆菜鸡队伍就以为自己是盘菜了啊"的男性玩家,也可以理直气壮地扔下一句"你就酸吧",然后扭头傲娇地扬长而去。

从小组赛开赛那天开始算起,三天之内,童谣的微博粉丝翻了三倍,坐拥女粉无数,人气直追陆思诚。

也不知道这番地震是不是真的惊到了陆思诚,还是他这个人本来就很骚,在小组赛结束的当天晚上,陆思诚也放了个大招——面对国外媒体的采访,高才生陆思诚完美展现出他不仅可以靠脸吃饭,还可以靠文化吃饭。比起其他英语只限"NO F, NO D(没有两个召唤师技能)""TP, TP, TP""AD, AD, AD""BACK, BACK, BACK"的选手,他全程没有用到翻译,与国外媒体对答如流。

英语发音准确,表达意思准确,对美国人来说,唯 美中不足的是他的英式英语,带一点点高贵的伦敦腔。

于是,与TANK战队的比赛中,童谣的优秀表现被人高歌赞扬了一个小时后就无人问津,陆思诚接受采访的视频迅速占据各大媒体头条,标题用得非常统一:"膨胀!ZGDX战队队长面对外媒采访放话:第二轮小组赛里,ZGDX战队依然会全胜!不畏惧韩国队伍,最终目标是冠军!"

第二轮小组赛将在美国时间十月十三日继续展开。

此时,HPL赛区战况是ZGDX战队以全胜战绩稳居小组第一;CK战队输给FZ战队,有惊无险地赢了OP战队,所以在与OP战队同分的情况下以胜负关系暂居小组第一;YQCB战队以二胜一负的战绩暂居小组第二。

虽然战绩不错,也一改别人认为"HPL赛区已经没落"的印象,让CK战队和YQCB战队顺利约到了不少训练赛，但HPL赛区中最让人心凉的那次负场是韩国战队带来的，这让HPL赛区的众人感到安心又无奈——

安心的是好像除了韩国的战队，HPL赛区今年打别的赛区问题都不大，想象中那种国内联赛菜鸡互啄，到了外面肯定被吊打的惨状并没有出现，出了国才发现大家来到了一个大型菜鸡园，同国内联赛唯一的区别就是多增加了品种不同的菜鸡。

无奈的是，韩国的战队不仅依然打不过，而且好像还非常打不过，也不知道是谁往菜鸡园里丢了三只黄鼠狼，同剩下的十五只菜鸡大眼瞪小眼。

小胖："特别是TAT战队，黄鼠狼之王啊——强到登天，在小组赛里不仅全胜，而且目前还没有哪支队伍看过他家的高地塔长什么样，隔壁战队坚持了四十多分钟，带掉他家五六座外防御塔时比赛就GG了。"

小胖叹息时，ZGDX战队的一众人正坐在回酒店的大巴上，因为接下来有长达十天的调整期，所以今晚小瑞好心地给所有人放了个假，没有安排训练赛，接下来几天，他们准备用一两天时间好好在周围玩玩。

其实这一群宅男，要说旅游，他们是没多大兴趣的，旅什么游啊？还不如召唤师峡谷一日游，但是架不住童谣说了出门在外的金句——来都来了，就看看呗。

众人想了想，也是啊，总不能回家了，人家问你去过美国都看到什么了，你一拍大腿说"在美国上美服打游戏真的不卡啊"，那多尴尬?

于是这会儿,大家都在翻旅游册,研究着附近有什么好吃的、好玩的。

童谣一边看旅游册一边看手机,点开微博那条被转发好几万次的陆思诚采访视频,下面的热评第一说:"如果smiling是靠世界赛给女游戏玩家洗白了一波,那Chessman大概就是靠采访给电竞宅男洗白了一波。谁还敢说我们只会打游戏没文化来着?谁?!"

童谣给这人点了个赞,有点乐不可支,那点被抢了风头的愤怒完全被对自己降服了这个优秀男人的骄傲熄灭。

陆思诚让她靠着,拿着旅游册翻了丅,还是索然无味的模样,索性扔开了,决定贯彻"媳妇去哪儿他去哪儿"的原则,懒洋洋地接过小胖的话:"如果所有战队保持现在这个成绩出线,以小组第一和小组第二交战的抽签方式,加上同赛区又有回避不战的原则,那八强赛我们打的只可能是D组第二的队伍或者是小组第二的韩国运营商OP战队……"

童谣:"如果OP战队是小组第一,CK战队跑去第二,那我们不是稳打D组第二,保送四强?"

陆思诚:"对啊。"

童谣坐了起来,小胖坐了起来,老K和老猫还有陆岳齐刷刷双眼放光地回过头看陆思诚,异口同声道:"这么好?"

陆思诚无奈道:"你们就这点出息?我教育你们这么久,就教育出这么些怂货,嗯?恐韩?"

众人笑作一团。

第十二章

童谣"啊"了一声:"怎么办?我又想CK战队输比赛了,这样是不是很恶毒?说好的出国之后一致对外呢?说好的不计前嫌,衷心祝福前男友旗开得胜,只输给我呢?在严峻的出线形势面前,一切承诺皆为浮云。"

小胖:"OP战队要是小组第二,万一手臭抽到OP战队,咱们训练赛赢过几局?"

陆思诚:"总要面对的。"

小胖:"也许在此之前,OP战队已经被别人送回家了!"

陆思诚:"那TAT战队呢?"

小胖:"训练赛好歹赢过几局——陆岳上的时候。"

童谣翻了个白眼。

陆思诚横了小胖一眼,然后伸手拽走少女手中的旅游册,稍稍弯腰,侧着脸凑近她低声问:"想好去哪儿玩了没?"

"随便吧,"车内昏暗的灯光之下,童谣见那张棺材板似的俊脸难得柔和,伸手轻轻掐了下,"你去哪儿我去哪儿啊。"

这说法倒是和陆思诚先前想的不谋而合。

男人眼神一动,随即勾起嘴角轻笑:"逛街?"

童谣想也不想地摇摇头:"我没什么想买的。"

陆思诚抓着童谣的手拍拍自己的胸口:"人形提款机跟着了,你说这话?"

童谣抽回自己的手:"我看上的是你的钱吗?"

陆思诚的笑容扩大了些:"你看上的是我的钱吗?"

童谣反手用掌心贴上男人的额头:"有毛病?你就这么想给我

花钱？"

陆思诚没拿开她的手,而是"嗯"了一声,道:"喜欢一个人,就是想使劲儿给她花钱,有十块花九块五,剩下的五毛留着买馒头,因为怕她饿着。"

陆思诚的声音不高不低,全车人都能听见,众人发出一阵牙都酸倒的声音,夹带着小胖"我给你打了两三年的辅助,让了数不清的人头,我要求不高,就来件纪梵希狗头衫"的吐槽。童谣笑着将陆思诚的脑袋推回去,看着他重新倒回最后一排的座位上。

大巴继续行驶,过了一会儿,大家觉得累了就都睡了,陆思诚也跟着闭目养神,童谣正想睡,这时候手机振动了下,她拿起来一看,是今阳。

阿毛它娘:"人呢?打完比赛就没人了咋回事,传说中的耍完帅就跑?"

这姑娘家里养了狼狗:"干啥?"

阿毛它娘:"你这新名字改得真色情。"

这姑娘家里养了狼狗:"住口,你找我到底干啥?"

阿毛它娘:"没事就不能找你啊?"

阿毛它娘:"这不是看你十三号生日吗,想怎么过啊?这头一回不在国内我俩还能凑在一起,我怎么觉得挺值得纪念?今年送你什么好啊,包?鞋?项链?首饰?婚纱?"

阿毛它娘:"算了,首饰和婚纱让你男人送吧,不是我酸,他比我还有钱,你说一句你过生日,他能把旧金山买下来改名叫'祝我老婆生日快乐市'。"

第十二章

这姑娘家里养了狼狗:"别别别,你千万别告诉他我生日,这要是真买了什么大件,把我剁了按斤卖也还不起。"

阿毛它娘:"人肉不好吃,你剁开了不如整个的值钱啊姑娘……你说这话我老嫉妒了,我也想男朋友送点什么贵到让我觉得把我卖了都还不起的礼物。"

这姑娘家里养了狼狗:"你到底想说什么?怎么突然提起我过生日这件事?"

阿毛它娘:"阿姨……也就是你妈,之前给我打了个电话,说你这是二十岁生日,整数,挺重要的,让我陪你好好过,别让你稀里糊涂地糊弄过去了。"

这姑娘家里养了狼狗:"她是我妈还是你妈,这种事不会直接跟我说啊?"

阿毛它娘:"她不好意思说。"

这姑娘家里养了狼狗:"什么?"

阿毛它娘:"'我知道你们这些年轻人过生日就喜欢浪漫,童谣现在又有男朋友了……我刚才看了微博,看她男朋友挺好的,长得俊又有文化,所以也不是不行,就是阳阳你提醒一下她,注意点,她还要读书的'——原话。"

阿毛它娘:"呵呵。"

阿毛它娘:"这话什么意思要我给你翻译一下吗?"

童谣倒吸一口凉气。

这时坐在她旁边的男人动了动,醒了,迷迷糊糊地看了眼童谣:"怎么了,脸那么红?"

一边说着,一边伸手要来摸童谣的脸。

没想到手刚碰到她,童谣像是被烫了下一样蹦跶起来,瞪着陆思诚。陆思诚一脸莫名其妙:"怎么了?"

童谣:"我妈看了你的采访视频。"

陆思诚挑起眉。

童谣:"夸你长得俊还有文化。"

陆思诚"哦"了一声,看着挺得意。

童谣:"就是五官不正派,一看就是个流氓,让我同你保持安全距离。"

陆思诚:"这句是你自己加上去的吧?"

第十三章

十天后,童谣发誓,ZGDX战队有好好利用这十天,调整状态,好好休息,四处玩耍,以及认真打训练赛和看别组的比赛复盘录像——世界赛开始了,每一个组内小分都十分重要,那些强队在各自联赛里藏着掖着的套路都陆续拿了出来,因此,短短十天时间,童谣的小本本几乎都快记满了。

美国时间十月十二日下午,打完一局和欧洲赛区G4战队的训练赛后,众人一合计,决定今晚好好休息,不打训练赛,要以最好的精神状态迎战第二天即将开始的第二轮小组赛。本来这个决定是没毛病的,但是一群闲不住的人突然闲下来,那一般都是要出幺蛾子的。

于是,童谣都记不得到底是谁了,总之就是不知道哪个闲不住的突然提议,吃了这么多天西餐,都快吃成外国人了,我们去隔壁借碗泡面和老干妈吃吧?

这是他们今晚犯下的第一个错。

连续吃了十天牛排、薯条、意面的众人闻言双眼顿时放光，一拍即合，组团就杀到YQCB战队和CK战队训练室那边，谁知道出国前说好要建立革命友谊的两支队伍一听他们的来意，居然直接连门都不给开了，三支队伍隔着一扇门就吼上了——

YQCB战队队长凉生："辣椒酱我们就带了一瓶基地阿姨自己做的！你们拿走了就是要了我们的命！老干妈超市有卖，你们自己去买！"

YQCB战队中单艾佳："泡面我就带了老坛酸菜牛肉面啊！"

童谣："我就爱老坛酸菜牛肉面！"

YQCB战队中单艾佳："没有的！不给！我自己一块面饼恨不得掰成两半，泡面汤留着早餐蘸面包吃！"

童谣："去你的！"

YQCB战队中单艾佳："注意素质！"

ZGDX战队众人又转战CK战队那边，谁知道CK战队这些人素质更低，不仅不给，还出言嘲讽。

CK战队辅助老王也是个胖子，顶着门，稳如泰山："问我们要啥吃的！你们不是全华班吗？全华班出国能不知道带老干妈？骗谁呢！"

CK战队AD蝴蝶是个韩国人，这会儿也跑来看热闹，用新疆口音的普通话问："要什么？辣椒酱？哈哈哈哈，没有！不给！"

陆思诚伸手拍了拍童谣的肩，指了指门后面，用嘴型无声地说"阳神"，童谣回头瞪他："为了骗口吃的，媳妇都不要了是吧？"

陆思诚镇定自若："你也说了是骗，空手套白狼，我在，别怕。"

第十三章

那个说着什么"有十块钱给你花九块五,剩下五毛钱给你买馒头,怕你饿着"的顶天立地男子汉就这样倒在了一罐老干妈面前,童谣狠狠踩了下他的脚,然后转头拍拍CK战队的门:"叫阳神出来和我谈判!"

CK战队里面顿时一阵骚动,老王大喝一声"摁住阳神,别让他通敌叛国",然后是凳子被踢倒的声音、蝴蝶哈哈大笑的声音……声声入耳。片刻后,老王的声音响起:"我们阳神说了,拒绝和你谈判——听说你小组赛结束那天,说希望我们多输几局,拿个小组第二,这样你们就保送四强,他很气!"

童谣一听惊了:"我们内部出了叛徒啊!"

ZGDX战队众人愤怒地面面相觑,小胖笑着挠挠头:"嘿嘿嘿,是我和好运来说的,问他能不能输几局,拿个小组第二保我四强。"

猪队友啊胖子!

而此时训练室的走廊上已经挤满了别的赛区闻声出来看热闹的选手,其他人听不懂,一脸茫然地看着HPL三支队伍鸡飞狗跳——内讧又不像是内讧,然而ZGDX战队也确确实实被其他两支队伍关在了门外,CK战队和YQCB战队却在训练室里嘻嘻哈哈一片,也不知道在闹什么。

最后是陆思诚觉得这脸再丢就要被人踩在地上踩得稀巴烂了,强行把所有人轰回自己的训练室。这时走廊的人才稍微散开,只有韩国赛区的选手回去之后立刻拿起了手机找教皇和蝴蝶八卦刚才发生了什么。

小胖往训练室里一坐,开始赖地打滚:"不行,我现在已经是老干妈的胃了,今晚不吃中餐,我活不下去了!"

童谣:"国外中餐真不一定合你胃口,偶尔有正宗的又肯定不在我们训练基地或者酒店附近……"

训练室一下子陷入可怕的沉默,不止小胖,重要的是不提还好,一提中餐,每个人都想吃一口重油重辣的东西。正在众人一筹莫展之时,陆思诚说:"这附近好像有四川火锅店,去吃火锅?"

小胖立刻从垂死状态中站了起来。

这是他们今晚犯下的第二个错误。

半个小时后,ZGDX战队全体工作人员连带着选手浩浩荡荡地杀去火锅店。

而此时国外的社交媒体上已经充满了来自各国选手发的推特、脸书动态——

"哈哈哈哈,HPL赛区三支队伍为了一口吃的差点打起来啦!"

"亲眼所见。"

"ZGDX战队赢了比赛,输了人心,被同赛区其他队伍拒之门外,大快人心!"

"现在他们离开了。啊,我也开始想念祖国的美食了,快打完比赛,想回家吃妈妈做的饭了。"

"想念泡菜烤肉。"

"想吃炸鸡喝啤酒……"

与此同时,并不知道自己已经背负上了"吃货"名声的ZGDX战队众人已在火锅店落座,火锅店十分地道,该有的什么都有,锅底味道还很正宗,众人感动得泪流满面,用小胖的话说,

第十三章

就连锅底都要666元的洋房火锅还比不上这里的一片肉。

这一餐大家吃得挺开心的,尤其是小胖,一个人吃了两盘肉,拦都拦不住。

而这是他们这天晚上犯下的最后一个致命错误。

晚上八点,小胖扶着肚子打着嗝跟车回到酒店,在车上时肚子就开始咕噜咕噜叫,童谣笑着说:"完了完了,十天养成的美国胃导致你现在吃不了重油重辣啦。"

九点十五分,大巴车到酒店楼下,小胖抢过陆思诚放了房卡的外套,夹着屁股兔子似的飞奔上楼。

陆思诚无语地去童谣的房间和她腻歪了一会儿,九点半回到自己的房间,小胖给他开了门,然后转身进了厕所开始第二轮五谷轮回。

九点四十分,陆思诚听见厕所里的动静不大对劲——除了五谷轮回的声音,居然还伴随着阵阵呕吐的声音,他皱眉站起来,敲敲厕所门:"胖子,你没事吧?"

厕所里安静了几秒,然后小胖诚实地说:"我有事。"

十点钟,已经换好睡衣睡下的小瑞被敲门声吵醒,他骂骂咧咧地披上衣服,开门发现是队长站在门外,他微微一愣,然后被陆思诚拎着去了他们的房间,进门就看见瘫软在床、面色苍白如纸的小胖。

小瑞被留下照顾小胖,陆思诚转身出门去找药店。

十点半,陆思诚好不容易找到了一个药房,然而还没等他走进去,童谣就来了电话,说药是不用买了,因为这会儿她和小瑞、其他队友还有几个工作人员正在送小胖去医院的路上。因为就在十五分钟前，他们的辅助抱着马桶"壮烈牺牲"，吐着吐着就晕过去了。

至此，事情好像有点闹大了。

陆思诚赶到医院的时候，一眼就看见其他队友外加小瑞一起一字排开坐在急诊室外面，他抬起手腕看了看表，此时是美国时间晚上十一点半，而他们第二天中午十二点有一场和外卡赛区的比赛。

陆思诚皱起眉，没说什么，走到童谣旁边坐下，童谣立刻靠了上来，充满担忧地看了他一眼，陆思诚顺手捏过她有些冰凉的手，安抚地拍了拍她的肩膀，然后把外套脱下来给她披在肩上。

两个人全程一个字没说，只有衣服摩挲发出"沙沙"的声音。

急诊室外面安静得仿佛一根针掉下来都听得见。

过了一会儿，小胖被人从急诊室里推出来——急性肠胃炎，现在还有点发烧。

童谣本来靠在陆思诚怀里迷迷糊糊有些想睡，听见动静立刻惊醒，站起来急忙走过去看了眼小胖，平日里生龙活虎的胖子这会儿正挂着吊瓶，面色苍白如纸，还有一头疼出来的冷汗。

童谣在口袋里掏了掏，打开一包纸巾给小胖擦了擦汗，一转头，身后的陆思诚和小瑞已经开始商量给赛事主办方报备，申请明天和外卡赛区的比赛启用替补了。

替补就带了陆岳一个，所以自然上的也是陆岳。

好在蓝脑公司和赛事举办方反应很快，派人过来核实了情况，

第十三章

看小胖就剩半条命在那儿就立刻批准了ZGDX战队的申请,于是当天晚上,一条震惊国内外的突发公告就这么流传了出去——

"因ZGDX战队辅助选手pang急性肠胃炎入院,无法参与第二日的比赛,ZGDX战队启用替补。在明日第二轮小组赛与外卡赛区的对战中,因ZGDX战队没有报备紧急替补名额,唯一替补选手律登记的替补又是中单位置不可更改,所以明日ZGDX战队的首发名单如下——

TOP:猫。

JUG:K。

MID:律。

SUP:smiling。

ADC:Chessman。"

消息一出,各大媒体平台集体爆炸。

此时,晚上十二点的钟声敲响,童谣坐在乱糟糟的医院走廊上,看着面前走来走去的翻译、ZGDX战队工作人员和赛事举办方工作人员,还有一墙之隔的病房内只剩半条命的小胖,抬起头看了看周围,没找到陆思诚,不知道他这会儿躲哪儿去了,于是童谣彻底无语了——

好吧好吧,祝我生日快乐。

这一份大礼,真的够surprise的。

第十四章

对于这种突发的爆炸新闻，不要说被吃瓜群众们瞬间爆破的运营商队官方微博，ZGDX战队队员们也分别接受了来自大洋彼岸的亲切问候，如童谣微博底下就很热闹——看到临时首发名单，童谣第一反应是上微博发了条新动态：

咸鱼少女smiling大大："亲爱的队长，我会好好给你打辅助的，么么哒。"

对于这种行为，率先刷到她微博的老猫只有一声叹息："卿本佳人，奈何送塔。"

而童谣的微博底下的确飞快地热闹了起来——

啊呀这个运营商啊："你打辅助，我只能说官博这个决定真的很有创意……对此，我想说的是，如果小胖没死的话，还是抬上来比较好。"

洁了个癣："这局……你们就打个高兴就好了。"

我去你站住："讲道理，童谣根本不会打辅助吧？我看她跟陆思诚双排下路组合,操作王者,意识白银……光不出眼石不做视野这一点,恨不得想扔她去青铜分段死亡轰炸!"

跳跳糖biubiubiu:"哈哈哈,下路恩断义绝指日可待。"

别骗我:"听说胖爷吃火锅吃到进医院?哈哈哈哈!"

咸鱼没有梦想啊:"一天净花式搞事。"

哈哈哈哈哈呵哒:"明天输外卡的话,隔壁两个不分老干妈给你们的队伍,至少背三分之一的锅!理由是不团结!"

我也没梦想:"我真是服了你们这堆人了,休息的十天不去吃火锅,比赛前一天想起来了?小胖要吃你们就给他吃啊!不会给他戴个嘴套?"

回酒店休息的路上,童谣一边看手机,一边拍大腿,满脸后悔状:"对啊!当时怎么没给小胖戴个嘴套!"

陆岳:"去哪儿找能兜住小胖脑袋那么大的嘴套?"

陆思诚掏出手机看了眼童谣的微博:"你粉丝说得有道理,我也很担心你的辅助会活生生搞到我不爱你了——万万没想到,还要在双排之外的地方被你辅助,而且还是在世界总决赛上……"

"我们就双排过三局下路。"

"没错,现在你也是时候去好好想想为什么只有三局了。"

童谣笑吟吟地转头看着他,后者放下手机,问:"说说看,明天想拿什么辅助我?"

童谣眼珠在眼眶里转了一圈:"能玩的很多,扇女、红围巾、火女、熔岩诞生者、妖姬,都行,但是他们肯定不会放……还有露露啊!对,露露好啊,Q技能手长,W能给你加速或者硬控对方沉默，E能给你加盾也能给对方打伤害，大招加血还带击飞……"

陆思诚替她把话说完了："W你并不会给我加速，E也只会用来打伤害，大招只给自己，Q技能手是很长，方便你抢人头——人家拿露露是'四保一'保AD，你拿露露，我只感觉你居心叵测……"陆思诚越说越觉得自己的猜测正确，一边说着，一边站起来跟所有人宣布，"明天BAN露露，我不想看到这个英雄。"

童谣收起手机，气道："陆思诚你真的不爱我了。"

陆思诚转过头，面无表情地看着捂着胸口倒在座位上的人，微微一笑："对，恕在下无能，实在是爱不起。"

第二日，S6全球总决赛第二轮小组赛正式开赛。

作为第二轮小组赛第一个比赛日的首战队伍，ZGDX战队和外卡赛区的俄罗斯Bear战队早早就来到了比赛场地。第一轮小组赛结束后的十天里，两支队伍用英语迅速混熟，交流得还挺不错的，进选手休息室之前还双双热情地打了招呼。

Bear战队的队员大概也早早接到了对手因为意外临时变阵的通知，进休息室前，下路组合还特意来跟童谣打了招呼，说今天比赛上请多指教。童谣站在俄罗斯的大兄弟跟前像小鸡崽似的，大腿还不如他们胳膊粗，也是毫不畏惧地大刺刺和人家握手，笑眯眯地说："Good luck（祝你好运）！"

于是进休息室后，免不了被陆思诚奚落："'Good luck'？这话你还不如留着对我说，毕竟我才是今天要下路一打三的人。"

童谣伸手拽他的衣服："陆思诚你差不多得了，你懂什么？友谊第一，比赛第二！"

陆思诚并不听她那套鬼扯："有本事你今天再不出眼石，你试试我会不会拔了你的网线。"

童谣："我出，我出，大不了眼全插中路去！"

两个人正你一言我一语争论得开心，这时候小瑞火急火燎地从外面冲进来打断了他们的对话，这番大动静让休息室安静了几秒，小瑞深呼吸一口气："你们还记得世界赛开始前，HPL赛事官方就一直在说什么邀请了神秘嘉宾现场解说之类的不？"

童谣想了想，好像是有这么回事，不过这种东西一般都是闹个噱头，也没几个人在意……这么想着，她便扯扯嘴角，拽过陆思诚的手腕翻看了下，一边低声问他要不要戴护腕，一边漫不经心地搭腔小瑞："谁啊？"

陆思诚垂眼看着小心翼翼捧着他的手的自家媳妇，正想回答不戴护腕，这时余光瞥见小瑞指了指外面："那人来了，是你欧巴。"

陆思诚一顿。

童谣一下子没听明白，蹙眉道："啥玩意儿？"

小瑞："你偶像啊！"

童谣尖叫一声，扔了陆思诚的手，像个标准小迷妹似的蹦跶起来推开挡在门口的小瑞，快速走到门外边——站在选手通道门前探头探脑地看了一会儿，然后同手同脚地走回来，跟其他一脸茫然的队友宣布："真的是他，特邀解说居然是我王啊！朋友们，给我童谣一个面子，今天好好打，不许输。在我王面前顶着smiling的ID输给外卡这种事我做不出来。"

第十四章

陆思诚:"说好的友谊第一,比赛第二呢?"

童谣瞥了他一眼:"骗人的,电子竞技,赢才有用。"

接下来童谣持续处于亢奋的状态,这模样看看就是如果今天她还打中单,估计要么就是怼穿对方,超神拿五杀,要么就是被对方怼穿,超鬼送五杀。

陆思诚试图安抚她,失败了,试图镇压她,还是失败了,最后不得不接受今天的辅助是个"疯子"的设定。

观众陆续入场,选手入场,比赛正式开始,进入BAN&PICK环节,解说就位开嗓——

解说D:"女士们、先生们,欢迎回到S6全球总决赛第二轮小组赛比赛现场!今日首战将在HPL赛区与外卡赛区之间展开——哦,现在队员已经各就各位了,我们可以看到HPL赛区的队伍人员位置发生了一些小小的变动……好的,现在双方开始了第一次禁用英雄,Bear战队上来不意外地BAN掉了妖姬……嘿,兄弟,我认为这是不必要的,会用妖姬的那个人今天可是坐在了辅助席上!"

解说F:"值得注意的是今天HPL赛区的解说席位上邀请到了一位特别的解说嘉宾……导播,给个镜头?"

解说D:"欢迎我们昔日的英雄——WEIXIAO!"

全场大笑,欢呼。

解说D:"想必今天能够以解说的身份重返世界赛场,WEIXIAO选手的心情也是激动的——更何况现在在比赛台上就坐着属于他的赛区的继承人们,其中一个甚至顶着与'WEIXIAO'

拥有同样意思的ID,并扬言要带着这个ID回到世界舞台的选手!"

解说F:"我不想解说了,我想去HPL解说嘉宾席采访一下WEIXIAO选手此时此刻的想法……"

解说D:"他的想法我是不知道,但是smiling的想法我是知道的——嘿!姑娘!你在比赛呢!突然站起来该判你犯规了!"

在解说D大笑的调侃声中,导播画面一切,切到了比赛中的选手席位上,于是人们一眼就看见刚刚禁用完第一手英雄后,偶然抬头看到大屏幕上自己偶像的面瘫脸,立刻条件反射蹦跶起来的童谣。

她瞪大了眼,脑袋扭动迅速看了看四周,当目光锁定在距离她很远的HPL现场解说席位时,她脸上有了光!她跳起来,冲着那个方向热情地挥舞自己的双手!

她戴着耳机,当然听不见现场观众笑得快抽过去的爆笑声,只是在面朝观众的选手摄像头里,可以看到ZGDX战队其他四位选手先是一脸茫然地扭头看向她,然后不约而同地伸手撑住自己的额头——

这整齐划一的画风让观众笑得更加厉害了。

最后人们眼睁睁看着坐在她旁边位置上的男人伸出手,拎住她,一把将她摁回椅子上。

陆思诚:"你给我坐下!"

童谣被强行摁着坐回椅子上,拍开自己肩膀上的大手:"凶什么!我头一回见到活的偶像,还不让人不淡定一回!换位思考!你见到活的刘亦菲时还能保持镇静吗?"

第十四章

陆思诚面无表情地最后BAN了一手对方辅助擅长使用的英雄盾人,说:"我不喜欢刘亦菲。"

童谣怒了:"是吗?微信聊天背景都是刘亦菲,我还一直以为是我呢!上次偷偷看见惊呆我了!好心没揭穿,你还在这儿给我装大尾巴狼!"

陆思诚:"没这回事,陆岳偷偷给我换的。"

陆岳:"屁吧!"

陆岳:"哥,你是不是忘记今天我也在了?你们平时就这么埋汰我的?"

此时,BAN&PICK进入PICK环节,ZGDX战队在蓝色方,可以一选。

童谣一拍鼠标:"老猫拿露露!"

陆思诚:"不许拿露露。"

童谣:"露露!"

陆思诚:"不给。"

童谣:"今天第一件装备是法穿棒。"

陆思诚:"你敢不出眼石试试?"

明神:"你们吵死了,真的,老猫给她露露,给她给她,哎呀……像带了一群小学生出国比赛一样,小白鸽儿童电竞队?"

老K:"锁了辅助,那AD也选出来算了,AD拿什么啊?"

童谣:"不知道啊,你问问刘亦菲粉丝。"

陆思诚:"你给我闭嘴。"

吵吵闹闹之间,ZGDX战队的语音交流频道一片狼藉,后台采音工作人员一脸茫然,奈何听不懂,并不知道这些精力旺盛的家伙到底在闹什么。

直到比赛正式开始,趁着选手载入游戏期间这片刻的安宁,后台一位负责采音工作的金发碧眼小哥哥摘下耳机,揉了揉自己的耳朵跟同伴碎碎念:"我的老天爷,要我说这些家伙真的是好吵啊!不是说他们昨晚半夜十二点还在医院照顾生病队友吗?真的假的,不像啊?"

第十五章

比赛正式开始。

老K知道今天小胖不在,视野可能会出现问题,所以他理所当然地拿了个靠眼做位移打突进的扫地僧,配合童谣,弥补一下视野不足。

进入游戏后,陆思诚简单地跟童谣说了前期下路的眼往哪儿放之后,就闭上了嘴。

在ZGDX战队的比赛里,因为指挥是话最少的那个,所以为了调节气氛,队里一定要有一个废话担当。以前担当这个重要位置的人是小胖,今天他不在,于是童谣和陆岳就接下了这个重任。

比赛开始前两三分钟,上下二线都有微弱的补刀优势,加上野区,ZGDX战队整体经济领先两百多块,这种优势当然可以忽略不计,只是在中路,那个传说中第一天和ZGDX战队打比赛时身体不舒服的中单果然猛如虎,居然还反过来压了陆岳几刀,打法十分激进,每次抢先升级都会上来打几套。

陆岳:"他很凶,拿着扇女打我火女都那么凶,是不是欺负我是生面孔才那么凶?"

童谣:"扇女不打消耗打什么?你被外卡压补刀,还敢在这儿废话,怎么样?趁着比赛刚开始,要不你下来打辅助,我去打中单啊?"

陆岳:"我是中单替补。"

童谣这时候陪着陆思诚推掉一波兵线,扭头往中路走:"我们可以强行跟裁判说这叫合理换线。"

陆岳开始"哐哐"在地板上疯狂打信号:"我不,打你的辅助去,视野留下,人滚蛋,中路不欢迎你——你快走,再不走我要叫对方打野来了!"

说着,对方的扇女到了四级,仗着陆岳打得怂,又上来凶了他一套,只是这一次他没想到童谣还在草丛里,三级的露露上来给了个变羊沉默,而后EQ二连减速加压血线,陆岳跟上控制,一套技能甩脸,几乎满血的扇女瞬间就变成残血,在自家终于赶到的打野的支援下,交了凌波落荒而逃!

对方打野来了,看到这边虽然中单残血,但是和辅助一起,四个召唤师技能全在,其中露露还带了致残,索性放弃了追击,替中单收了一波线后转身离开。

童谣往F4小鸟窝里一猫,B键回城:"我要不来你就死了。"

童谣:"叫'爸爸'。"

陆岳继续收线:"叫什么叫,你别躲在F4回城脏我经验,走开点,你以为我没看见啊?"

第十五章

童谣并不理会他,自顾自回城,这时候她身上八百块出头,正好够出一个眼石,童谣犹豫了一下,琢磨着是先买鞋还是直接出视野道具,正想把鼠标点向鞋子,再买个可以撑血量,后期合成视野道具的红宝石,就听见陆思诚警告道:"不出眼石你就别回来了。"

童谣想也不想道:"我钱不够啊。"

从头到尾陆思诚都在很认真地补自己的刀,闻言也没伸脑袋看一眼童谣的电脑屏幕,只是头也不抬道:"把我当三岁小孩哄?现在你身上应该有八百五十块左右。"

童谣瞥了眼经济,八百七十五块,厉害了我的队长,《英雄王座》你家开的啊?于是她只能老老实实地买了视野道具外加两个红瓶,重新回到线上,先把下路三角草丛的视野做好,然后过河对岸给对方的蓝Buff路口一个视野。这些都是常规眼位,童谣还是记得住的,但是除此之外再复杂的那种,可以扭转战局的眼位童谣就真的做不来了。

"还插哪儿?还插哪儿?"

"先这样,野区老K会做,你以为你插花,到处都要插满?"

这就是一个职业辅助和中单的区别,他们最大的问题并不在于英雄池和操作,而是在于对整张游戏地图的视野把控上的天差地别。

童谣回到线上,此时陆思诚估计是起了杀心,想要在六级前做点什么,控制着兵线在自己家这边,不急着推线就不用垫刀。童谣往草丛里一猫,看陆思诚补刀,偶尔根据对方的走位判断给陆思诚一个盾防止他被耗血，除此之外，也没别的太多事好做，无聊得她想切出去刷下微博。

游戏进行到第六分四十秒时，童谣看见老K慢悠悠地摸到了下路。

第七分钟，陆思诚终于抢先六级，女执法者清掉兵线，上前主动发起进攻。Bear战队的下路组合还是和强队有差距，意识到危险往后撤时已经来不及，童谣及时套上致残，直接把辅助变羊一气呵成，老K一脚踢到对方辅助身上将他踢开，对方AD被瞬间孤立，交过治疗却为时已晚，被三个人围攻成残血！

此时对方一波兵线推到，Bear战队AD连忙拖着残血凌波躲进兵线里，但是陆思诚是个有大招的女执法者啊，他开了R正瞄准，那死亡瞄准线已经在对方的AD身上晃来晃去，一血下一秒就要诞生了！

却在这时，陆思诚余光一闪，看见对方小兵身上出现了一个两只眼睛的视野提示，怎么看都是露露的E技能放在了小兵身上，他微微一愣还没反应过来，随即一道闪耀着的长线便以小兵作为跳板，打掉了对方AD身上最后一丝血！

"FIRST BLOOD！"

系统冰冷的提示音响起，屏幕正中央，露露的头像后出现了第一滴血诞生的标志。

全场观众欢呼，吹起了口哨，在这样热烈的气氛中，刚刚四百块到手的露露顺利回城，奢侈地跳过破草鞋，直接给自己买好了一双法穿鞋。

第十五章

陆思诚无奈地清完这一波兵线也躲回草丛里,一边回城,一边淡淡道:"这局我们要野辅双游了。"

童谣买好鞋正在往外走,一下子没听明白为什么突然有了新战术:"什么?"

陆思诚:"你走,别在这儿辣眼睛。"

童谣:"你也抢过我的四百块,一报还一报,我当时也没把你网线拔了,现在你要赶我走?"

陆思诚:"我想小胖了。"

童谣:"我也想我中路的兵线。"

陆岳:"别别别,你别想我的兵线。"

童谣一边说着,看着陆思诚安稳地推了一波线,自己就转身去中路了,原本是想帮着陆岳抓一波,减轻他的压力,但没想到的是对方草里的眼放得不错,抓住了她的动向,当两个人深探对方中单时,对方打野狂狮突然跳了出来,抓住童谣,童谣着急之中先变羊沉默,然后给自己大击飞,交凌波,跑路!

一场虚惊!

然而此时,视野问题的不足已经暴露。

不得不说,今年的外卡和以往的外卡战队确实不一样,他们嗅觉敏锐,很擅长发掘并抓住自己的优势。随着比赛的逐渐推进,ZGDX战队抓出的一血优势和线上优势都被对方视野带来的主动性逐渐压制,对方的打野在ZGDX战队的野区来去自由,声东击西。

第二十一分钟,ZGDX战队经济落后一千五,一场火元素龙的野区遭遇战开始——

Bear战队率先开龙，一番商量后，ZGDX战队决定接战，在上单带线的老猫被迫交出传送，但是Bear战队却在看见了传送光束后果断选择了放弃龙，直接撤！

解说D："为什么！为什么！这条龙就放给了ZGDX战队！Bear战队你们的血性呢！"

解说F："这对于ZGDX战队来说无疑是喜从天降……他们顺利接收了这条火元素龙，现在他们面临的唯一问题，就是野区的视野问题。"

解说D："这种时候一个专业辅助的重要性就体现了出来——smiling在操作上是绝对没有问题的，而前期ZGDX战队也很好地打出了线上的绝对优势，但是随着时间的推移，线上对线期缩短，运营时间变长，视野带来的优势让天平逐渐向Bear战队倾斜……"

解说D："不过临危受命，smiling已经打得不错了……"

解说F："ZGDX战队拿下了火龙，后一步回城，而这时候，Bear战队已经有了一个时间差，四个人抱团走向了ZGDX战队的中路一塔——"

解说D："我的老天爷，这个上路一塔要掉了啊！"

解说F："我说的是中路——"

全场哗然。

这时候大家才发现Bear战队在骗出老猫传送后，直接放弃火龙回撤，并利用ZGDX战队打这一条龙的时间回城，迅速推线，四一分推带掉了ZGDX战队中上两座一塔！双方经济差距一下子就被拉至两千五，近三千块！

第十五章

Bear战队的一个看似错误的决定,瞬间发生了变化!

在接下来的时间里,他们仗着ZGDX战队这边的支援速度跟不上来,连带着视野上的绝对优势,四人抱团搞事,剩下上单疯狂带线推塔,三十分钟时便带掉了ZGDX战队一连五座外塔!经济差距来到六千五百块!

解说D:"现在ZGDX战队只能靠着个人技术在苦苦支撑,却一战难求——他们被Bear战队牵制得非常难受!"

解说F:"那一条被避让的火龙显然是一场鸿门宴。"

解说D:"我们是否可以见证一个奇迹——来自外卡赛区的射手射杀高高在上的红色巨龙!"

此时场上气氛被带动,现场的观众起立高举双手,鼓掌高呼:"Bear!""Bear!""Bear!"那震天的欢呼声就要掀翻比赛场馆!电子竞技,无论开赛前是否本身粉丝为零,一场精彩的对决就可以获得来自观众的欢呼与掌声!

比赛进行到第三十五分钟,由于Bear战队的视野牵制运营,ZGDX战队已经全面落后——就在所有人认为这场比赛就要如此顺理成章地被外卡赛区拿下,国内的微博、贴吧、直播平台已经被各种问号占据时,Bear战队开大龙了!

而此时,ZGDX战队五人还在,换了别的战队,哪怕一万经济在手,一般也不敢这么嚣张地在他们面前开龙,这就给了ZGDX战队一个机会,在大龙还剩三分之一血量时,老K和童谣赶到龙坑上方。

解说F:"现在ZGDX战队背水一战,如果这条大龙丢失,他们将面临被拿下比赛的威胁……"

随着大龙血越来越少,扫地僧插眼入龙坑,摸眼下龙坑,同时露露给扫地僧大招,击飞对方围着龙的五人,扫地僧交惩戒!

全场欢呼声起。

解说D一下子从他的位置上站了起来,咆哮得面红耳赤:"抢到了!"

大龙被抢,Bear战队瞬间茫然,同时火女开大,狗熊一下子控制住龙坑五个人,配合老猫机械爵士大招落下,龙坑之中,火烤五人!

露露站在龙坑上面,变羊对方AD,致残对方中单,手快得叫人根本看不清两个技能的先后!

配合陆思诚收割,这一波Bear战队被零换四,屏幕上显示出了四杀提示,就在所有人屏住呼吸等待着本届世界赛第一个五杀出现时,对方打野狂猎女猎直接越墙跳上龙坑,跳到了露露旁边!

解说D:"这是干什么!"

解说F:"死辅助手上也不给你五杀,五杀?没有的。"

解说D:"哈哈哈哈哈!"

童谣看着身边的狂猎女猎,傻眼了一秒,抬手EQ二连带走,带走了对方战队的团灭,也带走了陆思诚的五杀。

此时ZGDX战队频道里一阵沉默。

童谣:"这狂猎女猎来我身边一心求死,你又没大招,这真不怪我啊。"

陆思诚沉默三秒,抬起手拉扯了下耳麦:"上高地。"

对方长达三十五秒左右的复活时间里，ZGDX战队五人全员都在，带着大龙Buff推塔速度飞起，三一一分推接连带走三条路的外塔，在Bear战队第一名成员复活从泉水走出时，火女已经点掉了他们的中路高地塔！

ZGDX战队瞬间追回接近七千的经济，眼看着只差两千多经济，ZGDX战队一波回血，高歌猛进！

在接下来的高地保卫战中，Bear战队被抢龙，失去了天大的优势，心态也出现了问题，再加上队员本身操作不如对方，迅速丢失高地和一座门牙塔。而接下来的团战中，他们中单作为唯一发育健康的点，担负起了重任，奈何露露在，防突进且有大招，将自家AD保护得滴水不漏，最终在四十多分钟时，被第四次冲上高地的ZGDX战队打出又一波团灭，实现了一万经济落后情况下的惊天翻盘！

ZGDX战队终于有惊无险地拿下比赛！

比赛结束时，队员站起来，童谣摘下耳机，发现身上的汗都把队服沾湿得贴在了自己的背上。尽管此时场下高喊"ZGDX战队"的呼声震天，她还是伸手抹了把汗，满心想的都是明天比赛，小胖"尸体"没凉透的话，能不能把他抬上来？

队员收拾外设陆续离开，本场比赛的MVP陆思诚接受采访，依然不需要翻译，依然那么幽默。

主持人问道："在这场与外卡有惊无险的对决中，你们的队伍启用了临时变阵，中单smiling改打辅助，对此你有什么想说的吗？感觉如何？"

陆思诚想了想，然后一脸真诚道："也没什么想说的，至于感觉吧……被抢一血和五杀时，好像总觉得自己的性取向发生了微妙的动摇。"

第十六章

"讲个笑话，HPL第一种子队伍一万经济惊天翻盘外卡！今年是最有希望的一年！"

"中单打辅助不是英雄池问题啊，还是视野问题……明天那个胖子能回来了不？"

"楼上的，诚哥也想这么问——胖子：这么多年了，终于知道我的好了？我终于翻身农奴把歌唱！"

"这场比赛MVP给老K也没毛病，没那条龙估计翻不了盘。陆岳的表现也还不错，火女那手大放得真的是好时机……"

"乐观地控控分？以这状态明天打台湾同胞的CNC战队能不能行啊？"

"真的，smiling的辅助就不要出来辣眼睛了，她和陆思诚到底是不是一对儿啊？怎么打个比赛默契完全为零，我都怕他们两个比赛不打了，扔了耳机自己打起来！"

"楼上的，多少痴男怨女在召唤师峡谷下路恩断义绝，这两个人能恩爱到今天，估计就是因为他们没在一条路啊！"

"诚哥的性取向动摇的话，考虑下我啊，我身高181cm，体重68kg，爱好位置辅助，电一大师，大四……算了，这热门我就不抢了。"

今天ZGDX战队官方微博底下尤其热闹，童谣仔细看了看，顺便总结了下，因为陆思诚在国际赛的采访里不分场合，还当自己在国内瞎说话，所以现在她的情敌不仅有本来就基数很庞大的小姐姐，如今又多出了一堆大兄弟……而且还是世界范围内的。

呃……

不过她今天确实打得很丑，不是说操作有问题，而是视野上，她明显做得不如小胖。一般辅助做眼，最低端的标配就是知道队伍下一步要干吗，然后去做辅助眼位，童谣就属于这种。但是这种辅助在世界赛这种地方是不够看的，小胖做眼向来很有心计，他的一个眼经常能为五六分钟后看似突发的一波进攻或者转线埋下伏笔。

老猫最常感慨的一句话就是：每当我要TP的时候，我会发现地图上至少有一到三个供我选择的眼位，虽然逼死选择困难症患者，但是总觉得想怎么传就怎么传，备感安心。

今天的视野布局却"翻水水"，并没有想怎么传就怎么传，有时候团战支援，千里迢迢传送过来还得迈开双腿跑一大段路，最离谱的是那次老猫人到了，团战都打完了……

坐在车上，童谣看了一路今天比赛的复盘。

以一个旁观者的角度去纵观全局，她平日里看比赛的角度就

第十六章

回来了,茫然的感觉一扫而光,越看越觉得自己的辅助像个傻子加郊区白银。她手上握着一支笔,膝盖上放着本子,猫着腰,认认真真把今天做得不足的地方用笔记录下来。

口袋里的手机振动了好多次,提醒有微信进来,她也没怎么在意,就是一心一意在做复盘,认真到连她自己都忘记了今天是什么日子。

晚上吃完饭没回酒店,八点左右,童谣他们到了小胖的病房去探望他,却得到了一个坏消息,小胖的情况并没有好很多,还在持续低烧腹泻,所以明天的比赛还是要维持今天的阵容。

童谣听到这一通知的第一反应是,她搞不好要把男朋友搞丢在旧金山这块"福地"了。

小瑞气得捶胸口:"你们就搞我吧,每次到世界赛不搞点花式作妖你们就不高兴,是不是嫌我命长?"

小胖脸色苍白,小眯眯眼里闪烁着愧疚的光。今天打的比赛他也看了,惊天翻盘外卡什么的……还好翻盘了,这要是输了,运营商队在国内的基地怕是要被人直接"炸"了。

童谣看小胖小眼睛闪烁的可怜模样,也不忍心怪他了,往床边的凳子上一坐,逗他开心:"平常总惦记着怎么上位,上蹿下跳的,殊不知,只需要缺席一场比赛就行了……像言情小说似的,男主没了心爱的人,方知真爱是——"

话音未落就被一只大手从身后整个捂住嘴,只是那手太大,这一捂顺便把她的鼻子也捂住了。

童谣往后倒了倒,后脑勺靠在男人贴上来的腹部,随即听见低沉的男声一本正经道:"那叫什么小说?言情什么言情?"

童谣抓着他的大手扯下来:"对你的辅助好一点!"

陆思诚:"你说躺在床上这个,还是坐在床边这个?"

童谣:"你想对谁好一点?"

陆思诚:"我想把你们两个人一起从窗户扔出去。"

小胖:"我饿了。"

小瑞:"你还吃?!"

小胖耍赖道:"医院餐还不够我塞牙缝!再这么下去,还不等我病好就要先饿死了,你们得带着这个白银辅助一直到整个世界赛结束,就问你们怕不怕——就想吃口饼干不行?饼干不犯法吧?给我买包饼干啊!"

不得不说,小胖说的情况还挺让人害怕的,这时候就连童谣都不好计较这群人一口一个白银辅助了,她想她的中路想得心肝脾肺肾都发疼,戚戚地回过头看了身后的男人一眼,那欲言又止的目光看得陆思诚一顿:"想说什么?"

"不是我嫌弃你啊,你AD打得挺好的……"

"我打了三年职业,登顶国服、韩服无数次,拿了几次联赛冠军换来你这么一句,不说谢谢应该没关系吧?"

童谣一把捉住男人的双手,讨好地捂住搓了搓:"能不能给小胖买包饼干啊?看他这么饿,我心疼。"

童谣说得一脸认真,生怕陆思诚一个冲动就把她捂死在医院。对视片刻,陆思诚终于还是抵不过她和小胖"可怜巴巴"和"委屈巴巴"视线的双重攻击,叹了口气,弯腰从童谣的口袋里抽出她的钱包。

童谣:"干吗?"

陆思诚从口袋里掏出一张卡:"没带钱包,什么干吗?买包饼干还刷卡?"

童谣"哦"了一声,目送陆思诚给小胖买饼干去了。其他人各自找了位置坐下,聊了会儿比赛,然后就一起帮着童谣和小胖取经。

不管怎么说,明天的比赛还要打,像今天这样的情况打CNC战队,怕是要出事的。

临阵磨枪,不快也光。

童谣拿着本子跟小胖又把今天的比赛好好复盘了一遍,在小胖絮絮叨叨地说着"这里的眼其实不用插""打野在上面,被老猫的眼照到正在往下走,这时候你应该趁诚哥把兵线推过去时给陆岳做个保护眼"之类的话时,童谣的手机响了,她看了眼是陆思诚,顺手接起来,喂了声,结果陆思诚说下了楼突然想起有急事要回酒店一趟,直接走了。

童谣抓着手机有点茫然,放下手机跟大家宣布这个消息时,小胖的第一反应是:"那我饼干呢?我饼干呢?不打比赛一口饼干都吃不上了吗?"

童谣顺口说"让小瑞去给你买",看了眼手机,这才发现今阳之前发了十几条微信给她,全是问她在哪儿,今晚吃的什么,生日准备怎么过,要不要她过去……

童谣一一看过，打开微信，回复——

我为狼狗打辅助："小胖明天也上不了，我现在在医院恶补辅助知识，今天打外卡上演惊天逆风大翻盘，明天怕是要翻车，还过哪门子生日啊！"

发完微信把手机塞进口袋里，童谣看了下时间，此时是美国时间晚上八点五十，国内早就第二天了。

嗯，男朋友送给她的生日祝福是："我觉得我的性取向发生了微妙的动摇"。

此时童谣已经接受了二十岁生日就在这种怪里怪气的节奏中度过的设定，收了心，不去惦记生日的事，童谣自己也没觉得有什么特别大不了的，专心跟小胖讨论了一晚眼插在哪儿、以什么姿势插比较安全……

晚上快十一点的时候，陆思诚回来了。

童谣对陆思诚的脚步声很熟悉，男人走到门外的时候她就知道他回来了，听见开门声她也没立刻抬头，而是低头在小胖的指导下在本子上随手画的召唤师峡谷地图上涂红一个点，表示"此时这里应该有个眼"，然后她发现上一秒还在絮絮叨叨"不管顺风逆风，二十五分钟以后这里没眼的话这局就结束了，而且还是辅助的锅"的小胖突然不说话了。

她有些莫名其妙，抬起头看着小胖一脸呆滞地盯着推门而入的人，她眨眨眼，一边说着"怎么这么晚才回来"，一边转过头，结果话就卡在"怎么这么"四个字，没能说出下文——

第十六章

站在门口的男人大概是跑回来的,队服衬衫上原本一丝不苟扣着的扣子大概是因为很热了,被解开了几颗,衬衫有些皱巴巴的,正随着男人起伏的胸口微微颤抖着。

他的目光还是一如既往的冷淡,与他手里那一大束红得扎眼的玫瑰形成了特别鲜明的对比——想象一下,谁往棺材板旁边放一束能把人埋起来的火红玫瑰的场景有多诡异,现在陆思诚整个人看上去就有多诡异。

"这干啥?"小胖一脸茫然,"心有猛虎细嗅蔷薇啊?"

陆思诚看都没看他一眼,停顿了下往病房里走来,童谣这时才发现他另外一只手上还拎着一个巨大的蛋糕盒,他径直向着童谣走来,把蛋糕盒往她膝盖上一放,手里的玫瑰往她怀里一塞:"二十岁生日快乐!以后谁都别说我拐骗未成年少女。"

病房里陷入了几秒的沉默。

小胖先"噻"了一声,打破死寂,他瞪大眼,此时大概是觉得丢了饼干换了个蛋糕,这波不亏。

童谣先是被玫瑰花扑鼻而来的味儿熏得大脑空白了一下,而后抬起头看着花后面男人的那张脸,舌头打结道:"你你你怎么知道的?"

陆思诚弯下腰,和玫瑰花挤着伸头亲了她一下:"你钱包里有身份证,手贱拿出来看了下,想看你证件照有多丑。"

童谣抱着花一下子都没反应过来,陆思诚抓紧空当又亲了她一下:"生日快乐。"

贴在唇上的温度有些冰凉,男人的呼吸却是灼热的,还带着刚刚奔跑过后的喘息。童谣眨眨眼,这才反应过来陆思诚不是回酒店了,是看见她的身份证之后就急急忙忙去给她买这些乱七八糟的东西了。

在周围队友反应过来,纷纷站起来祝他们的临时替补辅助同志生日快乐时,陆思诚拿开花,给童谣把蛋糕打开:"还好我跑得快,不然商店都要关——"

话音未落,蛋糕另一边的人伸出双臂主动揽过他的脖子,送上自己温暖柔软的唇瓣。陆思诚先是微微一愣,随即那张面瘫脸上出现了一丝丝笑意,眼角柔和,主动加深了这个吻。

"许个愿,许个愿!"

"切蛋糕,切蛋糕!"

"生日歌唱不唱啊?小瑞你扶下蛋糕,别给摔了!"

"冒昧问下,你俩腻歪够了吗?真有点饿了,我想吃蛋糕。"

乱哄哄的笑声中,童谣红着脸退开,男人伸出手温柔地替她将耳边的发拨至耳后,看了她一眼,笑道:"又哭啊。"

"我都没打算过了,国内时间都第二天了……"童谣语无伦次地说,"其实也没关系,过不过都一样,但是现在又觉得过一下也不错。"

"人在哪儿算哪儿的时间啊,"男人粗糙的指腹摁了摁她的眼角,"生日快乐。"

"嗯。"童谣点点头,鼻尖泛红,也跟着傻笑。

童谣坐在椅子上笑眯眯地看着小胖他们大呼小叫地切蛋糕,全程握着男人的手就没舍得撒开过,满脑子都是"怎么这么好啊""我上辈子到底是积了什么德"……这时，感觉到脖子上一凉，她愣了下，低下头，这才发现当她发呆的时候，男人不知道什么时候从口袋里摸出一个水蓝色的盒子，从里面拽出一条款式十分简单，吊坠只是一个微微弯曲的弧度的银色项链给她戴上。

小胖："这啥？"

陆思诚："项链。"

童谣看了下那吊坠的形状："马蹄铁？"

陆思诚："为什么你也这么土？"

童谣："你好好说话，我过生日。"

陆思诚给她戴好项链，拍拍她的脑袋，稍稍蹲下来仔细观察了下新戴上项链的少女，然后满意地点点头："好看。"

童谣站起来想去找镜子，陆思诚跟在她屁股后面满屋子找镜子，一边晃悠，一边慢吞吞地说："今年二十岁，就送项链；明年二十一岁，换钻戒，附赠结婚证一张。"

他说这话的时候，童谣正好找到镜子，捧着镜子左看看、右看看，然后抬起头仰视身后的男人："好看吗？"

男人低下头在她眉间落下一吻："好看。"

童谣嘻嘻地笑了。她现在有了结论，上辈子别说拯救了银河系吧，至少月老庙是她亲手和泥巴一砖一瓦盖的。

后来童谣才知道，陆思诚那一句"为什么你也这么土"说得真的是发自肺腑——只有短短这一个小时的发挥时间，他不仅搞定了标配的玫瑰和蛋糕，还能从首饰店里选到和她最合适的项链，真的不容易。

从今阳的嘴巴里童谣了解到,原来这款式简单的项链其实挺有名的,甚至和她的游戏ID有一样的名字——

smiling。

第十七章

小胖因为还在拉肚子,被勒令禁止吃奶油,看着小瑞像保姆一样帮他把奶油都刮掉,再把蛋糕塞进他嘴里,他还在念叨:"这辈子没这么健康过,奶油都不让吃了……"

小瑞把一块蛋糕塞进他嘴巴里:"不拉肚子了?就知道吃!"

小胖抢过蛋糕,自己用小叉子挑啊挑,二大爷绣花似的边弄边说:"啊,童谣你过生日怎么都不说啊?诚哥进来时吓我一跳,害得我以为那玫瑰花是送我的。"

童谣心道,怪不得刚才陆思诚进来的时候你一脸山崩地裂的,连"心有猛虎细嗅蔷薇"都出来了。

童谣:"挺好的,面临恐惧还把你憋成诗人了。"

小胖:"呸!胖爷一直特别有文化,要不是来打职业,清华北大随便挑。"

小胖说这话的时候,童谣笑眯眯地靠在陆思诚的身上。这会儿陆思诚光荣完成了任务,维护住了自己的"好男人"形象,正十分放松、踏踏实实地抱着她,认真翻看她做了一晚临时辅助笔记的小本子,听见她说的话,懒洋洋道:"那花是该给小胖,不带你这么折磨人的……要不是我手贱把你身份证拿出来看,我怕六十年后你还在跟咱们的孙子说,想当年你爷爷奶奶在一起第一年的时候,你爷爷不给我过生日。"

童谣笑了,拍了拍男人的大手,要去抢他手里的本子,后者"嘶"了一声,嘟囔着"别动,我检查你功课,做不好蛋糕给我吐出来"。

童谣不闹他了,收回手抓住他的手腕:"真不是我不告诉你们生日这事儿,这异国他乡的,再加上今天打辅助把我都打蒙了,所以最后我自己都忘记了。"

陆思诚:"我不信。"

童谣:"好好好,你不信,那在一起这么久了,为什么你都不主动问我什么时候过生日?"

陆思诚不说话了。

童谣:"你看,你这不是找事儿吗?我说没关系,你非说有关系,等我说有关系了你又应对不上来……"

"他连他自己的生日都记不住吧?"坐在沙发上大张着腿打手机游戏的陆岳头也不抬道,"真不是我洗白谁,你俩为这吵架分手了多好啊,我耳根子清静一辈子——问题是我们家除了我妈,谁都不过生日,而且她会提前三天在家里就开始嚷嚷自己要过生日的事儿,有效避免被遗忘的尴尬……"

童谣一指陆岳:"那你呢?"

第十七章

陆岳想了想:"好像是劳动节前后生日吧,早过了。"

童谣转过身捧着陆思诚的脸,在他鼻尖上吧唧亲了一口:"那你呢?你天蝎座的啊,生日还没到呢。"

陆思诚用鼻尖蹭蹭她,嗓音低沉:"回去看看身份证上怎么写的,今年过,要礼物。"

童谣忍不住又笑了起来。

一屋子人撇开头,见这两个人猫似的蹭来蹭去,你亲亲我,我碰碰你,不知道为什么,总觉得自己好像看了什么不该看的,害羞得很。

众人又闹了一会儿,顺便陪小胖聊聊天,临近十二点多,小瑞才把蛋糕收拾了开始轰人,并说因为探望小胖,他们今天和CK战队约的训练赛取消了,CK战队经理因此怨气冲天,要是小胖明天再不能出院,麻烦自己在街边找个垃圾桶把自己扔进去,然后众人就离开了。

离开的时候医护人员看着他们这一群浩浩荡荡的年轻人也是一脸茫然,并不明白明明是一群来探望病人的人,为什么走的时候病人病房里空空如也,反而是来看病人的人里有个人一脸娇羞地捧了一大束火红的玫瑰……

第二日,是与CNC战队的比赛日。

今天,HPL赛区三支队伍里,CK战队是没有安排比赛的,而HPL赛区的观众在观看ZGDX战队对战CNC战队之前,已经先经历了YQCB战队与TAT战队比赛时再次"翻水水"的悲痛,虽然不是吊打，还苦苦支撑了五十分钟，但是也足够痛苦了。

主要是最后一波团战，TAT战队先减员，到最后就剩了个阿太后撤逃窜，此时大波兵线推进，残血教皇留守基地清理兵线，让状态好一些的艾佳去追人；艾佳也没多想就去了，追了半条街，跨越整个地图，突然阿太在蓝Buff坑灵性地一个拐弯猫进去，消失在视野范围内，按B键回城。然而艾佳居然没发现，径直路过了蓝Buff，追了一会儿追到人家高地门口才发现自己好像把人追丢了，便站在人家基地门口要回城。

这时人家的AD复活，伊泽家园卫士赶出来一套技能直接把他人头收下，YQCB战队在莫名其妙少了一个中单C位的情况下，复活的队员直接被人打了个团灭，然后一波带走！

这也输得太诡异了，于是HPL赛区的观众就表示有点接受不了，毕竟当时艾佳哪怕是手滑走歪一点点，也能照到蓝Buff区里的残血阿太，结果愣就是这么走过去了！

阿太死了的话，这局游戏的结局将会是相反的。

当时童谣在后台看着也是差点犯了心脏病，差点把手机给撅了，看着国内直播平台全部被问号掩盖的手机屏幕，她憋了半天，嘴角抽搐憋出一句："智障！"

老猫和老K在后面勾肩搭背，反应过来之后笑得不行。

也不能说他们没有同情心，主要是TAT战队小组赛打爆整个组，对小组第一出线这事有绝对的统治力，YQCB战队输给他们也没什么，别输给另外两个队伍，至少八强名额肯定是有的。

YQCB战队打完比赛之后，距离ZGDX战队对战CNC战队还隔了个别的赛区的比赛。出于人道主义,童谣抓紧时间到隔壁战队休息室看了眼艾佳。他委屈巴巴地坐在角落里,看见童谣说的第一句就是:"微博都被爆破了,他们让我下局拿扫地僧算了,虽然是打野英雄,但是瞎子之间应该惺惺相惜。"

扫地僧这个英雄的设定确实是个盲人。当时童谣没憋住,原本还想安慰的话到了嘴边就变成了杠铃般的笑声!

艾佳被她笑得恼了,在童谣的"哈哈"笑声中踩了她一脚:"你笑吧,一个小时后,我就等着你的辅助帮我转移喷子注意力了。"

艾佳说得有道理,童谣也笑不出来了,并回踩了哪壶不开提哪壶的艾佳一脚。

一个小时后,童谣紧张兮兮地又坐上了辅助的位置,然后用四十三分钟验证了艾佳的一语成谶。

经过小胖昨晚一晚的疯狂培训,今天她的视野布局真没有昨天那么稀巴烂,但是奈何他们对战的不再是战术不那么成熟的外卡赛区,而是中国台湾赛区。

别看中国台湾赛区的名号叫得没那么响亮,但首先人家曾经拿过HPL都没拿到过的S系列总冠军,其次,中国台湾赛区平日里除了联赛,训练赛最常和哪儿打?

答:HPL赛区。

所以两个赛区其实对对方都很了解,选手资料啊、打法啊、风格啊也是熟悉得很,哪怕是小胖上,打他们都要花点心思布置战术,更别提童谣上会有多艰难了。

一切还是像昨天那样，虽然刚开始的时候线上优势很大，第五分钟时，配合童谣海潮鱼人的大招，陆思诚甚至在下路拿了双杀成了"爸爸"！

当直播间的人纷纷感慨"smiling昨晚收了诚哥一亿美金贿赂吗""smiling会让人头啦""哎呀，这两个人居然有默契了，造孽啊"时，对方的野辅联动开始了——辅助放生了AD，让他放了下路一塔之后到处偷发育，辅助自己和打野先去中路抓了波陆岳，奈何陆岳这个"老干部"很稳，他们抓不动，于是他们就改疯狂抓上，愣是把老猫一个大树在前十五分钟抓成了0/4/0，从参天古榕变成了半死不活的小树苗，配合大树的猫咪皮肤老喵喵叫，真成了被拔牙的老虎，老猫头疼得快要发疯。

第十八分钟，小龙一波团战，ZGDX战队没有前排，光靠着陆岳的皇帝一个推和童谣的海潮鱼人的大招击飞，陆思诚完全没有输出空间，靠着犀利走位和花式凌波强行摁死对方的前排后，最终不幸死在对方血线健康的后排输出上。

一波四换二，剩下一个老K残血跑路。

被CNC战队抢了元素土龙，掉了中路一塔和下路一塔，这时整场比赛就很难打了，没了一塔，视野就更加做不出去，ZGDX战队在河道内憋屈了十分钟发育，接连被压制在自家野区范围内。

童谣对抓空子反野也不熟悉，ZGDX战队一下子落入了窘迫的局面。

童谣急得满头汗，满脑子都是"这都什么事啊？怕什么来什么""求小胖附体"……

第十七章

这要命的节奏持续了四十二分钟,最后一波团战开打时,对方已经带着一万二的经济优势外加远古龙Buff——CNC战队不是外卡赛区,抢龙翻盘这种事也并不是天天都会上演,此时双方装备经济差距实在太大了,最终ZGDX战队不敌CNC战队,被推掉了基地。

结束前二十秒,陆思诚那淡定得可以算是云淡风轻的嗓音还在耳边,他说没事没事,别退了,打一波,也不是不能打,这波要是真打不过就放了,输一局没什么。

都一起打了一个赛季的比赛了,陆思诚什么风格童谣懂,他很少在比赛里说这种并非明确指令的指挥。

童谣知道他是怕队员的心态崩盘,为什么他会产生这样的顾虑呢?

只能推断是,他自己也有负面情绪,只是此时在强忍着。

基地被推掉的那一刻,童谣看见对方CNC战队的成员跳起来互相拥抱,比赢了冠军还开心。她微微蹙眉,却没说什么,摘掉耳机,正好听见陆思诚说:"输一局没什么,接下来好好打,小组第一还是我们的。"

这是输比赛后队长破天荒第一次开口安慰人,众人简直受宠若惊到忘记要沮丧这回事。

而这一天,ZGDX战队和YQCB战队连续翻车,给HPL赛区的观众朋友们带来了巨大的精神打击。直到他们的第二天、美国时间的当天晚上,ZGDX战队终于公布了一个好消息:小胖出院了,ZGDX战队重新整装待发。

贴吧里顿时痛哭流涕倒了一地。

这天晚上,整个赛区的观众都是ZGDX pang的粉丝,以往总是被无视、被调侃躺赢的小胖吃火锅吃得进医院住了两天,出院的时候莫名其妙获得了一个成就——突然就变成了HPL赛区人们心中的辅助之神。

对此,童谣只能总结:"踩着我'尸体'得来的成就,我呸。"

第十八章

常规赛最后一日,与北美赛区TANK战队的比赛,辅助之神小胖回归赛场。

纵使还有好些人沉浸在昨天输给中国台湾赛区的伤感里难以自拔,但是此时,令人欣慰的是ZGDX战队已经以四胜一败的成绩确认了小组赛的出线资格!

今天只需要拿下TANK战队,ZGDX战队便可以顺利拿下B组第一的位置,在常规赛中直接回避已经确认小组第一出线的TAT战队,以及D组也已经确认小组第一出线的RP战队,两支韩国队伍。

这绝对是个不错的好消息。

HPL三支队伍都没能突破八强的战绩让人心有余悸,此时大家虽然嘴上说着"不夺冠就游回来",心中还是殷切地希望今年至少给个四强也好啊!

就在大家默默祈祷ZGDX战队顺利拿下小组第一时,幸运女神还真的降临了。

原本在第一轮常规赛只输给ZGDX战队，与其他队伍对战全胜的CNC战队在昨天怼翻了ZGDX战队后也有可以一抢B组头名的资格，但令人大跌眼镜的是，在常规赛比赛日最后一天，ZGDX战队对战TANK战队开赛之前，中国台湾CNC战队居然在外卡Bear战队手里翻车了！

今年的外卡赛区真的不得了，一改曾经那副"S系挽尊战队"的形象，在与小组第一ZGDX战队的小组赛中以一万经济优势谈笑风生，转头就毫不留情让CNC战队翻了车！

与CNC战队的比赛是外卡赛区Bear战队的最后一场比赛，比赛结束时，负责今日解说的解说D站了起来，调整麦克风向着所有人宣布："女士们、先生们，让我们感谢来自俄罗斯的Bear战队！作为一名真正的猎手，向着苍穹深渊射出了让人们震惊的一箭——太阳初升之时，人们看见了外卡赛区坚韧不拔的精神！"

此时最后一局常规赛打完，虽然已经确定淘汰，但是当Bear战队与CNC战队一同来到舞台最前方时，Bear战队五人肩并肩向着观众鞠躬，挥手道别，场内的所有观众起立，齐声高呼Bear战队的名字。

在那样的欢呼声中，Bear战队五个并排走出去能比别的赛区多一个人的位置的大老爷们儿显得惊喜又惊讶，他们鞠躬了一次又一次，直到眼中湿润。

"感谢Bear战队！祝福他们好运！感谢Bear战队让我们在本届世界赛上看见了坚韧不拔、永不言弃的电竞精神——我想这就是S系总决赛存在的最重要的意义，在追求胜利的道路上，你们所有

第十八章

人都是一样的——"

"一样耀眼,如璀璨明星!"

掌声如雷鸣轰动,外卡赛区的队员与CNC战队的队员十人手拉手,最后一个九十度大鞠躬后离开赛场。

B组小组赛就在这样热烈的气氛当中迎来了最后一场落幕赛,人们为外卡欢呼祝福的同时,在大屏幕里清楚地看见了陆续上场并在比赛席位坐下的ZGDX战队成员。

当童谣和小胖说笑着从选手通道走出,来到电脑前并各自转弯在中单、辅助的位置上落座,戴上耳机时,现场的人们骚动了。

解说D:"哦!瞧啊,我看到了什么!我们的smiling!我们的中单女王,终于回到了她本来擅长的位置上——主宰敌人生死,主宰赛场胜败的AP Carry位!"

解说E:"我们可以看到她的脸上有笑容,想必此时此刻她也是松了一口气,以后再也不要出眼石了!"

解说F:"我说你们俩,能不能不要总把目光放在姑娘身上——阔别赛场两天,让人们倍加想念的显然是ZGDX战队的辅助pang……"

解说D:"是的是的,我们当然十分怀念pang选手的精致布眼方式和大局观,他似乎总能用有限的四个视野道具将敌人的整个野区照亮!"

解说E:"欢迎回来!pang!ZGDX战队不能再输了!"

三名解说停不下来的调侃,选手们自然是听不见的,此时他们已经进入了比赛的BAN&PICK环节。

陆思诚:"对方是上单Carry的队伍,中单不怎么强,Counter位留给老猫,先拿中单吧,傻子你拿什么?"

童谣:"能杀人的!能杀人的!"

队伍交流频道嘻嘻哈哈一片笑声响起,小胖叹息道:"这个中单今天杀心很重。"

老K也叹息:"为了避免她被抓成'狗',今天我要住在中路了,其他人自求多福啊……"

童谣:"我看看啊,妖姬是日常没有了,深渊卡萨是不想拿的,时间猎人玩着玩着就被要求出肉了,没意思——还有什么刺客可以拿?"

明神:"尊重一下版本,红围巾、冰之精灵、超元龙王、暗黑球女……"

童谣立刻开口:"九尾狐狸啊!给我九尾狐狸,我要拿五杀!"

陆思诚:"你会不会九尾狐狸?"

童谣:"有我不会的刺客英雄吗?给我九尾狐狸。"

明神:"你们知道赛场上无视数据分析师的意见,自行任性BAN&PICK这事儿流传出去,你们是要被骂死的吧?"

童谣扯了下耳机,这次没有无视明神,"嘿嘿"笑着说:"我都憋两天了,差点憋死在下路……玩了两天露露,高光时刻就是抢队长的一血四百块和抢队长的五杀,你们在杀人,我只能躲在后面'变羊''变大''跑快快'——变个毛线羊!变个毛线大!我也要杀人!"

在童谣祥林嫂似的碎碎念中,明神拍了拍老猫的肩,一脸受

第十八章

不了地让他给童谣锁了九尾狐狸。这是九尾狐狸在本届世界赛上第一次登场,锁定的那一刻,它给回归C位的童谣带来了又一次的欢呼与掌声!

童谣似乎感受到了现场气氛:"虽然戴着隔音耳机听不见,但现在解说和观众肯定都在讨论我的英雄池深不见底。"

小胖:"我觉得他们是在欢呼我胖爷的回归。"

老K:"吃火锅吃到进医院,害得队伍上演一万经济大翻盘外卡及翻车中国台湾,你确定他们是在欢呼?我昨天看贴吧,有个你的女粉丝粉转黑,说你怎么不吃死算了。"

小胖:"真的假的?"

老猫:"当然是假的,你哪来的女粉丝?"

陆思诚闻言,还真的抬头扫了眼观众席,懒洋洋道:"看着是挺兴奋的,就是不知道是在说你首抢逆版本没人BAN也没人会抢的九尾狐狸是脑子有泡,还是在夸你英雄池深。"

童谣微微眯起眼,转过头瞥了陆思诚一眼:"陆思诚,虽然我不打辅助了,但是我可以用两条腿从中路走到下路去抢你的人头……九尾狐狸跑得挺快的。"

陆思诚:"哦,我好怕。"

明神用写字板在后面拍童谣的脑袋:"你们确认出线了很开心是吧?输给TANK战队拿个小组第二,八强赛就遇见TAT战队也没关系了是吧?"

一想到TAT战队中单阿太,童谣就紧张地闭上了嘴。陆思诚注意到耳边瞬间安静下来,"嗤"了一声,垂下眼,淡淡道:"总要碰见的,怕什么?"

说话间,BAN&PICK顺利进行至尾声,选手确认英雄,进入游戏载入画面,游戏开始。

小胖说得没错,今天童谣杀心很重。

一手九尾狐狸把对方的时间猎人撵得满街跑,三分钟,配合老K逼掉时间猎人双招让他回城,丢了一大波兵线;五分钟时抢先六级,凌波上开大灼烧一套技能带走,直接拿下一血!

此时对方的时间猎人才五级半。

又一波兵线推进,时间猎人一口经验都没吃到,这么大一波经验和钱就这样不得已让给了自家打野——老K看见对方打野在中路帮忙收兵线,连忙去了上路,帮老猫稳住局势。

TANK战队的上单是个老将,这战队能闯入世界赛就靠着这么一手上单Carry,听说只要是上单英雄就没有这哥们儿不会的,甚至有人都说他是北美上单版金宇光。

老猫这种习惯蓝领的上单打他那种类型的上单还是有点累的,开局TANK战队和ZGDX战队经济只差了一个一血钱,原因就是老猫在上单落后的补刀数基本和童谣压制对方中单的补刀数一模一样!

然而此时,TANK战队上单再厉害也没用,因为TANK战队的中单被单杀一次,掉了两波半兵线后,真的山崩地裂,连带着下路因为中路的劣势也不敢贸然压线,只能怂在塔下打抗压,除了上路,剩下的两条路已经明显不知道应该怎么继续往下玩了。

比赛第十一分钟,童谣再次单杀对方中单。

第十八章

几乎是同时两个镜头进行,陆思诚在下路配合小胖的盾人一波开大,击杀对方辅助亡灵之灯。

ZGDX战队拿下对方的下路一血塔,并顺势拿下第一条元素火龙。

这条元素火龙注定了接下来比赛的走向,童谣拿到第一个蓝Buff后,配合老K开始疯狂入侵对方野区,在野区来去自由,像个魔王似的见一个怼一个,对方队伍里五个人除了上单都在她手里死了个遍。

第二十二分钟,童谣击杀对方打野,ZGDX战队抱团大龙,顺利拿下第一条大龙,带着大龙Buff连推对方三座外塔,在上路高地防御战中,打野复活的TANK战队孤注一掷,主动开团,偷了十几分钟发育的时间猎人切进第一秒就被老猫的远古恐龙变大拍在墙上,同时陆思诚的大嘴疯狂吐黏液,在吐出一大堆抱头鼠窜的残血后,九尾狐狸开大收割!

于是从这一秒开始,屏幕最中央,九尾狐狸头像后开始疯狂跳字幕——

Double Kill(双杀)!

Trible Kill(三杀)!

Quadra Kill(四杀)!

Penta Kill(五杀)!

Ace(团灭)!

最后,在解说都激动得站起来,咆哮庆祝着本届S系第一个五杀诞生时,屏幕上九尾狐狸头像后跳出了最后一句结束语:"God

Like（同神一般）。"

解说D："这是HPL！打架著称的赛区！今天我们看见了我们熟悉的节奏，在过去的四年（S1时HPL赛区没有参赛）里我们称之为HPL节奏！"

解说F："这不是北美赛区战队想要看到的结局，此时我们可以看见TANK战队上单疯马脸上露出了无可奈何的表情……"

解说D："让我们恭喜HPL！恭喜ZGDX战队！顺利以二十七分钟突然发起反击，团灭TANK战队，拿下本场比赛的胜利，并确认以B组小组第一的成绩从小组赛中脱颖而出！"

ZGDX战队与TANK站队的最后一局比赛打得畅快淋漓，推掉基地时，赛区观众也是上蹿下跳，激动得不行。

直到一个小时后，他们的乐观结束了。

当时所有的小组赛进行完毕，开始进行八强抽签。此时，CK战队双杀韩国运营商队，与ZGDX战队均以五胜优势占据小组第一，强势进入八强。YQCB战队不敌TAT战队，以小组第二的名次杀入八强。

抽签前，人们挺开心的。HPL赛区居然拿了两个小组第一啊！同韩国五五开了！稳！

抽签后，大家就开心不起来了，因为抽签结果是这样的——

CK战队对战D组小组第二的欧洲赛区G4战队；ZGDX战队对战C组小组第二的韩国运营商OP战队；YQCB战队对战D组小组第一韩国RP战队。

抽签结果出来，整个贴吧的氛围是愁云惨淡的。

"乐观点,好歹保底三个八强,比去年强不少。"

"讲道理,CK战队的状态那么好,杀个G4战队进个四强应该不难吧?"

"ZGDX战队这抽签运是在小组赛就用光了,一共四个小组第二,BAN掉同赛区的YQCB战队,他们怎么就三选一都能选到RP战队啊!"

"smiling和金宇光几几开?今天这手九尾狐狸让我很乐观地认为四六开……"

"很好,很刺激,这要是CK战队沦落到小组第二,妥妥也是要抽到TAT战队的节奏……嗯,决赛提前开始?我很期待。"

第十九章

S系全球总决赛的四分之一决赛采用BO5赛制,即五局三胜制。四分之一决赛将于小组赛结束四天后,即十月十七日正式开赛,比赛地点在芝加哥市。

八强名单里,三支HPL赛区队伍,三支HCK赛区队伍,还有HMS赛区的CNC战队,以及一支独苗的HCS赛区的G4战队。总体来说,这样的出线情况让欧洲和北美赛区的观众们非常绝望。

首先,欧洲赛区的观众不认为G4战队会是CK战队的对手;然后是北美赛区的观众更是小组赛结束后直接原地解散,各自去矮子里面拔高个儿,选择去支持自己喜欢的别的赛区的队伍,聊以慰藉,以支撑完剩下还有大半个月的S系赛程……不然能怎么办呢?毕竟他们也很绝望。

十月十三日晚上,打完比赛后,童谣他们就直接带着工作人员帮忙收拾好的行李飞奔机场了。赛事举办方早就为八强赛选手准备好了在芝加哥的训练场地以及酒店,于是在机场,童谣他们遇见了CK战队还有YQCB战队的同仁。过了安检，一抬头就看见TAT战队中单阿太一脸面瘫地和其他队友一起站在安检口不远处，OP战队中单金宇光也在他旁边，正笑着说些什么。

两个人似乎是感觉到了不远处的目光，抬起头看见陆思诚，双双礼貌性地远远点头致意，阿太还欠了欠身，毕竟陆思诚还是TAT Chessman的时候，是他的前辈。

童谣过完安检，走过来一眼就看见了本届S系她最大的两个克星在和她家队长和谐寒暄，她悄悄拉扯了下男人的衣袖，问："他们怎么也在？"

陆思诚稍稍偏过脑袋："你这不是废话，不然他们从旧金山走到芝加哥？"

童谣"哦"了一声，强装淡定："我就是过了安检看见你在'通敌'，假以询问的方式对你进行委婉的警告。"

陆思诚用脚指头听都听得出童谣对这两个中单有些发怵，故意调侃："这两个人，我通不通敌你都打不过，就不要在意那么多……哎，你怎么打人啊？"

"我还想打死你！"童谣顺手就着拍在男人背上的手又掐了一把，"八强赛打的就是金宇光，你别助长他人威风，到时候我要真打不过了……"

"你要真打不过了就换我Carry你，"陆思诚笑着揽过她的肩膀，一边说着，一边举起手懒洋洋地跟不远处的两个顶尖韩国中单挥挥手，"你Carry我这个老年人那么多局，我也是时候给你展现一下什么叫'老骥伏枥，志在千里'了……"

第十九章

童谣被陆思诚半揽在怀里，鼻息中满满地都是男人身上古龙水混合淡淡汗液的味道，不得不说，他的怀抱结实又暖洋洋的，确实给人一种莫名的安全感。

虽然他把"老骥伏枥，志在千里"这么严肃的一句话愣是说出了一种令人难以言喻的感觉，但这大概就是"流氓"的特长吧。

童谣一面面无表情地在心里吐槽，一边抱住男人的腰，试图好好享受这最后的安宁。此时，小胖、陆岳、老K、老猫还有明神凑在一起，在分析复盘前几天的其他小组比赛录像，队伍里的气氛很严肃，也很紧张，至少打小组赛的时候，小胖登机前还在用手机打手游。

对于ZGDX战队来说，四分之一决赛将是这场世界赛之行真正的开始，他们必须要打起十二万分的精神面对韩国运营商队。

正如抽签结果出来后，两个赛区的选手们纷纷叹息，说两国运营商之战是决赛预演也不为过——这是一场真正的高手过招。

四日后，十月十七日当天，四分之一决赛开赛。

第一天的比赛赛程里，HPL赛区只有CK战队被安排了对战G4战队——虽然比赛前大家都不看好G4战队，但是相比CK战队，G4战队勉强也算是占了点主场优势。不管是欧洲HCS还是北美HCS，好歹都叫HCS是不是？于是平日里谁都看不起谁的窝里斗赛区瞬间团结一致起来，比赛当天，给G4战队这一根代表两个HCS赛区的独苗的加油声呼声震天！

童谣他们在比赛方安排的现场座位坐下，场上的气氛很热烈，一阵老外给G4战队的加油声后,给CK战队加油的中文声也意外地不小,居然隐约有要同人家老外五五开的气势。

国人关键时刻都是十分团结,一致对外的,这种需要喊加油、比气势、比嗓门的地方,是不会冷场的。

现场的两名解说听见这中文加油声似乎也有些惊讶,沉默片刻后,其中一名解说先憋不住"嗤嗤"笑出了声,解说T:"哦吼,咳咳,别老觉得自己是主场,结果尴尬地发现,现场的中国人也不甘示弱。"

解说G:"希望下次咱们喊加油的时候稍微大声点,毕竟卖票系统分不清买票人的护照,在自己的地盘上输了气势可不行。"

有个大兄弟听了解说的话,又示威似的大吼了声"CK战队加油,HPL万岁",于是选手们在现场的哄笑声中入场。

解说T:"你知道最让人生气的是什么吗?最让人生气的是,我们在这儿说的话他们都听得懂,但是他们在说啥,我们一个字都不明白。"

解说G:"哈哈哈哈哈!"

在两名解说的侃侃而谈之中,第一局比赛进入BAN&PICK,别说台上在比赛的CK战队,就连坐在下面的童谣他们都被现场气氛感染得有些紧张。

之前这个G4战队,并没有被任何人看在眼里,今天CK战队打他们,应该没什么问题吧?童谣心中这么想着。

比赛开始了,她发现现实好像和她想得不太一样——

本来欧洲赛区及北美赛区的体系就和中国赛区及韩国赛区不

第十九章

太一样,相比跟着版本走,他们经常能拿出剑走偏锋的奇怪阵容,像是木乃伊、炸弹人、冰之鸟雀、超元龙王、卡特琳娜、风男这些英雄,在HPL和HCK的正式比赛里基本非常少见,但是这些老外说拿就拿,一点也不含糊,他们也没什么心理负担。

面对二胜韩国运营商队的CK战队,G4战队本来就是二号种子池出来的队伍,比赛前,国内外媒体一致不看好,输了就输了,虽有遗憾,但也仅此而已。

第一局,G4战队便拿了爱神射手、红围巾双poke速推阵容,前期线上虽然没有优势,但是偷塔速度快得飞起,在野区如泥鳅一般,死活不跟你打架,就是偷资源、偷发育。

CK战队在中期开始有些落入被动,领先的经济逐渐被追平后开始无脑放了两座外塔和两条元素龙。第二十五分钟团战,则直接被打了一波一换三。

之后G4战队在解说高昂的呐喊声、现场观众热情的欢呼声中一路高歌猛进,在比赛第三十七分钟时就顺利推上了CK战队的高地,爱神射手三箭带走CK战队AD,CK战队只能后撤,后撤过程中,中单小花也被切掉,没有了双C,只能遗憾地看着大水晶被点炸。

第一局比赛结束后,相比CK战队个个面无表情拿起水杯喝水的模样,看着状态起飞的G4战队队员们满脸笑容,童谣一把抓住身边陆思诚的手,突然有了不祥的预感。

大概是她手掌心的温度被身边的人感觉到,陆思诚反手压住她的手,轻轻拍了拍:"莫慌,没事。"

第二十章

HPL赛区一直定位于第二赛区,仅次于HCK赛区,所以不要说是CK战队,就连童谣他们对于韩国队伍的研究也是远远大于欧洲和北美赛区,眼下的情况让人有些茫然。

他们突然想起不论从纪律性还是技术性,又或者是经典战术执行方面来说,虽然HCK赛区是当之无愧的领先水平,但若说到套路和战术的多样化,那通常还要看HCS赛区。

HCS赛区整体风格符合欧美人的特性,随性且乐观,对于他们来说,虽然是职业联赛,但是相比赢比赛,似乎娱乐性也十分重要,所以他们经常会拿出让观众相当震惊的乐观套路。从联赛中就可以看出,HCS的两个赛区经常出其不意地拿出以前没有人在正式比赛中用过的英雄,而从游戏每次更新出新英雄的运用率上来说,似乎也总是HCS赛区率先在职业赛场上开发战术并投入使用。虽然可能在运用上并不那么娴熟,但是胜在出奇制胜,一不小心就有乱拳打死老师傅的可能。

眼下，CK战队就是被捶死的老师傅。

G4战队中单BIGBOOM是一名从S2一直打到S6的超级老将，经历了五年的更新换代之后，几乎算是横跨了整个《英雄王座》的发展史，其英雄池之深，对兵线、对召唤师峡谷的了解都是惊人的。在以他这样成熟的选手为核心的基础上，G4战队在这一天给人们展现了属于HCS赛区的精神——四局比赛，四种战术。

每一次中单的英雄变化都能够让G4战队这个队伍整体的体系发生翻天覆地的变化。比赛中，除了第二局简阳看出对方打双核阵容，铁了心地蹲在中路直接抓穿，艰难拿下比赛，剩下的几局，CK战队几乎对G4战队随时变换的战术没有任何应对的方式！

第三局，BIGBOOM再次拿出中单露露，保证了自己这条线不崩，并利用露露的特性，数次支援上路打出优势。与此同时，下路拿出有"拆塔狂魔"美称的新版炸弹人AD奇葩玩法——比赛开始第二十五分钟，当G4战队以AD炸弹人为核心开始四一分推，CK战队的防御塔掉得飞快，前期打出来的经济优势瞬间被追平！

简阳这时原本有三个人头在手的优势，但是被牵制得没办法在还有微弱优势的情况下主动出手，野区连连失守，甚至被G4战队打野ARUN完全压制。

至此，CK战队再次落入敌方的节奏里，最终在四十五分钟的苦战后失守大水晶。此时，在全场疯狂的欢呼声中，坐在观众席上的童谣可以清楚地看见，摘下耳机站起来的CK战队五人脸上的表情有点蒙。

第四局，CK战队的状态，或者说心态已经山崩地裂——作为

第二十章

赛前默认的、理所当然要3:0拿下这支欧洲队伍的HPL强队,此时他们面对着排山倒海而来的压力,似乎已经有些不知道应该怎么释放压力了。

童谣拿出手机刷了刷网络平台,被认为八强赛抽到上上签,堪称最稳的一支队伍眼看就要折戟沉沙了,网上的唉声叹气也是铺天盖地,人们普遍都有暴走的趋势。

"等一个3:1带走……我曾经以为是CK战队3:1带走G4战队,没想到是CK战队1:3被G4战队带走。"

"这次HPL真的又是三个八强,可以,很强势。"

"欧美赛区什么时候变这么强了?这终极套路一个接一个!炸弹人都拿出来用,打香蕉船!"

"讲个笑话,HPL第二赛区,被欧美菜鸡暴打……哦不是欧美菜鸡,欧美'爸爸'?"

"哈哈哈哈,买啊,HPL最有钱了,继续买外援,明年把BIGBOOM买来怎么样?就是不知道人家愿不愿意来。"

"HPL就是这样,学韩国的运营,学欧美的套路,忘记自己是打架赛区,最后学出来一个四不像,活该年年八强。"

"我看蝴蝶和老王一脸茫然,第四局估计也走远了。"

"曾经以为我们把'欧美菜鸡'的帽子扣回了那些人头上,没想到在八强赛里,人家反手一巴掌——帽子,你自己戴好!"

各种评论看得有些心烦,童谣退出贴吧,登录老外喜欢刷的电竞论坛,果然是一片欢天喜地,出现最多的字眼无非就是"GOD G4",大有一副"垂死病中惊坐起"的景象。

当然，那些习惯性埋汰HPL赛区的人也出来了，翻译一下大概就是——

"我就说了HPL很垃圾，呵呵。"

"你们说什么？小组赛OP战队输给CK战队了？呵呵，难道不是演的？"

"中国人傻眼了。"

"OP战队：演技一流。"

"炸弹人让他们目瞪口呆！"

"G4战队也许至少能拿个亚军，这状态压根就是无人能敌！欢呼！"

"YANG被ARUN完爆，吓哭了！HPL的打野都这样？一到世界赛就野区迷路……从S5迷路到S6，解说D现在大概都快要哭晕了吧？"

童谣关上手机屏幕，一言不发地继续看比赛。

直到一个小时后，她拍拍屁股站起来，跟着唉声叹气的队友离开了观众席。走之前，她回头看了眼比赛台，在跳起来欢呼拥抱着队友、庆祝自己闯入四强的G4战队旁边，是沉默的CK战队。

此时聚光灯打在G4战队全员五人外加冲上来和他们拥抱的教练身上，在离他们大概十步开外的不远处，黑暗的角落里坐着一动不动的CK战队五人。童谣看见很久一动未动的简阳突然弯下腰，低下头，抬起手，用一只手遮住了自己的眼睛……

童谣停下脚步，直到感觉自己的手被一只温暖的大手握住，她微微愣怔，抬起头，对视上一双深褐色的瞳眸。

第二十章

"走吧,"陆思诚淡淡道,"别看了。"

CK战队的淘汰让整个HPL赛区陷入愁云惨淡之中。

连HCS都打不过的话,HPL剩下的两支队伍该凭什么去拿下两支HCK队伍?

实力?似乎不足。

信心?已经被打击得干干净净。

运气?似乎也只能指望这个了吧。

真让人绝望。

当天晚上,童谣一夜没睡好,第二天早上起来,说是头痛欲裂也不为过,还好这一天没有ZGDX战队的比赛,第二个比赛日是YQCB战队对战RP战队。童谣起来的时候是早上十点,下楼吃早餐时发现大多数队友还有隔壁战队的全员都已经聚集在餐厅了,大家的脸色都不是很好看,小胖的眼底也挂着浓浓的黑眼圈。

童谣拿了点面包和牛奶麦片,往他旁边一坐:"昨晚你也没睡好啊?"

小胖叹息道:"国内争得鸡飞狗跳,出了国才知道HPL三支队伍荣辱与共啊!昨晚陪小花和好运来喝酒,呃,我喝的果汁,两个人喝到最后抱着胖爷嗷嗷哭,哭得胖爷心都碎了。"

小胖形容得过于生动,童谣想象了一下那画面,放下面包顿时没了胃口。这时陆思诚和隔壁战队AD肩并肩走进餐厅,男人眼尖,见媳妇在,就扔下朋友径直走了过来,来到她面前站定,抬起她的下巴左右翻看了下,然后自然而然地用大拇指拂去她嘴角的面包屑，眉眼淡漠："没睡好？"

"嗯，"童谣从鼻腔里应了声，"千万根手指戳着脊梁骨，怎么睡得着？"

童谣的声音不高不低，本来大家都坐在一起，所以隔壁战队的人也听得清楚。YQCB战队的队长闻言苦笑了下："我也是压力大得凌晨三点才睡下……你们还好，明天才比赛，我们今天就要直面赛区心态爆炸的舆论压力和狂风暴雨了。"

"是啊，你们可千万好好拿下RP战队，"小胖心有余悸，"不然明天到我们就不是心态爆炸的舆论压力了，而是直接炸穿的血色战场。"

小胖情真意切的惊恐表情逗乐了隔壁战队一桌子人。

陆思诚挨着童谣坐下来，自然而然地拿过她啃了几口的面包三两口吃完，教皇又给他端来了一杯黑咖啡，放下后坐到了自己战队的队长身边。

"还好现在打到八强，基本不会内部约训练赛了，不然小瑞这会儿估计要愁得发狂……"

"那些人，赢了一局BO5尾巴都翘上天了，也没看小组赛自己赛区的其他队伍被我们捶成麻瓜！"

"嘘……"

众人低声交谈着吃完早餐，除了抱怨目前HPL面临的千夫所指的尴尬境地，无非是一起讨论RP战队的队员。因为RP战队的成员大都是在HPL打过比赛的韩援回流，所以和昨天打G4战队时CK战队面对的情况完全相反，HPL的老选手对于RP战队的人还是很熟悉的。

吃完早餐，童谣他们走出餐厅，意外地遇见了拿着行李在大堂等待办理退房手续要去机场的CK战队众人。

一夜过去，他们的情绪并没有比昨天好一点。

见简阳坐在沙发上拿着手机发呆，童谣扔开陆思诚的手，在男人把她拎回去之前，一溜小跑，跑到简阳身边一屁股坐下，抬起手拍了拍他的背。

简阳抬起头，看了她一眼，嘴角动了动，却什么也没说，又低下了头。童谣也没说什么，等CK战队的领队退了房，招呼他们准备走人时，在简阳站起来的一瞬间，童谣才突然说道："怕什么？你才多大，二十岁职业巅峰啊，明年再来战呗。"

简阳一愣，低下头对视上一双黑色的瞳眸，眼神微动，随即微微泛了红——他抬起手，拍拍坐在沙发上抬头看着自己的小姑娘，嗓音沙哑："今年，你们先替我们干了他们。"

童谣笑了，微微眯起眼，弯得像月牙，她干净利落地点点头："好的。"

"一言为定。"

"一言为定。"

简阳背起包，深深地看了童谣一眼，扬起嘴角，勉强地冲她笑了笑，转身离开。

童谣一直目送简阳走出酒店大堂，上了停在门口的大巴车，这才站起来，又是一溜小跑，跑回站在不远处的自家队长身边，双手一把拉住他的大手："陆思诚，我想好了！"

"什么？"

"输比赛就会变得特别沮丧，这点我是改不了了，这玻璃心外加公主病已经严重到无药可救，所以我想了想，我还是放弃治疗吧。"

陆思诚挑起眉，正想问她是不是欠教育，却在低下头的一瞬间感觉自己的手被拉扯了下，握住自己的那双柔软的手微微收紧力道："大不了不输就可以了。你说的，你'老骥伏枥，志在千里'，那就麻烦你，带我赢。"

男人微微一怔。

童谣抬起头，坚定地看着他："带我赢。"

陆思诚沉默三秒，随即"嗤"地笑了起来，那从昨天开始一直因为过于沉默而显得严肃的眼角终于变得柔和起来。他低下头，吻了吻她的眼角："好，带你赢。"

第二十一章

　　YQCB战队和RP战队的比赛开始之前,童谣发现网上流传着一些Facebook的搬运,大概就是CK战队前脚离开酒店不过十分钟的时间里,一名RP战队的替补队员发了条动态:"看见了HPL赛区的战队离开,心情愉快,马上会送第二支队伍紧跟他们的步伐……这个赛区只会捡我们不要的,能有什么进步?"

　　这条动态发出五分钟后,就被中韩两国网友集体炮轰——HPL的粉丝自然是护犊子,而韩国的粉丝气的是YQCB战队里有一个李君赫,而李君赫拥有强大的太太团,所以他们用很严厉的语气质问"李君赫好歹是你的前辈,还有没有王法了""就算他去了HPL,他还是李君赫,你算什么东西""你说谁是不要的""你打过比赛吗?就在这儿学狗叫"……

　　虽然支持他,觉得他说得很有趣、很解气的韩国网友不在少数,甚至还有少数中国网友说"你说得没错,HPL确实垃圾""无法反驳",但很快,这名选手就扛不住压力将这条动态删除了。

但是来不及了,不好的说法已经流传开来。

童谣及时围观到了这一波闹剧,乐颠颠地说道:"韩国人强行给自己添加了一个赛前放话环节。"

陆思诚身子歪过来看她手里的手机:"结果怎么样?"

"炸了啊。"

童谣摇摇头,表面上笑嘻嘻的,心里将这个她都没怎么注意过、不知道打哪儿冒出来的替补选手祖宗十八代都问候了一遍。

然而这只是一个小小的风波,很快,随着比赛时间越来越近,国内的人们暂时忘记了被韩国选手赛前开嘲讽的事,而已经学会了在痛中寻找快乐——

"听说CK战队已经回去了?好像领队发了个定位在机场的微博……那么着急啊?来都来了,好歹玩几天啊?代购一波赚点机票钱也好。"

"楼上说得是啊,多等几个小时可以和YQCB战队一起回来,路上还有个伴。"

"那干脆多等一天,连带着ZGDX战队一起,三个队包个机回来还不是美滋滋?哈哈哈!"

"这些人怎么话就那么多呢!真输了比赛,还不是跟着我们一起生无可恋……"

童谣此时已经坐在观赛席上,左边坐着今阳,右边坐着陆思诚,童谣收起手机,看了看周围。因为今天是两个非HCS赛区的战争,所以在场的粉丝数基本五五开,YQCB战队自然有数量庞大的留学生粉丝团支持,而RP战队基本是S5的韩援回流,在国内粉

第二十一章

丝也不少，同时韩国赛区一向因为实力强势，能圈到各国路人粉。

RP战队队员入场的时候，现场欢呼声很大，队员们脚下轻快，面带笑容，有说有笑，很显然心态非常轻松。相比之下，YQCB战队个个都是一脸严肃，艾佳上台时还踩了自己的鞋带，差点趴到教皇身上去。童谣左边那位抬起手一把捂住自己的眼，表示没眼看，只是她另一只紧紧握着童谣的手泄露了她紧张的情绪。

"别紧张，"童谣拍了拍好友的爪子，"艾佳什么大风大浪没见过？从春季赛保级赛惊天翻盘次级联赛战队成功保级，到——"

陆思诚："你这真的是在安慰人吗？"

"多嘴！"童谣踩了他一脚，然后面不改色地对今阳继续说道，"从春季赛逆天翻盘保级到夏季赛完爆B组一穿七，跨组赛拿下ZGDX战队，勇闯季后赛拿下夏季赛亚军，再到冒泡赛怒怼红箭战队，拿到最后一张出征S6的门票，直到现在这样闯入世界赛八强——小说一样的梦幻设定，这队伍无敌，有没有？无限的可能性，要不是有我ZGDX战队在，我都怀疑今年S系冠军都是他们的。"

今阳："神奇的是春季赛到现在他们也只是换了个AD而已。"

童谣："什么'只是换了个AD而已'？这叫拼图的最后一块。我看过复盘录像对比，以前YQCB战队老输，是因为他们老怂着打，资源放着放着就打不过了，但是现在YQCB战队是整个HPL赛区最具备HPL风格的队伍，敢拼敢打，上来就是干，并不把《英雄王座》当推塔游戏，给予它应有的尊重……"童谣一边说着，一边笑着看了眼今阳，"RP战队是韩援回流组成的新战队，其实他们身上HPL赛区留下的痕迹还很清晰，你知道现在他们最怕什么吗？"

陆思诚："YQCB战队这签抽得其实挺好的。"

童谣："我也觉得。"

今阳一脸茫然，脸上是大写的"你们在说什么"，不过她很快就明白了——

比赛开始后，YQCB战队在痛失第一局后，凭借着"我春季赛还在打保级赛，怕你个鬼啊"的过硬心理素质，第二局迅速找到了手热的感觉，让一追三，以3:1的战绩拿下RP战队，顺利挺入四强，并将在四强赛中对战HCS赛区G4战队！

在最后一局，YQCB战队推掉RP战队基地时，童谣将手机强塞进陆思诚怀里让他给自己指路，等男人一脸无奈地将韩国人最喜欢去的电竞论坛搜出来并将手机塞回给她后，童谣认认真真将这论坛从头到尾看了一遍。陆思诚："看什么看？你又不懂韩语。"

童谣："但是我看得懂满屏的问号，隔着屏幕都能看出渗透出来的尴尬，以及安静。"

陆思诚沉默地看着她。

童谣："怎么？"

陆思诚："没什么，就喜欢看你这种精神胜利法的乐观模样。"

赛后采访环节，凉生作为队长上台接受采访，很显然，他也知道了自己赛前被嘲讽的事，而老外主持人对这种事简直见怪不怪，非常直接地问了他知不知道这件事。凉生没有直接回答，只是腼腆地笑了笑，说："我没注意，比赛前一直在忙着研究半决赛会遇见的G4战队，毕竟他们很强。"

这无声的一巴掌打得挺响，顿时，现场哄笑、口哨声四起。

第二十一章

童谣："我今晚能睡个好觉了。"

陆思诚抬起手，摸了摸她的头。

火药味伴随着八强赛的展开而持续蔓延，各大赛区之间不再像是小组赛时那样维持着友好与和谐的关系。

而第二个比赛日后，YQCB战队以春季赛保级选手的身份强势挺入S6世界总决赛的半决赛，这个消息无疑振奋人心。

当天晚上，国内气氛一扫昨日CK战队被淘汰后的低迷，连带着ZGDX战队众人的心理压力也小了不少，一群人心情不错地回到酒店，美滋滋地吃了顿饭。晚上回房间聊八卦时，童谣听说，在HPL赛区口碑向来不错的RP战队的首发队员跑来跟YQCB战队的队员道歉，不过这事儿童谣没亲眼看见，真假就不得而知了。

晚上和陆思诚聊了一会儿微信，童谣觉得肚子饿了，受到小胖同志的盛情邀请，让她去他们房间拿饼干加老干妈。陆思诚他们的房间就在她的楼上，童谣披上外套，踩着酒店拖鞋就出门了。

乘坐电梯上楼，刚踏出电梯门便感觉一阵凉风吹来，童谣一抬头就看见酒店走廊一侧的开阔处，窗户被打开了一半，窗边昏暗的地方斜靠着一名身材高大的少年。

童谣看了他一眼，立刻收回了目光。是TAT战队的阿太。

冤家路窄。

童谣假装眼瞎耳聋，拢了拢外套，看了眼门牌号导向标，决定目不斜视地经过阿太。然而，就在她踩着拖鞋匆忙经过时，靠在窗边的人突然直起身子，叫了声"smiling"。

童谣脚下绊了下，内心巨大的弹幕池瞬间爆炸，各种"叫你姑奶奶干吗""别理他""听不见""假装听不见""丛出风格"的弹幕飞快飘过脑中，背对着身后的人定格了一会儿，她还是叹了口气，转过身，跟他用英语道晚安。

就理你一下，谁让中国是礼仪之邦。

此时，阿太看着童谣脸上不自然的微笑，嗤笑了声，开口居然是发音不错的英语："明天打OP战队，你们可千万不要输。"

童谣愣了下，点点头："那是肯定的。"

阿太微微一顿，抬起下巴："半决赛见，到时候不BAN妖姬，在世界面前证明谁才是真正的第一妖姬？"

童谣眨眨眼，一下子没反应过来人家这是在给她下战书，倒是"童年阴影"扑面而来——刚打职业的时候，第一次因为压力大而哭鼻子，那时她因为意识到妖姬并不是她的专有而喝得酩酊大醉，趴在她家队长背上撒酒疯，通宵练皇帝这个英雄，那种屈辱，那种不甘……她垂下眼，没说话。直到走廊尽头，一个房间门被人从里面打开。陆思诚探了个脑袋出来，看着傻站在走廊上穿着酒店拖鞋的童谣，挑眉问："干吗呢？"

童谣这才回过神来，此时一阵凉风吹过她的面颊，凉飕飕的，头脑却在发热。

少女的眼神终于有了变化，从刚才一瞬间的摇摆变成坚定，她轻描淡写地瞥了一眼向自己发出正面挑衅的少年，从容地笑了笑，淡淡道："好啊，期待和TAT战队的相遇，冠军的奖杯会因为你们的败北变得更加璀璨。"

第二十二章

陆思诚看出童谣神色不太自然，从房中走出来，迎面走向童谣时不可避免地看见了站在窗边的阿太，后者见了陆思诚，懒洋洋地笑了笑，叫了声"哥"，然后问陆思诚是不是出来抽烟。

陆思诚看了眼童谣，摇摇头，伸手给她拉了下身上的外套，淡淡留下一句"戒了"就揽着童谣转身离开了。接下来两个人用中文交谈，窃窃私语些什么，阿太就听不懂了，不过他也不太在意，只是自顾自地笑了笑，换了个更舒服的姿势倚靠在窗边，"啪啪"地玩弄手中的打火机。

"你跟他说了什么？"

"他问我是不是来抽烟。"

"这孩子怎么就不能教你点好的？你跟他说你戒了没？"

"说了……你这老妈子似的语气怎么回事，不是饿了吗？我看你精神头好得很。"

"这不是被他激怒了吗？"

"嘶，你俩还说话了？不是让你离他远点吗？说什么了？没事吧你？我看看——"

"胡说，又不是打架看什么看？你滚开！他叫我们明天千万赢了OP战队……话说回来，韩国战队都这样吗？我当初祈祷CK战队小组第二都是暗戳戳的，还良心不安呢，没想到他们居然就这么光明正大地给对手鼓劲。"

"红着眼眶跟同赛区其他战队的人员说'替我们报仇'这种事在HCK确实不存在，他们更偏向于各自为政吧。"

"你嘲讽谁呢？"

"他还说什么了？"

"他给我下了战书，等半决赛相遇，看谁是世界第一妖姬。我接受战书，仅此而已！"

"嗤，哼嗯。"

"你牙疼似的笑什么？"

"两只小奶狗还学会龇牙嗷嗷叫着下战书了？有趣。"

八强赛已经是各赛区强队的正面对抗，每淘汰一支队伍，都有一大堆的粉丝伤心欲绝、彻夜难眠，所以本着让选手们的戏多一出是一出的想法，S6的八强赛抽出了坐拥粉丝最多、碰撞时火药味最浓的两支队伍，设置了特别内容。而八强赛中，最受万众瞩目的自然是中韩运营商队的强强对抗。

第二日赛前，当选手陆续上场，坐在自己的位置上活动手腕，或互相说话调整情绪时，比赛台正上方的四面大屏幕上照常分别播放着两支队伍在世界赛小组赛中的高光时刻。原本这是每支队伍赛前都会有的回顾，大家也就看看，跟着瞎激动一下，直到高光时刻结束，观众都以为比赛就要正式开始时，解说D突然怪笑一声："今天有个惊喜。"

解说F："我知道是什么，那让人叹为观止。"

解说G："哈哈哈，不瞒你说，我就是看完那个后才闹着要来解说今天的比赛的——那太让人震惊了，我绝不允许自己错过！"

三名解说谈论间，四面大屏幕上，原本应该进入BAN&PICK环节的画面忽然一暗，紧接着，人们熟悉的赛前垃圾话VCR出现了第一个镜头，ZGDX战队的小胖一脸茫然地在镜头前问："啥玩意儿？垃圾话？现在就说？"

这在以前是史无前例的，在观众朋友们反应过来这是怎么回事之后，迅速兴奋了起来！

选手席上，小胖看见自己茫然的大脸后第一时间举起双手，"吧唧"一下生无可恋地捂住脸："剪辑师说好了这句话会剪掉的！不仅没剪，还给了我个特写！"

童谣伸手拍拍小胖，一脸欣慰："还好中单不是第一个录的，否则被强行特写的人就是我了。"

在ZGDX战队最要面子的两个人的碎碎念中，VCR持续播放着，这不再像是国内联赛那样双方还留点面子说话客气，而是有啥说啥，更何况HPL和HCK战区长年火药味浓郁，这就导致了本次赛前垃圾话环节用正儿八经的"互呛"来描述更为准确。

SUP组——

ZGDX pang:"说点啥？啊……这么突然的，还真有点不好意思啊！总之，你们只需要记住一支运营商队就可以了，它的名字叫ZGDX战队。"

OP DOGE:"哈哈哈哈，怎么感觉有点不好意思？我和pang选手都是胖子，胖子都是比较仁慈的，所以我会给他留点面子，摁住我们AD，少杀他一两次。"

童谣："你是怎么在短时间内想到这么骚的台词的？"

小胖："什么短时间内？在来美国的飞机上，我惦记了十几个小时，总决赛要是和韩国运营商队对上就要用这句，没想到八强就用上了。"

JUG组——

OP SKY:"在国内，一直被人说是队伍的短板……也许确实是这样，因为自信不足吧，但是在HPL的选手面前我一直都有自信，HCK一直是最好的赛区，我并不畏惧HPL的本土选手。"

ZGDX K（微笑）:"他是这么说的？我们中国有句古话叫'初生牛犊不怕虎'，呃，不知道韩国人听过没？他不是也在学汉语吗？牛就是牛，虎就是虎，并不会因为不害怕就能免于一死。"

ZGDX战队其余四人齐刷刷将脸转向他们的打野。

童谣："哇哦。"

老猫："韩国最近几年一直在努力去除汉化……你这是要挑起

国际争端。"

老K面无表情地吹了下面前键盘上并不存在的灰尘:"是他先一口一个'HPL本土选手'的,看不起谁啊?"

TOP组——

OP GG(疑惑):"我擅长进攻型上单,听说猫选手是全能型蓝领上单,蓝领的意思就是不能Carry队伍,是吗?"

ZGDX CAT(冷漠):"能不能Carry队伍,从取他'项上人头'开始,拭目以待好了。"

老K:"从语境判断,你想说的其实是'项上狗头'。"

老猫:"中国是礼仪之邦,讲文明,懂礼貌。"

陆思诚:"电子竞技一直不能被纳入奥运会正式项目,可能就是因为有你们这些没素质的人存在。"

童谣、小胖:"哈哈哈哈哈!"

MID组——

ZGDX smiling(大笑):"哈哈哈哈,这个,金宇光选手我是真的久仰大名,因为我们队长嫌弃我英雄池时一定会拿出来说,第一次提到是说我不会美杜莎……就是隔壁家优秀的孩子那种存在,你知道的吧?金宇光选手是很多优秀中单面前的一座大山,能单杀一次的话,能让很多人闭上嘴的,嗯,所以一定要单杀。"

OP LULUTIA:"smiling选手?非常新鲜,从未想过会在国际舞台上和一个小姑娘正面对决,所以同时也非常期待着……想要单杀我是很多人的梦想,只是希望她被我单杀的时候不要哭鼻子,那会让人很为难的。啊,当然,为了队伍的胜利,我也没办法手下留情就是了。"

童谣:"我有预感,我们中单的对话是最文明的,最具备电子竞技精神的。"

陆思诚:"你说对了。"

AD组——

OP BUNNY(搓手,紧张):"陆思诚选手……啊,是个前辈啊,在韩国也有很多粉丝的,因为长得很英俊,也很有实力,根本不敢得罪啊!话说回来,陆思诚选手如果当初不是回到HPL赛区,大概已经拥有几套属于自己的皮肤了……不该回去的,就像这次一样,还是会被我们打败的吧?真的很替他惋惜。"

ZGDX Chessman:"惋惜什么?赢了再说……真是活在梦里。"

陆思诚:"最后几个字原本没想加的。"

陆思诚:"没想到我也有忍不住的时候,到底还是年轻啊。"

在陆思诚的叹息中,VCR播放完毕,现场观众嗨得不行,各种"哈哈哈哈"和"哇哦"的声音层出不穷,大家纷纷感慨,虽然不知道今天的比赛过程和结果是怎样的,但至少目前来看,光是赛前垃圾话环节已经值回票价了!

第二十二章

HPL和HCK之间的战争,果然是个永恒的话题。

此时,比赛进入正式的BAN&PICK环节。

明神拿着数据记录本上台来,因为双方选手的英雄池都很深,哪怕给十个BAN位也不痛不痒,所以在禁用英雄方面,大家果然都相当随意,先把版本特别强势的英雄禁了,手热的英雄也禁了。

第一局比赛,OP战队是蓝色方,ZGDX战队是红色方。

OP战队BAN狂猎女猎、妖姬、光头法师。

ZGDX战队BAN远古恐龙、女剑士、皇帝。

禁用英雄环节结束,老K和童谣得到了应有的尊重,被BAN掉了在世界赛上发光发热的两个英雄,光头法师是版本过于强势,看得出大概是金宇光自己也不想玩,所以BAN掉了。

游戏进入选用英雄环节——

OP战队PICK大树、双生玉、时光老头、黑枪、鲶鱼。

ZGDX战队PICK机械爵士、钻地、暗黑球女、轮子妈、牛首酋长。

OP战队先锁的时光老头和鲶鱼,时光体系是S6联赛末期HCK赛区最常用的独立战术,时光老头套大给复活机会,鲶鱼一口吞,保住火种,C位续航能力非常强悍,能生存至最后收割战场,打到人没脾气想挂机,一场团战能多打几十秒。而习惯于快攻的HPL赛区则很少有人喜欢用此战术,做的针对练习相对也比较少。

不过也不是不能破解。老猫反手一个机械爵士,大招分割战场,对方过都过不来,一切花招都是纸上谈兵。

解说对于ZGDX战队拿的这一手机械爵士也是赞叹有加,唯独老猫苦笑道:"都说我蓝领上单,果然不被重视,一手机械爵士从联赛用到世界赛，Carry你们多少次，愣是没人要BAN我的，都去BAN什么魔术大师、妖姬……"

童谣："好事啊，这英雄你现在闭着眼都能玩。"

开局就有非常戏剧性的一幕——众人买好工资装备，出泉水各自上线，小胖跟在陆思诚屁股后面稍慢一步。人的第六感是神奇的，哪怕只是面对一局游戏、一堆冰冷的数据，也愣是能从召唤师峡谷的风吹草动里嗅到哪里不对劲。陆思诚走到下路草丛附近，突然"嗯"了一声停下来，在所有人反应过来之前，他突然直接对着草丛Q了一下。

小胖："诚哥你这是干啥……"话音还没落，草丛里瞬间跳出四个人，小胖吓得手一抖，差点把鼠标扔出去——眼睁睁看着对方鲶鱼先套致残，再大嘴一张将陆思诚吞进肚中，小胖的牛首酋长没办法，立即给了个E技能，"奶"一点是一点，同时陆思诚被鲶鱼"呕"地吐出来落地，凌波加治疗果断交出双招丝血逃生！

小胖捂着胸口："吓死我了！青铜段位都不带这么玩的！"

陆思诚趁着兵线还没开始出泉水，直接回城，冷静道："我这要是再往前面多走半步，就回不来了。"

童谣："可以，男人的第六感。"

陆思诚："男人的第六感告诉我，他们这一抓，抓出我的双招，但是也不会按常理出牌再来下路，你们自求多福。"

ZGDX战队对战OP战队，中韩运营商队大战，第一局比赛就以一个精彩的青铜一级团时刻作为开场大礼，至此，比赛正式拉开帷幕。

第二十三章

比赛开始第三分钟,因为童谣想要杀金宇光的恶意写在脸上,所以一路开始频繁换血——初有成效,金宇光还真的被她骚扰得漏了几个兵,就连解说都连连惊呼"crazy"。

然而ZGDX战队的队伍交流频道中,陆思诚的指挥声音却显得很冷静:"小胖往回拉下兵线,别推,真的别推,你把兵线推过去他们打野就来——"

老猫:"打野在我上路草丛里猫着,这次是猫科动物的第六感,还有老K,你来,我害怕。"

陆思诚淡定改口:"住手,胖子……你把兵线推过去他们上单就交TP下来了。"

老猫闻言立刻道:"快推,他们上单滚蛋,我就可以一个人快乐自由地玩耍下。"

不堪其扰的小胖直接往草里一躲:"我回城了,你们俩慢慢讨论吧。"

陆思诚没再骚扰小胖，只好转移目标，趁着塔下回城将镜头转向中路："谁去中路把那个拉都拉不回来的疯狗拖回来，兵线压那么深，你是不是想死啊？OP战队不可能放着金宇光这样被你欺负的……你蓝都快空了还这么——"

一个"上"字还没说出口，就看见此时被"猫科动物第六感"保证过的对方打野突然从上路河道跳出，幸亏童谣反应快，几乎在双生玉的脑袋探出草丛的第一秒她就直接交出凌波后撤，但是金宇光的反应也很快，立刻跟出一个凌波炸弹定住童谣，定身时间过去后，童谣的血量见底！

童谣躲进塔下，此时一溜OP战队兵线推进，金宇光直接跟着兵线进入塔下，刚开始按兵不动，直到来到射程范围内才直接用一套将童谣的人头残血收割——

"FIRST BLOOD！"

童谣狠狠摔了下鼠标，嘴里碎碎念地骂了一句，她在金宇光选手的身上看见了艾佳的影子——一名极擅长防守反击的选手。

对于这种人，在夏季赛总决赛之前童谣是还没什么办法的，但是夏季赛总决赛当天，她可以说是在赛场上用血泪学会了如何打比赛，硬着头皮学会了怎么跟这类选手打抗压。

交出一血后，童谣的补刀优势也被追平，之前中路用激进打法打出的小小优势荡然无存……不，也许优势从未存在过，这只是金宇光的战术！

"我说过，对方不可能放着金宇光这么强的Carry点不管让你欺负的，"陆思诚懒洋洋的声音传来，"不听我的，看，被干了吧？"

第二十三章

那语气就像在教育女儿:我说了那条路不平,你非要去蹦跶,看,摔了吧?

这不急不缓的语气反而让童谣镇定下来,稳了稳心态,她摸摸下巴:"不上了,不上了,好好做人,好好发——"

话还未说完,对方的打野居然又骑她脸上来了!

又是一顿操作加耗血,童谣凭借着下意识的飞快操作,用球将他推开定住,自己往后拉,强行逃过一劫——漏了几个兵,人倒是还活着,还好时光老头和双生玉的大招不是什么爆发性伤害技能,否则这会儿她已经是死人了!

"这个打野!为什么老来搞我啊!"

"你刚交了凌波,不搞你搞谁,OP战队的战术多变,核心战术只有四个字——中野联动,"陆思诚淡定道,"好好怂着,别不服气。"

此时,OP战队的下路虽然一级抓了陆思诚双招,但是当他双招转好后,OP战队的下路逐渐落入劣势,对方主动换线成功,两个队伍的上下二路双双换线,老猫没有办法只能回城来到下路,却在刚刚冒头的瞬间被大树捆住,配合刚骚扰完童谣来到下路三角草丛的双生玉一起企图越塔。

"我们的打野呢!我们的打野是死人吗?"

老猫疯狂用嘴巴打信号——游戏里自带的信号功能呢?不存在的。

此时,好在老猫是个机械爵士,一打二伤害够高,拉到塔下,在双生玉到六级能开出不死阵的前一秒将大树也点死!双生玉开出大招，堪堪躲过防御塔伤害，离开到了安全距离，但是最终也没能逃离，最后丝血与终于赶到下路的"死人"打野老K撞了个正着，直接被老K轻松收掉了人头！

"Nice！"

"我们也是有打野的。"

"一个靠踩在队友尸体上捡人头发育的猥琐打野。"

"可以，场上人头2:2，危险信号解除，老猫是功臣，童谣背锅，打完今天比赛，回去给他端洗脚水。"

因为对方上野低估老猫的伤害，一波鲁莽越塔，ZGDX战队追回两个人头，队伍频道里的气氛顿时变得相当乐观。

"比赛开始八分钟不到你们就分好锅了，"童谣头也不抬，"都别和我说话，我现在陷入了一种随时都要被金宇光单杀的恐惧之中——都是陆思诚的错，天天在我面前夸金宇光，就知道长敌人威风！"

陆思诚嗤笑："又怪我。"

童谣："不怪你？"

陆思诚："好，怪我怪我。"

说话间，ZGDX战队发起第一波进攻——小胖的牛首酋长和陆思诚的轮子妈转线来到下路，同打野老K一起准备抓一波大树，但是好像已经被对方猜到了想法，双生玉居然就在塔后方的草丛里反蹲！

此时，随着陆思诚简单的"团一波"的命令下达，童谣率先一步放弃兵线，转往下路走，金宇光和老猫同时TP，OP战队下路组合也已经到了小龙坑附近，OP战队后撤，将整个战局往下路组那边拉扯，双方十人会聚下路！

解说D："团战了！从ZGDX战队有发动进攻的想法到OP战队做出回应双双集合完毕，一共只用了不超过四秒！"

解说F："OP战队在往后拉扯战线，企图和自家双C集合，但是为时已晚，时光老头在前排已经被Chessman点残，只能交出大招给自己！机械爵士也交大招了，这个地形！火烤五人！完美的大招！OP战队走位失误！"

解说D："但是双生玉也交出大招，保住了队伍五人不受机械爵士大招折磨！鲶鱼一口吞下AD，开盾撤走，双生玉和时光老头的阵容让他们残血逃生！这个阵容！生存能力满点！"

解说F："此时双方交换了一万个技能，却没有人员伤亡！但是，OP战队在ZGDX战队完美开团之下却没有损伤一兵一卒，顺利撤退！"

解说D："这配合！这支援速度！足够让别的队伍望尘莫及！兄弟们，好好看，好好学！"

高手过招，神仙打架，输赢就在一念之间。

拉锯战一直持续到中后期，ZGDX战队领先三个人头，经济也小小领先两千。此时拥有一条土龙和一条风龙在手的OP战队却懂得发挥自己的最大优势，灵机一动，在ZGDX战队始料未及的情况下迅速转线偷大龙！

陆思诚嗅到不对，等让小胖去大龙那儿看一眼时，却发现为时已晚，OP战队就这样抓住了片刻的空隙，吹响了反攻号角，带着大龙Buff连推ZGDX战队上中下三座二号防御塔,追平经济劣势甚至反超。

此时比赛来到第四十分钟,OP战队更新装备后主动开团,ZGDX战队背靠高地进行高地防守,奈何此时集中了队伍大部分人头在身的双生玉伤害奇高,配合鲶鱼击杀老猫,童谣残血凌波,却被老头挂上炸弹,不但直接炸死自己,还刮了旁边的陆思诚一层肉!

ZGDX战队被破中路高地,下路高地塔被拔,OP战队见好就收,直接后撤,ZGDX战队连打防守反击的机会都没有。

第四十三分钟,集合全员的OP战队再次推进,每次都带走一点点东西。

第四十七分钟,ZGDX战队只剩下一个裸高地,最后的团战中,OP战队凭借着英雄之间的完美技能Combo,将C位保护得滴水不漏,终于拿下第一局比赛!

代表失败的红色光打在身上,童谣站起来,摘掉耳机,脑子里一片乱七八糟,满满都是时光老头的炸弹"嘀嗒嘀嗒"的声音,简直要把她逼疯……

揉揉眉心,正准备告诉队友下局首BAN时光老头,再也不想看见鲶鱼、时光老头、双生玉这种一万个保命技能的无解不死阵容,明神却宣布下局中单换陆岳上。

童谣愣了下,随即释然。ZGDX战队中单轮换就是为了S系世界赛而准备的,只要能够让队伍往前挺进一步,究竟谁上又如何!

"正好让我休息下,旁观一局金宇光,可能还能找到突破口。"

童谣笑着说话让队友放心，表示自己对轮换并没有以前那样的抵触情绪，她走过去和陆岳击掌作为交替信号，并附赠祝福："别被单杀。"

陆岳挑高眉，笑得那叫一个意气风发："你以为我是你？"

童谣踮起脚又拍拍他的肩，深呼吸一口气在椅子上坐下，搓了搓有些僵硬的手指，转过头却发现陆思诚坐在不远处歪着脑袋看自己，像是在确认童谣到底是真不在意轮换还是在强装演戏。

知道男人的想法，并不准备让他把这样的担忧带到下场战役上，童谣站起来大步走到他身边，捧住他的脸在他额头上落下响亮的一吻，笑道："下局你Carry，别给你弟发光发热却把我永远摁在替补席上的机会。"

男人愣了下，随即仿佛放松下来似的"嗯"了一声，大手牵过她的手腕，一把将要离开的人拽了回来："八强赛不会再有实力隐藏的说法，好好观察金宇光的打法，你可能只有一局比赛的时间去突破这道难关。"

童谣笑着眯起眼点点头，眼弯得像一道月牙。

心想，队长，你放心，我怎么会让你一个人在战场上？

第二十四章

童谣还记得上一次自己坐在替补席时的心情,看着比赛台上的队友,心有不甘、憋屈、忍耐、祝福,既担心陆岳表现得太好取代自己,又担心陆岳表现得不够好,害队伍输掉比赛……很多很多的负面情绪,但那是将自己完全抽离的状态。曾经她以为自己这辈子是不能接受坐在替补席看饮水机这件事的,但是现在奇迹发生了,她和明神肩并肩地坐在休息室里,仰着脑袋看比赛屏幕,膝盖上放着用来记录的笔记本,整个人很紧张——

那感觉和以前很不一样,就好像现在坐在比赛台上打比赛的其实是六个人一样,童谣突然就没办法像以前一样抽离出来了,她紧紧盯着尚未开始的BAN&PICK画面,满脑子都是金宇光这一局会拿什么?他会怎么打?还会像上局一样以细腻精致的操作逆天吗?他今天的状态真的不错啊……至于陆岳,她反而没思考那么多。更何况此时还有明神在她耳边念叨:"刚才在下面看比赛我都着急,你打金宇光不能这么激进的,不是早就做好了资料,也告诉你了,他这种人这么擅长防守反击,就欺负你这种二愣子……第一波被抓之前,我不信队长没让你把兵线往回收。"

童谣:"让了让了。"

明神:"那你怎么不收?!"

童谣:"忍不住,忍不住。"

童谣想了想,哼唧一声:"那可是金宇光——看见他我就什么都想不起来了,大脑一片空白,比赛前说的要稳、不能激动都忘记了,身体里的激进之血在沸腾,只想着打败他!打败他我就是世界第一中单!Mid king of the world!像咕噜咕噜只想着魔戒似的,陷入'想单杀金宇光'的魔怔情绪中,但现在冷静下来后,我现在已经深刻认识到自己的错误了,我错了。"

明神:"这是中邪还是被下降头啊?算了,我姑且把它归类为世界赛场上独有的高手过招时的相见恨晚吧——其实确实不止你一个,很多选手看见金宇光都会上头,像疯子似的见面就想干架,然后就被OP战队找到机会了……这是金宇光自带的光环Buff?"

童谣摸摸下巴:"也不一定都这样,还有很沉得住气的啊。"

明神一愣:"谁啊?"

童谣冲着面前的直播屏幕扬了扬下巴:"陆岳选手。"

明神一抬头,就看见屏幕里镜头切到陆岳,这会儿他刚刚在位置上落座,正低着头玩指甲玩得特别认真。明神叹了口气,拍拍童谣的肩膀站起来,匆匆走出休息室,到比赛台上负责BAN&PICK去了。

几分钟后,比赛场上,OP战队见ZGDX战队换人,可能也是深知陆岳的英雄池相比之下不能看,所以禁用环节比较针对中路,陆岳的皇帝、魔术大师再加版本强势的吸血公爵三连BAN,无奈之中,英雄池都快被抽干的陆岳转头跟队友说了什么,然后拿了辅助性质的中单扇女。

童谣猜他说的大概是:早知道在打国内联赛的时候就不把魔术大师拿出来乱秀了。

而金宇光则出乎意料地拿了飞行员。

童谣低下头,隐约感觉到哪里不对,开始"哗哗"翻手上的资料,翻了一半突然停下来,她猛地皱起眉,突然想起后来复盘夏季赛总决赛的时候,解说曾经说过的话:"等到了全球总决赛上,你会面对更多类型的职业玩家,就我知道的,光韩国和欧洲赛区,能同时兼备smiling和艾佳两种打法类型的高能选手就不止两个,这种时候你ZGDX战队怎么办?上律选手还是上smiling选手……"

隐约猜到自己的不安来自哪儿,童谣打开手机贴吧,果然有各种帖子感慨——

"金宇光拿了飞行员!"

"上一局不是打防守反击打得超开心吗?这一局怎么拿了个飞行员啊?"

"恭喜ZGDX战队用一手中单轮换召唤出金宇光二型:激进型金宇光。"

"金宇光动杀心了,拉闸。"

"这局ZGDX战队又难了……要想赢,真不能死磕着在中路做文章,恕我直言,这手换人意义不大,金宇光什么类型的选手都能打的,还不如让已经手热的smiling继续打完。"

对了,金宇光确实是全能型选手,能激进能防守,能秀能抗压。

童谣关上贴吧,看帖子浪费了些时间,此时BAN&PICK基本结束,双方队伍十人进入游戏载入的画面。

贴吧群众的一句"金宇光动杀心了"让童谣心中惴惴不安,看着镜头切向陆岳,她在心里默默替他祈祷。游戏刚开始,兵线刚刚到线上的时候,明神推门进来,此时游戏画面正好播放到陆岳被一级的金宇光贴脸凶了几下,挂上血瓶后退的一幕。

明神:"发生了什么?比赛刚开始他就只剩半管血了!"

童谣:"金宇光二型真的好凶。"

明神在童谣的身边坐下,童谣在本子上"唰唰"记下几个数据,耳边听着解说,再抬头时,比赛来到第四分钟,陆岳勉强算是稳住了,只是在补兵的过程中不停被飞行员AQA骚扰,等陆岳想要反打时,飞行员反应超快,立刻W扭头就跑,陆岳不能反击、只能挨打的日子过得非常压抑,还好补刀落后得不多。

童谣:"这要是我在,这会儿场上人头估计已经七八个了,而且全部集中在中路,不是他死就是我死。"

明神:"他要是和你打的话,肯定不会这么打——打完全防御型的选手就要打激进,骚扰他补兵。现在金宇光没动杀心,真的想杀人他就叫打野了。"

这一局OP战队的打野一直围绕上路做文章,一血也是爆发在上路,老猫和老K主动蹲OP战队打野,想越塔,结果被反蹲,老猫跑得快,留下老K被对方上野二人组围追堵截,最后惨死在对方二塔下。

此时明神叹了口气,拍了拍童谣的肩膀:"想想下一局怎么打,这局中路抗住压了,你好好学习下陆岳的抗压精神,然后总结一下怎么才能在抗压的同时找到机会,别像陆岳这样一潭死水,好像ZGDX战队查无此人似的,咱们不能总被OP战队牵着鼻子走。"

童谣点点头,盯着中路,盯着陆岳和金宇光的一切小操作细节,生怕自己错过一点儿。她很紧张,看一场比赛比自己在上面打更加辛苦,自己打的时候,她的眼里只有金宇光,但是在台下看比赛,她能看到更多的东西——

陆岳抗住了压,没有让中路爆发人头,但是他整个人也被束缚在中路。作为一个辅助性的中单,六级之后大招全部用来跑路,完全没有机会利用扇女的高机动性去支援队友。相比之下,金宇光却总能找到机会,利用飞行员有炸药包的机会去上路或者下路,拿个人头或者助攻队友展开优势。

因为在一旁观战,所以关于中单的主动和被动带来的视野影响对整个大局的意义也变得非常直观。

第二局比赛打了将近五十分钟,ZGDX战队基地被推掉的时候整个休息室陷入瞬间的沉默——现在场上比分是2:0,ZGDX战队一下子就被推到了悬崖边上。

耳边,明神叹了口气:"S系进入八强赛和打训练赛甚至是小组赛永远不一样,我也不知道这种时候用这种方式对你们进行现场教学有没有用……"

童谣低下头,将耳边垂下的碎发挽至耳后,她想了想,"嗯"

了一声，此时放在她手上的手机直播平台里，"3:0""恭喜ZGDX战队勇夺八强"这样的弹幕已经铺天盖地盖住了直播画面上队员的脸，童谣甚至看不见她的队友这会儿是什么表情。

等了一会儿，休息室外面传来脚步声。

最先推门进来的是皱着眉的陆岳，他进门，一抬头对视上童谣的眼，表情僵住，也不知道是沮丧还是不好意思。

在陆岳进门前，童谣其实也纠结过一会儿该怎么面对肯定很沮丧的队友，想过可能尴尬或者陪着他们一起沮丧或者拼命鼓励大家不要放弃，但是到最后，童谣却突然发现，在和陆岳对视的一瞬间，她那颗高悬的心却意外地突然落地了。

少年身后陆续走进来其他队友，小胖捶着腰嘟囔"小组赛OP战队可不是这么打CK战队的"，老猫和老K在讨论，第一波越塔失败被反蹲就是因为眼位做得没那么好。

陆思诚跟在最后，走进房间，看了童谣一眼，径直走到她面前，低下头，考虑到她这种一逆风就心态崩溃的较差心理素质，下意识地想要开口安抚她的情绪。不过，陆思诚还没来得及说出什么安慰她的话，就看见坐在椅子上仰头看着他的人露出一个笑容。

陆思诚一愣。

童谣在他愣怔之间拉过他的手，搓了搓他有些冰凉的指尖。

"没事，下局能赢。"

并不是单纯的安慰——踩着自己和陆岳的"尸体"，被人摁在地板上摩擦连续两局。现在，她总觉得自己大概知道该怎么打OP战队了。

第二十五章

"此时我只想站起来高歌一曲！起来！不愿做奴隶的ZGDX战队，起来……"

"'爸爸'们，稳住！"

"听到内部消息下局重新换smiling，这轮换也太频繁了吧……感觉童谣还不如陆岳打得好呢，至少陆岳不送……唉，如果不是打OP战队，打谁都能赢啊，好气啊，好可惜！"

"换谁都行，反正都打不过金宇光。其他两条线五五开，甚至下路ZGDX战队比OP战队强有什么用？前期中上毫无作为，慢性死亡，都等不到陆思诚接手比赛就崩盘……"

"楼上说smiling不如律的真的是看比赛浪费电，你是不是觉得不送人头就没关系了？看不出第二局金宇光的玩法和第一局根本不一样？其实第二局比赛比第一局崩盘崩得早多了，从第十四分钟第一次小龙之后，中单在中路就被捆绑死了，任由金宇光自由发挥，想去哪儿就去哪儿，野区的视野完全被OP战队支配，那时候就走远了……这ZGDX战队真的，不找办法离开金宇光的疯狂支配，只能等一个3:0，如果不是有陆思诚几波团战苦苦支撑，估计一个BO5一个小时就能打完了！"

在HPL赛区粉丝们被"ZGDX战队3:0遭OP战队八强淘汰"这样的恐惧支配得瑟瑟发抖中，至关重要的第三局比赛开始了。

正如某些人爆料的那样，第三局，童谣重新回到首发阵容里。当选手们登场的时候，她跟在陆思诚的身后，活动着手腕走上台，并遭到了台上解说丧心病狂的调侃——

解说D："现在选手们回到了比赛场地，我们可以看到ZGDX战队首发四人……呃，嘿ZGDX战队，你们的中单去哪儿了？"

现场观众瞬间笑倒一片。

解说F："哈哈哈哈！我们可以看见走在Chessman选手身后的smiling探了个脑袋出来，并瞪了解说台一眼。哈哈哈哈，放轻松姑娘，只是一个玩笑！我做梦都想找一个能躲在我身后的小姑娘做女朋友，因为那让我觉得自己强壮得像是个超人——呃，我想她大概是听懂我在说什么了，因为她笑了。"

解说E："别作死了你们，我听说中国人八岁开始学习英文。"

解说F："与国际接轨。"

解说D："呃，我这里最新资料显示smiling选手还有英国留学的经历……谢谢后台工作人员的提醒。好的，我错了，对不起。这种别人能听懂我在说什么，我却听不懂他们在说什么的感觉真的很气人。"

在解说的侃侃而谈之中，选手落座比赛席，OP战队已经率先

第二十五章

拿下两局,成员的表情当然轻松,而ZGDX战队……

大家也是有说有笑。

国内直播间瞬间被"乐观""千万假赛外围收入已到账,此时连一个悲伤的表情都做不出来"这类弹幕刷屏。

在队内的交流语音里,童谣小小地打了个喷嚏,抬起手揉揉鼻子,看了眼不远处对准他们这边的摄像头:"控制一下自己的表情,队友们,国内现在应该在喷我们'乐观代购队'了。"

小胖:"没有,刚才那局比赛我凌波空钩了一次你知道吗?刚才休息的时候我看见微博有个大兄弟问我是不是买了外围,在打假赛,不然怎么可能这么菜。"

小胖:"我告诉他我这局还要拿亡灵之灯,证明自己是真的菜,而不是打假赛。"

童谣:"不出意外,现在你的微博大概已经被爆破,贴吧墙头已经被千人挂成'干尸'……"

"没关系,反正这局输了横竖是要挨骂的,赢了的话,我就是神,就是自信……"小胖抖着腿BAN掉了上一局金宇光腥风血雨、怼天怼地的飞行员,"你在下面面壁思过了几十分钟,想出什么对策了吗?我看你握着诚哥的手,脸上写着要Carry他……"

陆思诚:"是啊,媳妇这局拿什么啊?"

陆思诚现在对童谣的呼叫方式除了"喂""矮子""我们中单",其他各种叫法张口就来,一点儿也不考虑是不是在公共场合。童谣瞥了他一眼:"魔术大师,我不跟他打对线了,反正打不过。"

老猫听了,直接给童谣把魔术大师拿了。

解说D:"魔术大师。"

解说F:"让我震惊一会儿。"

解说E:"OP战队的教练看上去也很震惊……什么,你也会魔术大师?!"

解说D大笑道:"是不是所有HPL战队的中单都会魔术大师?天啊,魔术大师哎,我从来没见smiling用过!"

解说F:"发生了什么?不是说ZGDX战队有HPL的最后一张牌,而那个人是律选手吗?嘿,情报出错了!你们看OP战队面对smiling时甚至没BAN魔术大师!"

解说E:"所以我说他们的教练看起来很震惊。"

在解说的调侃声中,老K拿了双生玉,之后童谣锁了一手鲶鱼——此时,所有人都以为ZGDX战队也要学OP战队拿鲶鱼辅助加双生玉打野这种超级续命组合,所以对方想也不想,直接在下一手PICK时光老头抢走,想对着耗。但他们没想到的是,在锁定时光老头的那一刻,ZGDX战队这边负责BAN&PICK的明神居然说了声:"Nice!"

然后让OP战队没想到的一幕出现了,这是他们曾经在训练赛上玩过的一套——

最后两手PICK,ZGDX战队直接锁了灵魂射手卡莉加火女,然后被大家以为是辅助的鲶鱼换到了上单,下路组合变成了S5经典的灵魂射手卡莉加火女!

解说D:"我们可以看见OP战队似乎有一些小小的惊讶……其实刚才如果不拿时光,他们的队伍阵容应该还有更好的选择,这

第二十五章

算他们被套路了吗?"

解说F:"ZGDX战队似乎做出了战术的调整,我不认为正常情况下smiling是喜欢用魔术大师的选手……"

在解说的讨论声中,比赛开始了。

事实证明,ZGDX战队在这一局比赛里真的做出了很大的改动……嗯,准确来说,是中单打法做出了很大的改动,兵线上线开始,童谣沉住气,始终将兵线控制在中间,前几波换血的动作都很少,金宇光也变回了第一局里他对战童谣时的保守打法,两个人对着怂。

直到中单五级左右,人们可以清楚地看见,童谣加快了清线速度——兵线推进来,她直接技能清完,然后扭头就走,当人们以为她只是急着去拿自己的第一个蓝Buff时,然而直到导播给了个正面镜头,人们才惊讶地看见ZGDX战队的中单出现在了上路!

她都还没六级!直接用脚走的上路!

OP战队上单一直计算着ZGDX战队打野的走向,这会儿知道老K在下路,开始放心压线,冷不丁看见魔术大师鬼鬼祟祟地出现吓了一跳——但为时已晚,配合上单鲶鱼的超强留人能力,童谣秒抽黄牌,落地定,一系列连环控制甚至没有给对方任何反手或者逃跑的机会,而是直接配合老猫拿到一血,并在金宇光赶到前退回安全地带,回城!

在人们惊讶之余,老K配合下路组合对对方下路组合形成三打二夹击,将对方辅助摁死,AD双招交了后仓皇逃脱回城,ZGDX战队上下二路同时开张,场上人头比2:0!

此时童谣重新回到中路线上,看似回归了与金宇光的对线期,却见她利落地切红牌,准确打在兵线第二个近战兵身上,再Q,飞快收整一波兵,直接升级到六级。与此同时,人们甚至不知道ZGDX战队到底是怎么做到这么迅速的配合的,在魔术大师有了第一波大招并且牌盘出现在下路时,上单也传送下路,连带着蹲在对方野区没有离开的老K和自家下路组合抱团,再次击杀对方下路双人组,再拿掉一血塔!一系列动作大概只发生在十几秒之内,快得连解说都来不及说明白发生了什么!

解说D:"因为其他队友都在附近,想要来支援的金宇光选择了放弃……他应该很郁闷,这个魔术大师就像是比赛场上的幽灵,上一秒她出现在上路,当她回到中路,她六级了,然后她就又离开了……"

解说F:"我相信金宇光选手此时此刻也是茫然的……毕竟这局比赛的中路对线期好像只有五分钟,咳,五分钟耶,中路对于smiling来说只是个吃兵线的地方。"

解说E:"对线?不存在的。"

解说D:"现在smiling配合K开始收拾第一条元素龙——哈哈哈哈,她真的好忙啊!ZGDX战队仿佛有两个打野,这让OP战队很恼火,因为对方总有另外一个人在帮忙GANK旁路,不是打野就是中单!"

解说F:"去哪儿都行,反正不在中路。"

是的,这一局疯狂游走,就是童谣上一局坐在饮水机旁旁观后得出的战术,当她亲眼见证了被锁死在中路的陆岳有多无奈后,

第二十五章

她终于意识到金宇光很强,老把目光放在中路,想着怎么通过克制他打败OP战队,大局观就下意识地被束缚了,这是一个五个人的游戏,除了中单,还有上单和AD!

中单打不过?我吃了兵线跑还不行?这辈子你都别想来GANK中路啊,因为中路没人给你GANK。

童谣带着饰品眼,外加小胖、老K的眼石,视野被成功地布置进了敌方的下路野区,通过童谣两次GANK上下路打开局面,中路金宇光的日子也开始变得窘迫,很快,游戏终于落入ZGDX战队的节奏里!

当整场比赛来到第二十分钟,上下二路的正常对线期结束,此时,场上人头已经是7:0,ZGDX战队在大优势的情况下,AD水平高出对方一截,团战,不可能输!

第二十七分钟,大龙争夺战,落后六千经济的OP战队五人抱团击杀老K后,清理中路兵线并转战强行开大龙,老猫在他们的眼皮底下回家了。

解说D:"看来ZGDX战队这一波要放弃大龙了。"

解说F:"清了一波兵线后,打野即将复活,ZGDX战队这一波拉扯一下等打野来不一定会输,不明白他们怎么回事直接放弃了,我觉得这是决策失误……"

话音还未落,令他们没想到的是,少了打野、上单的ZGDX战队却在人们完全没想到的情况下直接三打五杠了上去——

灵魂射手卡莉开大,直接将火女扔进大龙坑,火女进龙坑开大,稳稳大中对方五人!魔术大师站在龙坑外猥琐补刀,当被动第四下触发，果断抽黄牌加凌波下龙坑Q加灼烧一套带走对方时光老头！

此时大龙残血，刚刚回家的鲶鱼同时开大飞龙坑，带着刚复活的老K冲进人群，"呕"地把老K一口吐出来，老K跳出来的一瞬间在大龙脚下交惩戒抢龙——

抢到了！

全场起立，欢呼，现场的HPL粉丝激动得脸红脖子粗，疯狂挥舞手中战队的队旗和鲜红的国旗，一位戴眼镜的小哥直接跳到了椅子上，扭动着摇打胸口！

第三十分钟，ZGDX战队带着大龙Buff将OP战队外塔推光，此时OP战队落后的经济差距是一万五千，待ZGDX战队回城更新装备后，巨大的装备差距让他们再无还手之力。最终，ZGDX战队在悬崖边上，一手魔术大师避战支援队友打法将自己从死亡边缘拯救回来，于第三十五分钟顺利拿下比赛！

解说D："ZGDX战队最终以smiling疯狂搞事、打架打开了局面，拿下了比赛——说实在的，我现在还不知道发生了什么……短短一个五十多分钟的第二局，再上来时smiling已经像是变了一个人似的。"

解说F："欢迎来到HPL，打架赛区。"

解说D："我从来没想到HPL还有另外一个使用魔术大师如此行云流水的选手——他们都说，律选手已经是ZGDX战队甚至是HPL的最后一张牌……"

解说F："哈哈哈哈哈，看来情报有误！"

第二十五章

解说E幽幽道:"OP战队大概也是这么想的……看啊,smiling笑得多开心,她拥抱了她的队长,呃,同时也是她的男朋友,可惜接下来并没有更过分的画面。"

解说D:"挺好的……从听说有一位女选手参加世界赛开始我就在期待这一幕,多好啊!各位观众,选手都恋爱了,你们还在等什么?"

这一日,ZGDX战队的smiling终于在看饮水机时大彻大悟,找到了破解OP战队中单无敌的秘诀,以让二追三的大起大落的战绩战胜OP战队,迈着坚实的步伐挺入四强,迎战韩国联赛TAT战队。

这一日,人们终于知道,原来ZGDX战队所谓的"HPL最后一张牌",不是指特定某一个人,而是指他们的中单Carry位。对此,smiling在赛后采访里笑眯眯地说:"每一副牌里都有大小joker啊,两个人,没毛病。"

这一日,中韩运营商大战终判高低胜负。国内玩家戏称,该给这一天定下一个名字,以后每年都当节日,让游戏官方经验、金钱翻倍以示庆祝。嗯,就叫……最后一张牌的救赎日?

第二十六章

中韩两国运营商队大战之后,人们都沉浸在胜利的喜悦中无法自拔,吃瓜群众都说ZGDX战队的饮水机果然非同一般,smiling下去抱着它坐了五十分钟,再回来之后就是一波让二追三——

魔术大师。

炎岩。

露露。

三局各拿一个支援超快的英雄,第三局比赛开始的时候,对方把所有的BAN位贡献给了中单,魔术大师、炎岩、妖姬。就连解说都纷纷感慨,这样的BAN&PICK在以往OP战队之中是绝对不会出现的,这样三BAN中单位,是一支拥有金宇光的战队能给予对手战队中单最大的尊敬!

比赛结束是赛后采访。

主持人金发碧眼大长腿,两腿一叠坐在高脚椅上。当各大直播平台都在疯狂刷弹幕时,拿了两局MVP的童谣走上台,先把手中的话筒交给翻译，自己手脚并用爬上高脚椅，再转过来坐稳，双腿悬空甩了甩，然后接过话筒，一脸认真地看着转播摄像机。

当时国内直播平台瞬间被各种"真的矮""她有没有一米四""ZGDX战队到底从哪儿找了个小学生来打职业"等尴尬弹幕支配，就连不远处，比赛席上还没来得及走开的小胖都忍不住伸长了脖子，看着采访席叹息道："其实我是不太懂女人到底是什么样的，但是至少我觉得，此时此刻坐在采访席那边一左一右的根本就是两个物种。"

陆思诚闻言跟着抬头看了眼，看着人家主持人稳稳落在地上的高跟鞋，还有旁边童谣短了一截只能悬空的跑鞋，他沉默了下，而后意味深长地说道："这腿，真的短。"

陆思诚："别告诉她。接下来还要打表情包战队，保持队内和谐很重要。"

此时，赛后采访开始了。主持人上来就恭喜了ZGDX战队战胜了OP战队赢得本次比赛，在童谣道谢后，她便直接问童谣："经此一役，你是否觉得自己已经登上了世界第一中单的宝座？"

这个问题简单，童谣也用不着翻译，听了之后直接把话筒拿起来，回答道："我并没有打败金宇光选手，他是不可战胜的完美存在，我只是选择避开了我无法解决的对手而已……就像你们最后两局游戏所看到的，哪怕不是魔术大师也可以，只要是支援强的英雄都可以用。"

主持人："哇哦，英语好流畅。"

主持人："你的意思是，你们已经教会了全世界的选手怎么打

第二十六章

OP战队?"

童谣抓着话筒就笑了起来:"我相信他们很快就会研究出应对这种打法的战术,毕竟那是金宇光选手……遗憾的是我最后也没能单杀他,倒是被他单杀了一次。"

童谣这一番话俨然要变成"金宇光吹"的节奏,虽然是胜利者,但是给了强者对手足够的面子,而且夸得也不浮夸,看采访的人们不得不感慨这小姐姐真会说话。

主持人看了看采访卡:"我听说社交媒体已经有一些传闻出来,说你才是HPL的最后一张牌,是魔术大师这个英雄的真正使用者,而不是律选手,是这样的吗?"

童谣:"我们都会用,如果说ZGDX战队的最后一张牌是什么,那就是指我和律选手——毕竟一副扑克牌里都有大小joker啊,两个人,没毛病。"

主持人:"接下来ZGDX战队将应战上届冠军TAT战队,对此,你有什么想要对你的队友或者是对手说的吗?"

童谣抓着话筒想了想,然后在所有人没有预料到的情况下,突然语出惊人道:"其实很多人不知道,在刚刚打职业的时候,我并不像大家想象的那样……坚强。我现在还记得第一次和TAT战队打训练赛时,在输掉训练赛后,因为TAT战队的中单选手太厉害而偷偷哭鼻子。"

主持人眨眨眼,有些傻眼:"啊?"

现场观众一阵骚动。

导播也是很会玩,将手中摄像头一转,中央大屏幕突然从采访席两个人的脸上挪开,切到观众席,对准一名坐在观众席、戴着鸭舌帽的观众——刚开始他靠在椅子上,仰着下巴面无表情地看着大屏幕,看见自己的脸出现,他先是愣了愣,然后低下头,压了压自己的帽檐,让阴影遮住了自己的半张脸。

正是TAT战队中单李敏太。

现场观众再次骚动,还有人开始拼命地大声咳嗽。

主持人大笑:"哦!我的老天爷,看来导播今天是不想让TAT战队的TEI选手安然无恙地走出比赛场地了,我分明看见很多大兄弟露出了准备揍人的表情,仿佛在说,嘿,你怎么能这么欺负我们职业联赛唯一的姑娘?"

童谣倒是一脸淡定,笑了笑,说:"很正常,很正常,没什么啊,就是被打败的不甘心而已——不能说因为我是女生就让着我,对吧?我坐在这里,也有很大一部分原因是希望让大家知道,对于电子竞技来说,女生其实做得也不一定就比男生差……"

主持人拼命点头,并带头鼓掌,童谣继续说道:"我们不希望被歧视,也不需要被特殊照顾,就当我们是一名普通的玩家或者选手,没有谩骂也没有特别忍让,这并不难,对吧?"

主持人:"我打游戏的时候确实是,死了一次就经常被人问'辅助是女的吧',我是个女生,怎么了?"

童谣大笑:"对对对,就是这样!而之所以提到李敏太选手,我只是想说,接下来对战TAT战队的战役不论是对我的队友还是我个人来说都有很重要的意义……"

主持人恍然大悟:"Chessman以前也是TAT战队的。"

第二十六章

童谣笑着点头:"是,是!我们队长也要面对老东家……我们都会全力以赴的,可以确定的是,到时候我肯定不会选择避战,打败TAT战队的中单李敏太选手对我来说有很重大的意义……"

后台,看转播顺便等童谣的ZGDX战队队友们闻言沉默了,老猫伸手撩了下陆思诚的头发,却被一巴掌拍开:"干什么?"

"找找有没有绿色的……"老猫幽幽道。

童谣抓紧手中的话筒,笑道:"这样说来,打败TAT战队似乎成了必要的事……无论从哪方面来说。"

主持人:"祝福你们。"

童谣稍稍欠身,鞠躬,微笑道:"谢谢,谢谢大家。"

至此,采访结束。

童谣跳下采访椅时,并不知道自己又在世界范围内疯狂圈了一波粉——电子竞技赢了吹、输了黑的特点不分国界,等童谣将话筒交还给工作人员并走向选手休息室时,外面的世界已经将她吹成了超级学霸,英语流利,温柔又可爱,最重要的是她很强且谦虚。

国内玩家扬眉吐气:"看看我们职业选手多有文化!英语那叫一个好!"

全世界姑娘玩家也扬眉吐气:"看见没?人家S系四强职业选手亲口说的——生男生女都一样!"

而此时,童谣正快步往回走,完全不在意自己刚才的话到底说得好不好,招黑还是圈粉,她就想找个镜子看看自己的脸——刚才采访席那光强得眼都快晃瞎了,她刚打完五十几分钟的比赛,也不知道是不是油光满面的!

童谣着急忙慌地推开选手休息室的门,结果还没等她站稳就被人一把抱起来,放到了门边的高脚椅上——童谣莫名其妙,就觉得怎么今天脚不让着地了是吧?抬起头还没来得及说话,就对视上一双特别严肃的深褐色瞳眸。

童谣一愣,看着她队长这表情,心里咯噔一下:"咋回事?"

"你去做个采访,就这么前后十分钟,"陆思诚捏住她的鼻尖,嗓音低沉,"也能跟阿太眉来眼去,我才想问你,咋回事?"

"我怎么就跟他眉来眼去了,苦大仇深还差不多,导播给他的镜头又不是我给的,我看都没看他……不是,我跟你解释什么!"童谣一把拍掉男人的大手,"还以为出什么事了呢,又在这儿莫名其妙地吃醋,闪开……"

说着一把推开面前的门板,跳下高脚椅,走向自己的包掏出补妆的粉饼然后满屋子找镜子。

陆思诚就抱着手臂,小尾巴似的跟在她屁股后面。

陆思诚:"你们俩一个台上吹,一个台下笑,还挺浪漫。"

童谣:"他没笑,你乱讲。"

陆思诚:"将军,你还说你没看他。"

陆思诚:"老猫还扒着我的头发找绿色的。"

童谣扭头瞪老猫,老猫吹着口哨躲到老K身后。

童谣:"你们少幼稚了,你也是——这采访环节,我还能怎么说?那个李敏太当初疯狂针对我,给我带来了童年阴影,此仇不报非君子,好在现在我已经是能搞死金宇光的大魔王,洗干净脖子等我取你项上狗头?"

陆思诚跟在童谣身后,看着她撅着屁股一边臭美地补妆,一边飙脏话,脸上绷不住地笑开了,拍了她的腰一下:"你怎么这么粗鲁?"

童谣在镜子里白了他一眼:"你怎么这么爱吃醋?"

陆思诚:"爱你的表现,你什么时候才能吃下我的醋?"

童谣直起腰:"往哪儿吃?"

陆思诚挑起眉:"你当我没女粉丝?"

童谣"咔嚓"一下扣上粉饼盒子,转身往他手里一塞:"你敢。"

ZGDX战队大战OP战队,实力证明世界上只有一支运营商队这句话。

十月十六日,S系四强赛拉开帷幕。

YQCB战队对战欧洲G4战队,经过五小时苦战,最终以2:3落败,痛失决赛资格,倒在了前往冠军赛的半路上。

此时,距离电竞某贴吧发出的"这是HPL最有希望夺冠的一年"的帖子不过十个小时,国内媒体平台加吃瓜群众再次经历心情大起大落的痛苦,无奈之中,只能眼巴巴地看着剩下的最后一根独苗——ZGDX战队。

十月十七日,ZGDX战队对战S5世界冠军TAT战队。在比赛开始之前,本着被HCK赛区疯狂支配多年的恐惧,人们嘴巴上不说,实际上心里总是认为,这一局半决赛权争夺赛,ZGDX战队和TAT战队,至少二八开。

ZGDX战队是二。

金宇光一个吃肉的,带着四个吃草的,ZGDX战队都差点被3:0带走……那TAT战队条条路都是肉食动物,除了下路的AD陆思诚比较占上风,ZGDX战队其他路都被TAT战队完爆,怎么打?

那BAN掉陆思诚的话呢?

不知道……十零开?

第二十七章

十月十七日,ZGDX战队对战TAT战队,又是一场宿命之战。

有吃瓜群众在网上吐槽:"宿命之战,咋ZGDX战队天天都是宿命之战?"

这一日,比赛前的选手休息室很热闹,"ZGDX战队休息室"暂时用"HPL休息室"命名比较好,因为隔壁刚刚惨遭淘汰的战队全员并没有在当日离开,而是厚着脸皮留了下来。十六日,也就是昨天晚上,这群人还很乐观地坐下来陪ZGDX战队打了局训练赛……当然,大考之前,一切复习都以娱乐为主,所以那局训练赛打得相当混乱。

打完之后,艾佳还坐在童谣旁边传授了一点"中路第三座防御塔"必备心得。

而YQCB战队的回国机票买在十月十八日,用艾佳的话来说,他们准备肩无重担地好好观赏一次高手齐聚一堂的国际赛事,所以看完ZGDX战队在十七日的比赛,给他们加油助威后再离开也不迟。

童谣掀起眼皮扫了眼不远处站在小胖还有陆岳中间说说笑笑的艾佳："这话我听着怎么这么奇怪？"

今阳："昨天他告诉我，十八日的飞机上还有很多空位，十七日你们打完比赛，再买六张票肯定也来得及……"

"你别理他，酸死他得了，HPL前几年年年八强，今年突然就总决赛内战了，做梦吧？不把'循序渐进'四个字当成语看啊？"今阳显然对这个不感兴趣，摆摆手打断这个话题，"你们打OP战队那天的采访我看了，那个表情包战队的中单咋回事？那个导播又是咋回事？那个中单专门来看你的？我愣是觉得好像就是这么回事啊……你们问题大，你诚哥没——"

今阳没说完就被童谣一把捂住了嘴。

童谣伸长了脖子看了看周围，还好这时陆思诚正站在挺远的地方和教皇说话，仿佛感觉到了童谣的目光，他停顿了下，抬起头看了她一眼。

童谣咧嘴，冲着他嘿嘿一笑。

男人扔给她一个"老实点，别搞事"的警告眼神。

童谣收回目光，压低声音幽幽道："今天的首发是陆岳……就是怕我们隔着兵线在中路眉目传情——开玩笑的，大概是因为我们为数不多赢过表情包战队的训练赛都是陆岳上的。"

"其实你要是说前一个理由我也是信的，你男人东南亚老醋王，真的怕以后他退役建立一个战队的名字叫'世界第一AD是我，不是WEIXIAO'……"今阳拍拍童谣的肩膀，"真羡慕你有一个这么爱你的男朋友。"

童谣冷笑一声。

这时候小瑞打开门探了个脑袋进来,通知今日首发队员可以收拾收拾出去了,陆思诚他们听到后站起来就往外走,留下童谣和YQCB战队的队员眼巴巴地看着他们。

陆思诚走出去之前拍拍童谣的脑袋:"好好看,好好学,下局你上。"

陆岳走出去之前也拍拍童谣的脑袋:"好好看,好好学,饮水机旁边坐稳了,下局你也上不了。"

童谣把手里的空杯子捏成一团扔在他脑袋上,陆岳捏着嗓子学童谣冲陆思诚闹:"陆思诚,你媳妇欺负我!她拿水杯砸我!她对自己看饮水机这件事不满意!她思想很有问题,她不想赢!"

陆思诚反手给了他一巴掌。

老猫顺手"咚"的一下带上门,世界安静了。

童谣转过身,面无表情地对身后YQCB战队的队员们点点头,严肃道:"替补中单是个傻子,见笑了。"

陆思诚他们走出去没多久,前面就开始播放赛前VCR,这次坐在后台和别的战队的队员一起看,童谣还有些不好意思,等她发现此次的赛前互呛环节火药味比对战OP战队更浓时,她都有些后悔怎么没借口出去上厕所躲过这一劫。

TOP组——

TAT SASALI:"过去和ZGDX战队的训练赛赢多输少,你们可能以为是中单的敏太太厉害了，打得他们的中单无力还手，其实我一直认为对方的上单才是主要突破口……他就会机械爵士，还会什么？BAN了他的机械爵士，他就什么都不会了。"

ZGDX CAT（弯下腰，笑眯眯）："他是这么说的？说我只会机械爵士？我是突破口？可以，今天会让他亲身体验什么叫'英雄海'，什么叫'突破口'。"

艾佳："他们俩要是面对面录这段VCR，估计能直接打起来。"

童谣："要不是要讲文明懂礼貌……现在我们大概只能听见老猫的脏话了。"

今阳："注意，明明是TOP组，你个MID躺了个枪。"

JUG组——

TAT YO："HPL？FAKE HCK，一直在学习我们的战术，也许在HPL内部很有用，但是他们永远休想赢过HCK。"

ZGDX K："那我们怎么赢的OP战队？拿你……好的，不能说脏话……我只能说他们的世界赛之旅将和他们的目光一样短浅。"

童谣身后，教皇在YO说到"FAKE HCK"的时候变换了一个坐姿，凉生挂在他肩膀上笑得花枝乱颤："老铁，别心虚啊。"

教皇叽里呱啦回答了一连串。

童谣："他说什么？"

凉生："他说韩国人并不是都这样，大多数情况他们都很有礼貌。他也没有觉得HPL的战术是在学习HCK,HPL赛区的特色很明显的……"

童谣:"瞧把人给吓的。"

凉生:"哈哈哈哈哈哈!"

MID组——

童谣和陆岳小学生式肩并肩排排坐。

ZGDX smiling:"就像曾经说过的那样,虽然被打败过,但我也清楚!李敏太选手是我必须要跨过去的一道坎儿,没办法逃避,也不会逃避。"

ZGDX LV:"smiling只需要看好她的饮水机就好,然后把胜利交给我。"

ZGDX smiling转过头看着身边的陆岳:"让你跟对方呛,你枪口对准我什么意思?"

TAT TEI(压了压鸭舌帽):"再让她哭一次,这道坎儿她过不去了。"

一本正经地说着自己的决心又被播放出来真的很羞啊,童谣抬起手捂住通红的脸拒绝说话。

今阳用脚踢了踢她:"有点脚软。"

童谣没反应,倒是艾佳反应很快:"你脚软什么?"

今阳:"小狼狗。"

艾佳:"我也是!你怎么不对我脚软?"

今阳回过头轻描淡写地瞥了他一眼:"三年前是吧。"

AD组——

ZGDX Chessman(韩语):"我在和李君赫争首发并把他摁在替补席时,秀俊这孩子还在当训练生,我走了后是李君赫,然后才是他,所以无论如何都轮不到他在我面前做出什么建树的。(换回中文)很多人说,ZGDX战队太倒霉了,打完OP战队又要打TAT战队。其实对于什么时候打TAT战队我们根本无所谓,因为我们的目标是冠军,要拿冠军,早晚要从HCK整个赛区的身上碾压而过,哪怕血肉模糊。"

TAT TYOUZZR:"会让思诚哥看看的,我已经不再是当年的我了!"

SUP组——

ZGDX pang:"今天的HPL和HCK赛区必然会有一个全军覆没,我决定把这个宝贵的机会留给HCK赛区——视野会像胜利的旗帜一样插满他们的野区,照亮他们回家的路。"

TAT superman:"哈哈哈哈,真的吗?他是这样说的吗?真是的,怎么这么会说……受不了!"

休息室内被小胖一句"用视野照亮他们回家的路"弄得笑成一片,那笑声同样也从外面比赛现场的观众席传来。

艾佳:"你们队的胖子真的是'骚话之王'。"

童谣:"他很重视垃圾话环节,坐飞机换比赛场地的时候,他的所有时间都用来干这个了。"

今阳:"这种影响团结友爱的环节存在的意义到底是什么?感觉到了最后,大家连装都不想装了,撕破脸往上怼……说好的友谊第一,比赛第二呢!"

童谣轻飘飘道:"观众就爱看这个。"说着转身看了眼身后一脸满足的YQCB战队众人,"你看,个个一脸满足。"

今阳回过头,发现果然是这样,于是露出鄙视的神情。

而此时,面前的大屏幕上,赛前尬怼环节结束,比赛正式进入BAN&PICK环节。

对手上来毫不犹豫BAN掉了陆岳的皇帝、魔术大师还有轮子妈,ZGDX战队这边BAN了阿太的妖姬、对方上单擅长的远古恐龙、大树。

于是TAT战队一抢机械爵士。

全场哗然。

"这是把赛前尬怼的情绪带到了比赛场上。"解说D说,"今天的TAT战队看来真的要挑衅CAT选手的英雄池,绝不让他拿到擅长的机械爵士!甚至要逼着你把远古恐龙和大树也BAN掉,这时候,让我们万众期待,CAT选手将如何选择!"

话音刚落,比赛台上,ZGDX战队这边看见对方拿了机械爵士,反手就是一个女刀刺客,毫不犹豫秒锁!

现场安静了几秒,顿时陷入了空前绝后的狂欢当中——女刀刺客,作为一个在低端局和RANK里极受玩家欢迎,但是在正规比赛里却鲜少有人乐意使用的英雄,本次世界赛的BAN&PICK率均为零!

解说F:"根本不敢相信自己的眼睛。"

解说D:"CAT选手拿出了女刀刺客——要么就是被气疯了,要么就是拿出了他隐藏许久的看家本领!"

而当比赛开始,事实证明,解说D赛前一语成谶——

对线期,中路因为有陆岳在,虽然前期没有打出优势,但是他也像泥鳅一样几次让对方的打野抓空。下路,陆思诚带着小胖打得凶,压了对方二十来刀,但是因为对方是保护能力很强的牛首酋长加灵魂射手卡莉组合,所以也没动什么杀心。

直到比赛中期,一波由TAT战队主动发起的小龙争夺战中,由对方的打野扫地僧和上单机械爵士主动出击追杀老猫,此时两个人大招在手,并且血线健康,当所有人都以为老猫死定了的时候,他让全世界人民见识到了一个不一样的老猫——

E技能拉扯扫地僧至机械爵士一个位置的瞬间摁出W晕住两个!紧接着R机械爵士,平AQ连击扫地僧,利用Q技能溅射伤害收割机械爵士人头,同时再连续A,走位,再A,拉扯回来,在扫地僧插眼的一瞬间再W回去定住,完成一打二反杀!

天秀!

不要说现场观众,就连坐在后台围观比赛的休息室众人也是目瞪口呆。

解说D:"OH——MY——GOD!"

解说F:"我不敢相信自己的眼睛,仿佛看了一局假的比赛——现在我们可以看见导播的又一次回放。好的,我还是没看清楚他

第二十七章

到底是怎么做到的!现在导播体贴地回放了第三次,我们可以数一数,在第一段连招扫地僧插眼前,CAT选手至少做出了七个进攻动作!"

解说D:"他对女刀刺客了如指掌,这不可能是一个赌气拿出来的英雄,他就是女刀刺客本人!如果——我是说如果ZGDX战队夺冠,我建议CAT选手的冠军皮肤一定要是女刀刺客!"

解说F:"这一波操作一定可以纳入本次世界赛精彩镜头前三——再让我说一次,我简直不敢相信自己的眼睛!"

在ZGDX战队以往的比赛里,老猫更多的是充当蓝领上单的角色,低调、耐揍,很多人和TAT战队的上单一样,觉得他是ZGDX战队唯一的短板,是突破口。

但是今天,在陆岳牵制中单,陆思诚杀心没那么重的这局比赛里,老猫掏出了以前在比赛里几乎不用、打RANK时偷偷摸摸玩的超级Carry英雄,以一波小龙坑里一打二,拿下两个人头,成为本局比赛最终让对手无法解决的大魔王,拟定了本局比赛之后的走向!

直到第一局比赛结束,两名解说甚至连在场的观众都在回味老猫刚才的那一波操作,贴吧里更是分析帖无数,人们纷纷感慨,这不是光在RANK里用好这个英雄就可以的。

老猫能做出这一系列操作,只能说他对女刀刺客的每一级伤害、技能CD和技能指向都了如指掌,而且操作的时候头脑冷静,这么一套连招下来,任何一个环节出错,任何一个普攻A因为多点了一下地板被重置,都不可能被打出来!

"感谢世界赛,让我们看到了一个不同的ZGDX战队!以前我们的眼里只有诚哥和他媳妇,现在发现,我们还有辅助之神和上单之神!"

"再说TAT战队和没有陆思诚的ZGDX战队十零开?出来接受打脸!"

"恭喜TAT SASALI用一手一抢机械爵士和赛前尬怼,放出了ZGDX战队上路的终极大魔王。"

"路人转粉,老猫这手女刀刺客真的震惊世界!"

"蓝领之下是纯金填充物……四进二还能看到这种套路,不瞒你们说,我觉得ZGDX战队这次准备真的充足,稳了稳了!"

一系列的赞扬之中,本场MVP放出,果然是老猫,现场又是一阵欢呼,人们齐声呐喊老猫的游戏ID:"CAT!CAT!CAT!"

在这样的欢呼声中,老猫推门走回休息室,休息室中包括工作人员在内全体起立,大家笑嘻嘻地鼓掌,就像是欢迎凯旋的英雄,欢迎他们心甘情愿蛰伏许久,如今初露锋芒的"蓝领"上单归来!

第二十八章

与TAT战队的第一局比赛在陆岳稳扎稳打、老猫爆炸Carry中顺利拿下,赛区观众老泪纵横,总感觉一到世界赛就过着只有惊吓、没有惊喜的日子太久了,ZGDX战队接二连三的惊喜搞得大家都觉得自己好像是个韩国人了!

老猫单杀SASALI啊!今天之前,这种事还是只敢在白日梦里出现的幻想!

不管了,再说一遍:这是HPL最有希望的一年!

在观众的欢呼雀跃之中,第二局比赛开始了。

ZGDX战队再次按照轮换制度换上smiling——这消息对于观众来说并不新鲜,其实如果是一般队伍,在第一个中单没犯什么大错并顺利拿下比赛的情况下,居然让他下了,换第二个中单上,这种事是要遭到质疑和谩骂的。好在已经完美让二追三OP战队,然后现在又首胜TAT战队的ZGDX战队在人们心目中是"爸爸"级别的存在,所以只要能顺利拿下比赛,"爸爸"说什么是什么!"爸爸"要谁上就谁上！

解说D："我们可以看见ZGDX战队再次换上了smiling选手，说实在的，我认为这让比赛变得更具有看点了——前几天，TEI选手在采访里提到过，这一场比赛，必须要决出谁才是世界第一妖姬。"

解说F："哇哦，哈哈哈哈，火药味浓厚！就好像谁愿意让妖姬落在这两个选手其中一个手上似的。"

解说D："照你这么说，大概就有谁先BAN妖姬谁就输了的意思，那我很期待，如果大家都憋着一口气不BAN……"

解说F："那么恭喜大家，这一场比赛，继上单女刀刺客大魔王后，又要有一只中单大魔王被放出……"

解说D："这个大魔王，将会是smiling，还是TEI？"

解说F："欢迎回到2016年《英雄王座》职业联赛全球总决赛现场，下面即将开始的是四强赛，由HPL赛区ZGDX战队对战HCK赛区TAT战队的第二局比赛！"

配合着解说的步调，从休息状态回归至电竞之中，人群欢呼起来！

此时，童谣坐在了首发席上，耳边是观众们的热情欢呼，有人在为ZGDX战队加油，也有人在喊"smiling加油"……耳机已经从电脑上摘下来挂在手臂上，她紧绷着脸，掰着微微冰凉的手指，目光越过电脑看向不远处黑压压的一片人群，很多人手里举着灯牌，至于支持的是哪个战队或者哪个选手，童谣根本看不清……

姑且认为他们是来给自己加油的吧！

童谣挪开视线，为了分散自己的紧张情绪，她左顾右盼："队

第二十八章

长，你觉得他们会不会真的放我的妖姬？"

陆思诚的声音听上去轻描淡写的："不知道，没有妖姬，拿什么不是一样打啊。"

童谣："你怎么那么淡定！"

陆思诚："因为上局TAT战队下路被我十分钟压二十刀，我不淡定谁淡定？"

就你能耐，这种自信的语气怎么听着那么气人！

童谣目光闪烁，根本抑制不住想要扭头去看旁边TAT战队中单位置的冲动——上台前已经做过了超多的心理建设，但是此时此刻，在赛场上要面对他的真人……童谣就忍不住想起几个月前，她刚刚开始打职业，同TAT战队打的第一局训练赛了。

训练赛前，她就听说阿太是个风评不太好的职业选手，他喜欢用别人擅长的英雄去打败那个人，从心理上彻底击溃对手……就是在这局训练赛，童谣深深地记得训练赛里她拿了皇帝，却被自己以为十分熟悉的妖姬疯狂单杀，线上直接被通关成为队伍的突破口。

说来也好笑，童谣打职业以来，什么扣工资、禁赛的大风大浪没见过，到头来真能够有资格被她称作"一场噩梦"的，居然是这样区区一局训练赛。

此时此刻，那始作俑者就在她十米开外的对手座席上坐着——这些天，从童谣的采访还有赛前尬怼环节说的内容，隐约捕捉到一丝丝蛛丝马迹的人们，对童谣和李敏太的事有些过于津津乐道，每当看到相爱相杀、命运宿敌什么的字样，童谣就忍不住胃部一阵翻滚。

意淫个鬼啊!又不是霸道总裁文!这个李敏太,长得再好看也是个彻头彻尾的反派角色好吗?必须被打败的反派角色!

内心咆哮,却面无表情,童谣有些走神,直到她感觉手臂上的耳机被人动了下。她微微颤抖了下,抬起头,下一秒,便感觉耳机被拿起来戴到了她的脑袋上,周围从观众席上传来的嘈杂声、解说讲解声一下子消失了。

童谣愣了愣,转过头看着陆思诚,男人指了指耳机,然后将自己的耳机也戴上——这时其他队友还没戴耳机,交流频道里只有他们二人,男人平静低沉的声音传来:"闭上眼,深呼吸,放松打……打不过也没关系,我带你赢。"

男人温和的声音就像是一针强心剂,冰凉的药水被推入躁动的心脏。童谣照着他说的那样,背靠座椅,闭上眼,深呼吸……再睁开眼时,眼底的不确定与不安就像是被施了魔法一般消失了。

第二局比赛正式进入BAN&PICK环节,伴随着两个队伍的轮流禁用英雄,解说提醒此时除了是一局比赛,还是一场关乎名声的荣誉之战,场上的观众很兴奋,无论哪支队伍在动手,每一次BAN掉非妖姬的英雄时,台下都会出现一阵骚动,直到TAT战队最后一BAN时光老头,现场观众直接爆炸了。

六个BAN位,没有妖姬,妖姬真的被放出来啦!

现场观众内心被一连串疯狂的弹幕占据,他们伸长脖子,翘首以待,直到看见在蓝色方ZGDX战队一楼直接锁妖姬,别说是观众了,就连解说都差点跳起来!

解说D:"smiling拿到了妖姬!smiling拿到了她的妖姬!这个在小组赛之后就再也没有在她面前被放出来过的英雄!"

解说F:"TEI选手则锁下了皇帝,说实在的,对于打妖姬来说,皇帝或许并不算是个很好的……呃,等等!我似乎听见流言蜚语说,他们俩的恩怨就是从妖姬和皇帝开始的……"

解说D:"没想到我们竟然在世界总决赛的四强赛里看见了恩怨局……"

解说F:"要不是现在选手们戴着耳机听不见,真想采访一下他们。"

在解说兴奋的声音中,PICK英雄环节顺利且快速完成,大屏幕显示选手们纷纷进入游戏载入画面。陆思诚转过头看了眼童谣:"你还真跟他约好了,我还以为只是说笑的。"

童谣抬起手,做了个交警常用的"禁止通行"手势,示意陆思诚别和自己说话。

陆思诚:"干什么?"

童谣用手扇风道:"紧张,又来了,一张嘴就怕心脏从嘴里蹦出来。"

小胖:"我们中单这心理素质是真的不行——你有空得学学人家陆岳,稳如老司机,比防御塔还防御塔,安心抗压,坐等队友出山,自己躺赢,能不Carry绝不Carry……"

这时进游戏了,童谣满屏幕乱瞅,语出惊人:"我光标呢?找不到光标了!"

陆思诚叹了口气,比赛中,直接单手离开键盘,将自己的大手盖在童谣握着鼠标瞎挥舞的爪子上,感觉到她的小手冰凉。

"光标在这儿,这儿,看见没?"男人不急不缓地握着她的手,"冷静,淡定,不就是个阿太吗?你在他手上死去活来那么多回,还差这一次?当时答应他的战书时不是虎得很,意气风发……"

童谣甩开陆思诚的手:"你这是安慰人?"

陆思诚笑了笑,懒洋洋地坐直身体,手也放回到了自己的键盘上。

童谣深呼吸一口气,来到自己的线上,皇帝已经在等着她了。

皇帝是稳定发育抗压英雄,妖姬一级也需要乖巧补兵平稳发育,所以一级时两个人还算淡定,各自站在兵线后面,只是偶尔对方走位靠前会随便点一下耗点血。

双方同时到二级,童谣开始使用QW耗血,中了两次,空了一次,因为阿太用皇帝这英雄实在不错得很,泥鳅似的,根本抓不住!反而是童谣被他反手戳了几下,有一波如果不是提前嗑了血瓶,估计还要被他戳死!

有皇帝在的局,中路一塔很难推,所以这次ZGDX战队也没想着前期要在中路做过多文章。第四分钟时,上野联动,老K狂猎女猎配合老猫机械爵士越塔强杀对方。因为前期压得太凶,上单退不及时,被拿到一血!

"看不起蓝领上单,就用机械爵士杀穿你!"顺利将四百块收入囊中,老猫清完兵线骂骂咧咧地往草里一缩,回城,"有本事别放我机械爵士,你放了我就要拿,拿完就杀你,怎么样?"

第二十八章

童谣悻悻道:"你也好气啊,今天我们队火气很旺。"

小胖:"'蓝领农民工'的愤怒,哈哈哈哈!"

陆思诚:"老了,真的不懂你们年轻人的激情。"

他一边说着,一边点了个信号,小胖的鲶鱼凌波上前一口吞下对方AD,对方猝不及防,一个哆嗦居然没反应过来,小胖扭头慢吞吞地摇摆走回来,"呕"的一下将对方AD吐到陆思诚脸上。同时老K狂猎女猎赶到,狂猎女猎的夹子,小胖的致残双双落下,对方AD无奈之中交出凌波,奈何凌波的落地位置正好踩在陆思诚几乎同时落下的女执法者的夹子上,直接被收割人头!

上下两条路同时开花!

老猫:"Nice!"

老K:"Nice!"

小胖:"Nice!"

陆思诚:"小龙。"

老猫:"中单看好皇帝,别让皇帝和打野过来……"

陆思诚打开数据面板看了一眼:"五分钟0/0/0,还被压了五六刀……中单?掉线了。"

童谣:"你很膨胀,你别说话。"

陆思诚:"你拿着妖姬打出了陆岳的风范。来,打完这波火龙找机会刚一波,刚不过没关系,三百块而已,我替你打回来。"

小胖:"这是职业联赛全球总决赛,不是国服娱乐青铜带妹局,你们差不多得了。"

话音刚落,童谣六级了,QRWE灼烧再Q踩皇帝脸上,瞬间打得皇帝只剩丝血,皇帝反手一个大,将妖姬推回来,妖姬第一时间交凌波。

老K:"哎哟!"

老猫:"哎哟!"

小胖:"哎哟!这个凌波跑路交得很精髓——充分体现我们中单被OP战队金宇光的反打流欺负且吸取教训后的惜命。反杀?不存在的。"

童谣:"他出了个红宝石咋回事?考验我算数能力啊,伤害差了点,下波再踩到能杀,溜了溜了!"

陆思诚:"耍杂技。"

比赛开始第八分钟,ZGDX战队暂时领先一千经济,拿下第一条元素火龙,中单没被单杀,情况十分乐观。

第二十九章

被童谣点残,TAT战队中单果然选择直接回城。

解说D:"我们可以看到今天的smiling杀心很重,似乎很想单杀这个皇帝——刚才的那一套连招也是真的快,你大概只能在国际大赛里才能看到这样的妖姬。"

解说F大笑:"可惜伤害还差了一些,加上火龙Buff,在灼烧都交了的情况下,常理来说,以smiling现在身上的装备,伤害够甚至有溢出,也许是TEI选手身上的红宝石加了几百点血的缘故——总之现在,smiling这一次杀人不成反而交出自己的凌波,虽然把皇帝打回家,但队友支援来得很快,看样子是并不准备这么早让出中路一塔。"

解说F说得没错,在中单回城的情况下,刚刚复活的AD直接转线中路,留下辅助一人留守下塔,同时打野也赶到。

解说D接话:"这波很麻烦的点在于,因为smiling交出凌波,在接下来长达四分半的时间里,ZGDX战队并没有先手开团秒对方后排的机会——这时,在TAT战队上单凯南有大招的情况下,ZGDX战队反而必须小心,不要主动开团……"

解说F:"但是对方是TAT战队,他们不败的原因是他们总能抓住对手的一点小小的错误就无限地放大,然后反手打击,给予致命的伤害……ZGDX战队,千万要小心了。"

解说是这么说的,很显然,ZGDX战队五人也是这么想的。

童谣:"全员警惕!现在如果被开成功,被对方一波零换N,我会背锅,那么我就会抓紧赛后一切存活时间向全世界宣布——队长叫我踩他脸卜长长士气的,我得听指挥的呫。"

陆思诚冷笑:"队长没叫你吃了别人一个大转身就交凌波跑路,跑得比兔子还快啊。"

童谣:"不交凌波我就死了。"

陆思诚:"那你很棒棒了。"

童谣认真点点头,一边优哉游哉地打蓝Buff,一边道:"是啊,从夏季赛总决赛到S6,你知道我学会什么了吗?该跑就跑,别含糊,可能被开团只是可能,死了的话才是不可挽回的事实。"

"你学会的不是跑路,"陆思诚淡淡道,"是诡辩吧?都不带下,打四分钟发育,抱团在中路等着被人开啊?"

陆思诚说得有道理,众人闻言一哄而散,各自回到自己的路上吃兵线去了。童谣动了动嘴,还没来得及说什么,这时候就出事了!

之前就说过,TAT站队绝对不是一个食草战队,只要有杀人的机会,就连他们的辅助都敢追着敌方上单一阵狂怼,所以此时

第二十九章

在童谣没有双招的情况下,他们不可能浪费这个机会。

同时拥有大招和传送的凯南传送下路绕后眼位,与自家AD形成前后夹击,小胖的鲶鱼开了白盾,原本是想在塔的范围内和凯南消耗一波,好歹带走一个,却没想到,从河道旁边又蹿出个酒徒,交出E技能加凌波,接连将小胖炸出防御塔范围内,收掉人头!

TAT战队拿到了本场比赛第一个人头!

酒徒拿到人头,转头看见童谣配合老K在偷自己家的红,这还得了?转头给中路发了信号就赶路,此时下路还剩下陆思诚半血的女执法者和对方的伊泽加凯南,而陆思诚已经交过治疗!

解说F:"我们可以看到这一波对下路的突袭显然非常有效,眼下面对凯南和伊泽,Chessman在劫难逃,甚至要丢掉自己的下路一塔……哦,等一下!"

上一局被陆思诚捶成麻瓜的AD以为自己要大仇得报,想也不想就直接越塔进入兵线,在塔下和陆思诚玩起了"你抓不到我"的游戏,进塔第一时间便踩了女执法者的预判夹,被女执法者和防御塔两枪点残,居然完成反杀!

解说D:"Chessman!又要创造奇迹的Chessman!"

在场上观众的惊呼声中,凯南放置在女执法者身上的被动印记已经有两层,如果达到三层,女执法者将会被晕眩,必死无疑——只差一个Q技能晕眩而后平A!

就在凯南抬手之时,陆思诚塔下交凌波,与凯南Q技能擦肩而过,绕到凯南背后反手一个EQA三连,配合防御塔,丝血反杀凯南!

双杀!

在所有人以为陆思诚就要溃败时,他凭借着敏锐的嗅觉和精准的预判,完成了一打二丝血反杀!

小胖:"惊呆了。"

老K:"看见没!没有我们,队长自己也可以过得很好很滋润——很可以,孤家寡人美滋滋型选手!"

老猫:"我还以为你们死定了,传送都没交,哈哈哈哈!"

童谣:"这波秀得我又要多出十二亿情敌。"

陆思诚站在草丛里亮了下队标牌(俗称"亮狗牌",每个队伍的每位队员可以在每局比赛里亮一次队标牌,没有实际意义,单纯为了娱乐或者示威),走了两步,然后B键回城。

解说D:"OH——MY——GOD!这句话我已经对ZGDX战队说出很多遍,但是我还是要高声大呼:OH——MY——GOD!"

解说F:"一场出乎意料的防守反击,当我们所有人都以为ZGDX战队即将溃败,Chessman选手却以出乎意料的操作打出了一波一换二,打乱了对手的进攻节奏,挽救队伍于水火之中!"

童谣:"好久没感觉到队长的英俊了,今天那种英俊感又扑面而来。"

陆思诚:"厉害吗?"

童谣:"厉害。"

陆思诚:"看见我想赢的操作了吗?"

童谣:"看见了。"

以陆思诚在下路一打二反杀一波天秀开始,ZGDX战队在游戏进行到第十一分钟时已经拥有了两千块的优势,虽然优势主要集中在拥有人头的老K和陆思诚身上,但是整支队伍的精气神完全不一样了。

这一波陆思诚的疯狂秀,ZGDX战队因为中单无双招的死亡时间也进入结束倒计时。

最后安然无恙地结束,童谣双招CD转好,她长松一口气:"谢谢大家不送之恩。"

第十八分钟,在将中路和下路兵线带至对方塔下后,ZGDX战队率先开龙,进行第二条火龙争夺战,因为知道这一条火龙如果再被ZGDX战队拿到,加上他们前中期高爆发英雄阵容,这局游戏可能会比想象中更早结束,所以TAT战队哪怕是在ADC和上单的装备劣势比较大的情况下还是优先开团了!

童谣:"他们来啦!"

陆思诚:"怕他们不来,老K把龙往里拉,快点rush掉……"

话还未说完,对方皇帝已经赶到,大招分割战场,直接将陆思诚和老猫的机械爵士与小胖分割开来。发育不错的皇帝三戳带走老猫那只来得及落给一个人大招的机械爵士,在率先减员的情况下,ZGDX战队阵形稍乱!

对方打野直接凌波进龙坑惩戒,抢下火龙,交位移技能离开人群,而此时,小胖也被对方上单凯南打至残血,交出凌波落荒而逃,陆思诚在后面三枪点掉追得太深的凯南,自己也挂着血皮走掉!

当时童谣的眼里几乎只有那缩在敌方后排的皇帝,脑海中回忆起了自己当年的皇帝是怎么被妖姬打爆的——W瞬间突进,摁出Q技能瞬发链子锁住,皇帝后撤,立刻转头去点对方AD,皇帝技能CD读好回头想再戳,然而童谣等的就是他回头的一瞬间,再QA加灼烧,R拓印技能,收割皇帝人头,W回到原地!转身交凌波,上龙坑,跑路!

虽被开团丢失第二条火龙,然而此时童谣果断操作的一换三却让胜利的天平向着ZGDX战队倾斜——推塔,拿龙,扩大经济优势团战,杀死对方二人转头去拿大龙,继续推塔,上高地……

这是ZGDX战队熟悉的节奏!

比赛进行到第二十七分钟,当ZGDX战队成功击杀对方二人并转头拿下大龙,双方经济差距来到六千。

ZGDX战队并不是一个错误多到会让人轻易翻盘的队伍,一路走来,它变得越发成熟,队员配合默契,轮流定住前排、越塔、杀人、团战及分推或支援……他们总是能做到最好。

不论上的是陆岳还是童谣,五个人打比赛的时候,他们就像是由一个人在操作,在俯瞰着整个名为召唤师峡谷的沙盘,调兵遣将,从容不迫!

当比赛进行到第三十九分钟,一波团战的胜利将整个BO5的比分推到2:0,童谣如释重负,长吁出一口气站起来。

比想象中,好像简单一些?

传说中不可战胜的HCK。

去年S5战无不胜,杀穿全世界六大赛区,在决赛之前并没有让别人看到哪怕一眼自家高地塔的TAT战队。

第二十九章

耳边是小胖和老K轻松的交谈声,往休息室走的时候,余光不小心瞥到TAT战队的五个人坐在各自的位置上,每个人都面色沉重,眉头紧蹙,辅助在低声和AD根据战后数据统计图说些什么,AD旁边的年轻人低着头啃指甲。

似乎是感觉到了童谣的目光,坐在最中间的年轻人停顿了下,他突然身体向后靠了靠,转过头来,向上挑起的凤眼斜睨一眼童谣,他咧嘴笑了笑,露出森白的牙齿。

童谣脚下一顿——

那并不像是被击溃的人应该有的表情。

他的眼中有兴奋,有迫不及待等待着什么的疯狂情绪……略微让人有些不安。

第三十章

队员们回到休息室后,解说还在台上侃侃而谈。

解说D:"说实话,今天的比赛到这里就让我觉得有点儿惊讶了——也许作为一个官方赛事解说,说这样的话并不合适,但我还是要说,原本我以为局面会是和现在相反的。"

解说F:"哦,我的朋友,这可不怪你,要我说,要怪就怪HCK赛区一直以来给人的感觉都是那么的……你知道,TAT战队在赛区常规表现也非常出色,人人都把HCK常规赛称作神仙打架。今年的全球总决赛开始前,甚至还有人跟我开玩笑,嘿,老哥,你要去解说HCK秋季赛了吗?"

解说D:"这很好,我是说,在这种场合我们总需要一些惊喜——感谢HPL,感谢ZGDX战队……"

解说F:"嘿!嘿!比赛还没结束,你现在就开始做赛后总结感言是怎么回事……"

解说D:"哦!对不起,我就是想这么说一下而已——HCK赛区的粉丝朋友们也不用着急,正如这位老哥说的那样,TAT战队只是一只脚站在了悬崖边上,他们完全有机会和实力去创造奇迹……话说回来,也不知道在两位轮换中单状态都特别好的情况下,ZGDX战队下一局会上哪个中单……"

解说在台上猜测,ZGDX战队这边倒是已经有了结论,下一局上陆岳,因为上一局游戏陆思诚表现得比较Carry,怕TAT战队下一局就要针对自己,所以换陆岳上,拿辅助性中单英雄,稍微保一下。

对此童谣没什么异议——事实上大家在商量这件事的时候,她整个人处于游魂状态,也不知道她在想什么,只是陆岳上台前,童谣突然叫住他,特别叮嘱他,这局小心点,千万别放妖姬。

陆岳一头雾水,不知道童谣明明赢了比赛还一脸忧心是为了什么。

童谣:"别问,女人的第六感。"

陆岳一脸惊讶:"你是女人?我怎么不知道?"

童谣也不生气,跷起二郎腿,稍稍扬起下巴:"等你被李敏太单杀的时候你就知道了。"

陆岳翻个白眼,伸手拍了下她的脑袋,童谣"嘶"了一声,顺手抄起手边的本子,"咚"的一下,本子砸在被关上的门上。

很响。

第三局比赛开始。

所有的队员走上台各就各位,队员落座戴上耳机时,国内比赛直播平台的弹幕被"3:0"这样的美好期望刷屏,围观群众纷纷被"这真的是HPL最有希望的一年"这样的"万年毒奶"洗脑。

第三局,陆岳拿了个时间猎人,BAN掉妖姬,李敏太拿到三只手。

这一局对方拿了老鼠加扫地僧组合,ZGDX战队这边拿的冰原加蜘蛛,从主动性来说,似乎是对方的要高一些,这就和休息的时候陆思诚的猜测比较吻合,上一局他乱秀之后,终于换来了对方不把他这个AD当透明人的尊重。

只是有点儿尊重过头了。

第四分钟,在自家老鼠前期因为英雄特性补刀落后的情况下,抓住陆思诚抢先到四级肯定会主动开打的机会,扫地僧果断来到下路准备帮老鼠渡过一劫——到了下路三角草丛,眼一插,照到了草丛里蹲着的蜘蛛,扫地僧没犹豫,直接一脚踢到蜘蛛脸上,蜘蛛没有办法只好和下路二人组会合。

老K:"哎呀,这扫地僧狗鼻子啊!我努力屏住呼吸他也知道我在!"

小胖:"是不是没憋住放了个屁啊?"

老K:"溜了溜了。"

此时老鼠隐身上来打了一套,陆思诚一边打一边退,带着小胖后撤——小胖的盾人顶在前面承受了80%的伤害,退回塔下时用掉了两个血瓶,血线极其不健康。陆思诚没办法,只能认怂让出一小波兵线,选择塔下抗压,并将镜头往中路切了下看了一眼:"我们中单呢?不下来游走一波?"

陆岳:"你们中单在日常抗压。"

陆思诚把镜头切回来,不愿再看这个辣眼睛的东西:"你选个时间猎人和三只手日常抗压?你还不如跟我说你掉线了,我还没那么气。"

陆岳:"这个阿太这局有点刚,疯狂消耗,我害怕。"

陆思诚:"一个防御塔说什么自己会害怕……"

话音刚落,中路那边就出了大事,时间猎人走出塔范围打了一套,还差一点伤害,此时对方一波兵线推进,挂着血皮的三只手反手就是一套QAE瞬间触发雷霆特效,时间猎人直接死在塔下——三只手的护盾吸收第一下塔伤,扫地僧过来给了个盾,三只手凌波出塔,扫地僧顶第二下塔,配合默契完美!

FIRST BLOOD!

解说D:"好的好的,从未见过这样胆大的顶塔!完美的配合,中野联动,我们看见了TAT战队中单选手的杀心!"

解说F:"此时比赛时间刚刚来到第五分钟!一血已经产生!TAT战队中单先发制人,打开局面!"

这个一血在普通人看来大概也就是四百块钱,但是对时间猎人来说,却是一个血崩节奏的开始——因为线上打出了劣势,时间猎人无法游走支援别的路,被锁死在中路,只能跟三只手发育,而到了中后期,这种半辅助的出肉时间猎人在打团能力上被三只手甩了三条街,中期团战十分乏力,这印证了陆思诚的那句话,中路不如说自己掉线了还没么气人!

第三局比赛由第五分钟这个一血牵一发而动全身,接下来的比赛三只手放飞自我，全场游走，第八分钟升到六级再次单杀时间猎人，第十二分钟时传送下路，给下路拿到双杀，建立优势，拿下一血塔和第一条元素龙。

比赛进行到第二十分钟时，因为中下两条线劣势，上路老猫拿的又是个坦克，中期团战输出不足，双方经济差达到四千块！

"这个李敏太强……一个人带起整个队伍的节奏。"

"要我说律拿个时间猎人抗压也是没意思！真抗压拿什么时间猎人啊？拿个发育的英雄多好——不是跟smiling学过月亮女神吗？为什么不拿啊？"

"TAT战队睡醒了啊？不如说李敏太睡醒了，第二波下路游走真的灵性，反而像是ZGDX战队睡了一样，陆思诚拿个冰原一点用都没有。"

"又要让二追三了吗，不好吧？"

国内直播平台弹幕无数，童谣不安地搓了搓手。

第三十分钟，大龙争夺战，时间猎人飞进人群想定住打野，给自家打野抢龙未果，连R都来不及摁直接被亡灵之灯反手E钩住，三只手QARE加灼烧一套带走。蜘蛛原本准备下龙坑抢龙，这一波时间猎人没定住，注定了蜘蛛也被瓮中捉鳖的难堪，吊起来落地的瞬间被集火死掉！

TAT战队拿了大龙加两个人头，ZGDX战队在本来经济就落后的情况下只能后撤，TAT战队直接破一路高地！

"时间猎人的R呢？第八分钟时的那波被单杀就没用，现在又没用！"

"GG。"

"投吧，浪费时间，这种情况拿头翻盘？"

"估计是来不及摁吧，这个李敏太，还是强的。"

"我觉得陆岳第二次被单杀时整个人的心态已经有点崩了，下局我女神没死的话，麻烦把她抬上来。"

在吃瓜群众头疼地围观中，比赛于第三十五分钟以TAT战队更新装备后带着一波超级兵再上高地宣告结束，TAT战队因为李敏太关键时刻的两次单杀、一次灵性游走缩回了在悬崖边上的脚。

比赛结束时，无论国内外，媒体、论坛尸横遍野，"让二追三"四个字被刷遍全球每个论坛。

是有点危言耸听啦。

脸黑如锅底的陆岳走进休息室，看见童谣的第一句话就是："乌鸦嘴。"

童谣坐在桌子边，翻自己的小本本，一手撑着脑袋："我都告诉你这局小心了，刚才第二局打完下来的时候，我看见那个李敏太冲我笑得和阎王爷似的就知道要出事……"

陆岳"啪"地搬了个椅子在童谣旁边坐下，挤开她，抢过她的本子看文字版复盘，一边看一边念："'四分三十秒，陆岳时间猎人塔下被单杀，对方凌波出塔，丝血狂秀——我就说了女人的第六感啊，啪啪'……"陆岳摁下笔记本，瞪着童谣，"'啪啪'个鬼，这是鼓掌还是打脸？"

"第一个'啪'是打脸，第二个'啪'还是打脸，好歹大敌当前，我怎么能给敌人鼓掌？"童谣抢回本子，"下局我上？"

陆岳嫌弃似的挥挥手："你上你上，肯定是你一手妖姬刺激到人家了……我打不过他，认了认了。"

童谣："哦。"

第四局，童谣上了。

中间发生了什么惨不忍睹的事情按下不表，简单来说，就是本着诚信原则，ZGDX战队给TAT战队放了一手妖姬，然后用实力证明，童谣的妖姬可以打爆阿太，阿太的妖姬也可以打爆童谣。

四十二分钟后，童谣推开选手休息室的门，对视上抱臂坐在桌子后，面无表情看着自己的陆岳，她露齿嘿嘿一笑，尴尬地摸了摸鼻尖："我也打不过他，怎么办？"

话音刚落，陆岳翻了个大白眼。

陆思诚在后面推了把童谣："就不该放李敏太妖姬，下次再信你的'我海洋精灵很厉害，可以打妖姬'，我就自己用鼠标线吊死在比赛台上。"

陆思诚黑着脸抱怨童谣，其他人没绷住就笑了，小瑞一推门进来就看见一休息室的人全部都在嘿嘿傻笑，顿时茫然了："刚才那局我看错了？赢的不是TAT战队？你们一屋子人在这儿欢快地嘿嘿傻笑是怎么回事？外围千万已经入账，此时连一个悲伤的表情都做不出来？"

童谣："心态，心态很重要，要乐观。"

小瑞："我看你是被揍傻了吧？别以为我没看见第一波被妖姬

和冰原联手制裁的时候你一脸大写的'我要骂脏话了'……乐观？你可拉倒吧，下次你们谁再在比赛前给我和对方打赌呛声瞎放Boss出来，扣全年工资！"

　　此时是美国时间晚上十一点，S6全球总决赛的半决赛，ZGDX战队率先拿下两局之后，揭开了远古魔王李敏太的封印，被连追两局。

　　十五分钟后，他们将迎来至关重要的决胜局。

第三十一章

生死决胜局马上就要开始。一般在连赢两局比赛之后又被人连追两局,从心态上来说,ZGDX战队这会儿的压力要比TAT战队大得多。而作为队长,陆思诚什么都没有说。

只是比赛正式开始前,男人在上比赛台前和TAT战队的监督,同时也是他的旧识JROOM多寒暄了几句——JROOM算是一名伯乐,当初力排众议,将陆思诚这匹千里马从HPL赛区买到HCK,让陆思诚成为从古至今HCK第一位也是唯一一位外援。

韩国一直都是电竞大国,只有他们往外出口韩援,往回买,还真是头一回——好在后来陆思诚凭借着自己的实力让那些人闭上了嘴。

再后来,陆思诚在最如日中天时,没等到在HCK拿到一个冠军就离开TAT战队回到HPL,这件事也让JROOM饱受非议。人们都说JROOM脑子有病,用韩国顶级的电竞专业行业方式培养了一名世界级的顶级AD,然后放虎归山。

对于自己天天被骂这件事，JROOM知道，也在持续装傻，顶着压力带着TAT战队在S5夺冠后，哪怕失去了教皇，今年的S6也依然状态良好，持续一整年在HCK打出绝对统治力！

人们都说他是《英雄王座》全球范围内最好的职业战队教练，和小瑞那个只会帮队员点外卖的并不一样。

这会儿在台上，JROOM跟陆思诚也是说说笑笑——

JROOM："该不会是看在老东家的份儿上才放水的吧？"

"没有的事，"陆思诚靠在选手通道门口，"相反地，因为知道朴监督很熟悉我的打法，反而在非常小心地避开以前在TAT战队养成的各种习惯……"

"小子，这话说得真叫你哥我伤透了心啊，你曾经也代表过HCK不是吗？连补兵都是我搬着小板凳坐在你身后督促你学习的，还有韩语……至今还记得你跟着我一句一句学韩语的模样，如今也说得这么顺溜了。"

"哥，你到底想说什么？"

"下面一局再给我们敏太放一次妖姬吧，嗯？刚才在下面嚷嚷着还想和smiling一较高下，smiling的妖姬太让人兴奋了，想看到她的眼泪……"

"那是我媳妇，想看到她的眼泪这种事难道还要我纵容吗？"陆思诚挑起眉，"也不要随便对她兴奋，像什么话？"

"哥是你恩人吧，嗯？难道不要报恩吗？哥可是想再拿一次世界冠军啊，这样俱乐部给的奖金就能在首尔江南区买得起一栋别墅了！"JROOM认真道。

第三十一章

陆思诚闻言嗤笑，笑够了才说："那不行。"

JROOM大概也觉得自己说得很不像话，终于忍不住失声笑了出来："啊，和李君赫那小子一样讨厌，他也是看见我连越塔都不越了！亏我还和我们打野说这家伙四级前肯定要越塔的，你一定要来蹲他……害得他打完比赛下来第一件事就是质问我，哥，你不是说君赫哥一定会越塔吗？你们都是骗子！"

陆思诚把玩着手中的选手参赛牌，低头嗤嗤笑着，修长的、长着薄茧的指尖在那牌子顶端写着"CN-HPL"的红色字样上扫过，指尖摩挲，随后才淡淡道："是啊，到了世界赛，各自为政，李君赫那小子也一样吧——这是代表赛区的荣誉之战。"

JROOM闻言，停顿了下，抬头看了眼正好陆续从选手通道走出来的自家战队队员，深有感触地抬起手拍了拍陆思诚的肩膀："无论成败，我都不后悔当初邀请你来HCK。"

此时童谣也走出来，来到陆思诚身边。

男人站直身子，牵起她的手，对JROOM笑着说："我也是，很高兴能在世界赛上遇见TAT战队。"

有那么一瞬间，他确定自己看见JROOM的眼睛亮了起来，背对着比赛台上的光，身后是响起来的BAN&PICK环节BGM……

作为对手，他们站在对立面。

作为曾经的队友及良师，JROOM虽然不说，但是从他脸上的情绪来看，陆思诚知道他也很欣慰能有这么一天，双方各自代表着自己的立场，在群雄逐鹿的世界舞台上相遇。

陆思诚回到自己的座位上，有些心不在焉地把玩着自己的耳机。童谣挨着他在他身边坐下，伸手扯了扯他的衣袖，探过脑袋："你和敌方军师乐颠颠说什么说了那么多？"

"没说什么，他说看在曾经是队友的份儿上，让我们再放一次妖姬给李敏太。"

童谣扯着陆思诚袖子的手一下子抓紧了，李敏太不想看到她的妖姬，她也是真的不想看到李敏太的妖姬。

"我说不，因为前脚才在休息室说过，谁再敢放妖姬，我就把他当场用鼠标线吊死在比赛台上。"

两个人说话之间，选手各就各位，正式进入BAN&PICK环节。因为是决胜局，大家都不敢再任性乱来，之前闹着要求放妖姬的TAT战队上来直接BAN了妖姬。

解说很欢乐。

解说D："哦吼！TAT战队首BAN妖姬，是已经承认smiling的妖姬了吗？"

解说F："今天连续看了两局妖姬——然而两位选手并没能一较高下，因为都太精彩了！不同风格的打法，smiling的妖姬更偏向于为团队服务，精准地开团，取敌人C位项上人头，而TEI则偏向于线上的技巧……"

解说D："答应我，无论如何全明星再来一次吧，solo大赛时用妖姬一较高下！"

ZGDX战队队伍语音里大家也很欢乐。

童谣："他们先BAN妖姬了！他们怂了！"

陆思诚："看把你兴奋的。"

童谣:"我是世界第一妖姬!"

小胖:"可以,精神胜利法。"

老猫:"很乐观。"

老K:"我看是上局海洋精灵被打傻了,几次虎口逃生差点被单杀……我从来没有在一场比赛里被smiling那么需要过,前脚刚去打个蓝,后脚她就在叫打野人呢,打野人呢,打野死哪儿去了!"

众人:"嘿嘿嘿。"

此时对方再BAN灵魂射手卡莉和机械爵士,童谣拍了下鼠标:"再奚落我送了……哎,魔术大师放出来了,给我拿魔术大师,我要飞起来了。"

其实不用说大家也知道,在魔术大师被放出来的情况下肯定是要拿的,老猫给童谣锁了魔术大师,对方则锁了一手时光老头加鲶鱼。为了防止对方再掏出时光老头、鲶鱼、双生玉的阵容,在狂猎女猎还在外面的情况下,老K不得不给自己锁了个双生玉。

TAT战队反手拿了个上单大树,童谣替老猫锁远古恐龙。

最后,双方阵容逐一确定——

TAT战队PICK大树、狂猎女猎、时光老头、黑枪、鲶鱼。

ZGDX战队PICK远古恐龙、双生玉、魔术大师、老鼠、盾人。

双方进入游戏加载页面,一级上线,陆思诚的老鼠借着一级盾人的强势,几枪将对方走到下路第二个草丛的黑枪点掉了三分之二的血,对方被迫嗑掉两瓶红药,掉头跑路。

解说D:"我们可以看见拿到老鼠的Chessman依然很凶残,足以见得他想要赢下这场比赛的决心——如果刚才不是兵线推到,我几乎怀疑这一场一级的小型团战会爆发一血!"

在解说精神抖擞的咆哮声中,陆思诚看了眼对方的补刀,因为被逼得仓皇逃窜,出了兵线距离,所以他漏掉了两个小兵,于是打了个信号:"三级我先到,老K来蹲下。"

陆思诚说这话稳如泰山,已经笃定自己接下来将一刀不漏,比对方率先到三级,老K应了一声,自己刷野,三级前抢先到中路去帮童谣GANK了一波——

当然没能杀掉李敏太,但是也骚扰得他暂时回到塔下。

见童谣中路没那么吃紧,老K转头开始展开下路的频繁GANK,当陆思诚果真率先到达三级的一瞬间,双生玉跳出草丛,在鲶鱼来得及将黑枪吞进肚子里之前,率先集火鲶鱼。

这是TAT战队没想到的!

原本第一时间将致残丢给陆思诚,鲶鱼甚至自己忘记吃血瓶,开了盾后被三枪点掉,只好以血肉之躯挡在前面,让AD交出双招后凌波逃走!

陆思诚拿下一血!

人们甚至还没来得及欢呼,这时只听见童谣叫了声:"时光老头好像不是回城,是去上路啊!"

老猫:"你这一声好像要了我的命啊!"

在中上的大呼小叫中,果然TAT战队也对ZGDX战队上路展开了攻势!几乎是镜像一般,中野来到上路抓住小远古恐龙,在塔下将小远古恐龙击杀,打野拿到人头后,一波兵线正要推到。此时,ZGDX战队上路一塔有敌方三人,TAT战队下路一塔只有陆思诚和

第三十一章

老K,下路兵线先到,但是两个人推塔速度显然不如三个人,小胖见状暴怒:"我都回城了,整这个!"

童谣见状,趁着兵线还没到,果断TP下路,并在上路兵线推到的一瞬间落地,加入推塔阵容。

双方争夺一血塔!

其间童谣切了中路的视野,发现自己的兵线也推进来了,童谣大叫:"我的兵线!"

老K:"好好好,我走,我走……"

因为陆思诚这边先开,加入童谣后速度加快,最终在几秒后领先TAT战队丝血成功拿到一血塔!

老K先撤退,让童谣和陆思诚两个人共享一血塔钱,弥补经济损失,转头看见TAT战队山高皇帝远,索性扭头把第一条元素龙给偷了。

童谣拿完塔,迅速回归线上,跟李敏太继续打发育——而此时,李敏太和童谣各自亏了一波兵线,但童谣拿到一半一血塔钱,要优于李敏太之前在上路混的一个助攻,中路稍有小小的优势。

第六分半钟,比常规局稍晚一步到达六级,魔术大师第一波开大飞下路,落地W秒切黄牌定住辅助,AQ二连,与此同时,陆思诚配合默契,老鼠开技能上前,对着暂时失去保护能力的AD一阵猛点,小胖再套致残,立刻收下AD人头,瞬间确立下路优势!

一个处于人头、补刀全线优势的老鼠简直就是一个顶级杀手毒瘤!

接下来,ZGDX战队双C离开线上,满世界乱窜,展开三一一分推，老鼠野区蹲草丛阴人推塔，魔术大师明着遛狗似的遛着对方满世界转。

比赛进行到第二十分钟，ZGDX战队已经推掉对方四座外塔，领先三个人头，总体经济领先三千！

解说D："现在大龙刷新，我们很期待ZGDX战队的选择……一局游戏，如果不是前期山崩地裂，那很显然游戏才刚刚开始！"

话音刚落，TAT战队就印证了什么叫"游戏才刚刚开始"！

一场元素龙争夺中，大树率先开团，捆住走位稍微往前了些的童谣，黑枪开大扫残C位，陆思诚不得已，隐身后撤寻找机会，同时远古恐龙变大，上前将对方黑枪壁咚！

时光老头关键时刻给R续命，黑枪从墙上下来后仗着自己脑袋上有个时光老头的大招疯狂输出，连续带走魔术大师和盾人后，转火老鼠。

此时双生玉开大不死阵，残血老鼠开大上前一波输出，终于将对方血线健康的时光老头和黑枪点残，而后在不死阵消失的瞬间，带走黑枪，自己也被干死！

一场持续了整整三十秒的团战！

最终双方打了个四六开，ZGDX战队只剩下残血的双生玉和变小的远古恐龙，只能后撤，对方打野和上单顺利接手火龙！

事后想起时，童谣总觉得这是进入世界赛以来打得最艰难的一场战役。

双方团战都有一万个保命技能在等着，特别是大后期，C位人手一个复活甲，人人都成了九命猫妖，一场团战开了能从自己家的高地一路追击打到对面的高地。

大龙？怕被抢，不敢随便开。

俗话说得好，大龙毁一生，谁也犯不起那个错，双方打野谁也不愿意背被抢龙的锅，曾经有那么十分钟，双方装模作样地围绕大龙周围的视野争得你死我活，却死活没有人去主动摸大龙，哪怕一下。

老K："真的，他们要不打大龙，干吗老围着大龙转啊？吓唬谁呢！"

陆思诚："这话说的，三分钟前嚷嚷着'不打大龙，没带惩戒，我不背锅'的人是谁？"

童谣抬头看了眼比赛时间，已经来到第六十分钟，双方基本都是六神装，大龙不大龙，远古龙不远古龙已经不再重要。

一波团战，赢了进决赛，输了买机票回家。

第六十八分钟，终于等来最后一波团战，双方在中路相遇。

摁下技能切牌时，童谣几乎能听见自己的心跳，整个人的灵魂仿佛都被吸进了电脑里，当她看见自己的红牌飞出，准确地穿过人群炸到对方AD，暴击掉大半血线，同时老猫的远古恐龙变大飞进人群，"如来神掌"一掌定住对方双C加打野，她的头皮开始炸裂。

陆思诚的老鼠开隐身进入人群开大招，直接在时光老头还处于定身状态时三枪带走黑枪。

童谣："啊啊啊啊！"

小胖:"嗷嗷嗷嗷!"

老猫:"死了,死了,AD死了!"

老K沉默不语,凌波进人群,在陆思诚摁死对方AD自己也要死了的一瞬间开出不死阵,陆思诚一口治疗"奶"活自己,小胖上前开盾,挡在他前面掩护他后撤。

重新站队,然后对缺少了AD的TAT战队进行最后一轮毁灭性打击,推掉高地水晶,推掉门牙塔!

当童谣一下下地点着TAT战队的基地时,她能感觉到自己的眼眶变得酸涩湿润,与此同时,幽默的是她好像还能听见脑袋后面有无数个小天使围绕着她的脑袋飞啊飞地吹着小喇叭!

HPL与HCK的2016年终极一战!

当TAT战队蓝色水晶爆掉时,童谣摘掉耳机甩得老远,直接跳进身边陆思诚的怀中。

小胖站起来一把抱住老K,摁住他的脸狠狠亲了一口,以表对最后那波完美开大的敬意。

老猫和老K笑容满面,老K被小胖搂在怀里,扭头去跟老猫碰拳头……

观众席上,无数挥舞着HPL应援牌的人们也统一站了起来,他们欢呼,雀跃,用热烈的掌声祝贺他们的战队来到聚光灯下。

当台上的五名队员站稳,后台的陆岳匆忙跑上来,六人一字排开,鞠躬,挥手致意。

今夜,时隔三年,HPL终于再一次站在S系世界总决赛的比赛台上,而这一次,他们绝不再留遗憾!

第三十二章

ZGDX战队在去年HPL三支队伍八强淘汰及小组赛纷纷折戟沉沙之后,终于给HPL赛区狠狠地挣了一回面子——十月三十日,他们将与G4战队相约洛杉矶,举行一场世界大战!

而在此之前,国内各大媒体平台欢天喜地得像是提前过年!

"几年了?HPL终于再次闯入S6决赛——这句话我都说烂了,但是再让我说一遍,这是HPL最有希望的一年!"

"哈哈哈哈,总决赛和G4战队,难以置信,好像自从S系存在以来,这是HCK赛区第一次在半决赛就全军覆没吧?光冲这一点,我粉ZGDX战队一辈子!"

"讲道理,这应该是含金量最高的决赛席位了,先杀OP战队,再斩TAT战队,我总觉得跟看了两次决赛一样……"

"讲真,推基地的那一瞬间看见童谣冲进陆思诚怀里,我也哭了——一半是因为激动的,另一半是因为人家二十岁站在世界巅峰为荣誉而战时不忘与并肩作战的队友秀恩爱,而我二十岁时,只能默默地在iPad跟前吃狗粮。"

"有没有人搬运下韩国那边的论坛?我想看看他们此时此刻是什么样的心情!"

"我在现场,当时场面真的超级燃,最后推基地时我们这边人呼啦啦全部都站起来了——真的激动得哭了,现在已经和朋友准备去买个超大的国旗。虽然职业联赛只是俱乐部联赛,不能代表国家,但这可是全华班!"

回酒店的路上,童谣看着贴吧的欢天喜地,也跟着乐得合不拢嘴。自打全球总决赛出现,HPL就像是中了邪似的总是与冠军擦肩而过,六年了,整整六年了,那顶戴在头上的"万年老二"的帽子摘都摘不掉,HPL太需要一个S系冠军来证明自己了!

这次决赛是和非HCK赛区的G4战队——说真的,连HCK两支最强战队都逐一被拿下,如今ZGDX战队迈向冠军的步伐根本势不可当!

"ZGDX战队的搭配色是蓝白色,哎呀,蓝白色斗篷的妖姬皮肤肯定很好看!哈哈哈哈哈,可以,冠军皮肤就选妖姬……"保姆车的最后一排,少女坐没坐相地赖在自家男人怀里,男人一只手搂着她,另外一只手拿着手机在看刚才的比赛复盘,耳朵里还戴着耳机。

他也就推掉TAT战队基地的那一瞬间看上去有一个清晰的高兴表情,因为童谣能感觉到当时男人接住扑向他的自己时,手臂用力得几乎要把她的腰勒断。

然后,他整个人又迅速恢复成了一潭死水。

第三十二章

回程路上,队里每个人都兴奋得上蹿下跳,只有陆思诚队长大人坐在那儿,任凭童谣怎么撩他都不动如山地看着视频。刚开始童谣也忙着刷贴吧,看别人怎么夸自己,没空搭理他,也不知道他这会儿一脸严肃地在看什么鬼东西,直到童谣刷贴吧刷着刷着刷出这么一个玩意儿——

"讲真,你们刚才都是看官方转播的比赛视频吗?那你们真的错过了一场大戏,刚才阳神有开直播同步解说……世界上还有什么能比解说前女友的比赛更刺激的事?哈哈哈哈,也不知道有没有人录了视频!"

上一秒脸上还美滋滋的笑容瞬间僵硬,童谣"唰"地坐起来,像是想到了什么似的,扒住陆思诚的手臂伸脑袋去看他手里的手机——果不其然,看见在播放的视频录像里,整个屏幕的右下角有个摄像头视区,里面的人稳稳端坐,身上还穿着CK战队队服。

陆思诚在看简阳解说他们生死局的录像。

此时视频正好播放到比赛第二十分钟,就是ZGDX战队在大龙脚下被针对,拟定这局比赛为"膀胱局"的关键团战。童谣记得这一波自己走位靠前了些,没怎么打输出就和盾人被一起带走。

童谣眨眨眼,伸手拔掉陆思诚的耳机,陆思诚"嘶"了一声,大手直接将她的脑袋摁进自己怀里,与此同时,童谣听见变功放的手机里传来前男友的声音——

简阳:"讲道理,这波童谣走位太靠前,被带走一点输出没打出来,对不起身上的那些人头和助攻,完全是给表情包战队送了一波温暖……"

童谣"霍"地把脑袋从陆思诚怀里抬起来："他说什么？！"

陆思诚摸摸她的头："难道你不是走位太靠前？"

童谣："他说我给表情包战队送温暖！"

陆思诚嗤笑："难道不是你和小胖给表情包战队送温暖？"

小胖："夫妻吵架就吵自己的，别带上无辜的路人……我一个盾人不站在前面给你们顶着，难道站在AD身后放个R就跑路吗？"

陆思诚懒洋洋地扫了小胖一眼，伸手要去抢童谣手里的耳机，童谣伸长了胳膊，不让他拿——虽然她的手臂并没有陆思诚的长，两个人纠缠了一会儿后双双倒在最后一排的椅子上，陆思诚一只手摁着童谣的腰："耳机线拿来。"

男人说话时嗓音低沉磁性，呼出的气息就在童谣的唇边，童谣抬起头对着那略微冰凉的唇亲了下，顺手把耳机线塞进自己口袋里："不给。"

陆思诚定住，盯着她看了一会儿，用严肃的语气说："公共场合，你要什么流氓？"

童谣冲着陆思诚另外一只手里拿着的手机扬了扬下巴："一起看啊。"

陆思诚坐起来，摁在童谣腰间的大手顺势将她捞起来，两个人又恢复了一开始那样靠在一起的姿势，引来小胖一阵奚落："现在外面三十几摄氏度，你们俩是很冷啊，抱那么紧？"

陆思诚头也不抬道："你可以去抱陆岳啊。"

陆岳正低头打手机游戏，头也不抬道："丑拒。"

在男人说话的时候，童谣伸手调整了他的手臂，两个人一起

第三十二章

看简阳解说他们刚才的那局比赛,顺便当复盘——职业选手的解说肯定比一般的赛事解说要专业得多,一般的解说最多能说出团战里某个人干了什么或者是接下来几分钟内他又会干什么,但是一旦职业选手坐镇解说位,他将拥有非常厉害的大局观——就像是童谣曾经在春季赛总决赛的现场坐在观众席里干过的那样,往往能通过一个眼位,预测接下来二十分钟甚至整局比赛的走向。

简阳是个打野,对于大局观这种东西的掌握比其他位置更加卓越,所以在看视频的过程中,童谣和陆思诚偶尔还能针对他说的话一起做出一番讨论。

这样的和谐复盘一直持续到最后一波团战——在世界赛尚未结束时已经被各大赛区的吃瓜群众捧为年度最佳团队配合前三的团战。

当童谣的魔术大师抽红牌,准确通过一点点的缝隙,穿过对方前排准确爆到TAT战队的AD时,简阳大吼一声"Nice",并感慨:"这一张红牌真的关键,要穿过那么多人山人海飞中AD,要么是童谣预判能力登峰造极,要么就是幸运女神垂青,简称狗屎运。"

陆思诚听到这里哧哧笑了起来,童谣伸手拍了把手机屏幕:"承认我很强有多难?"

话音刚落,这时视频播放到陆思诚丝血老鼠后撤,童谣上前拿到双杀完成收割,现场观众的欢呼声通过视频传递到耳朵里,童谣动了动嘴巴,正想说些什么,这时听见简阳说了句:"这个魔术大师真的强……明天去揪着我们中单的脑袋让他也练一波魔术大师——"

视频中ZGDX战队一波推上基地，TAT战队基地被推爆的瞬间导播给了五位队员一个侧面的镜头，正好拍到童谣扔了耳机站起来跳进陆思诚的怀里，摄像机清晰地拍到她脸上的笑容，还有当她抬起头笑嘻嘻地看向陆思诚时，黑色瞳眸在比赛台亮起来的灯光照耀下，仿佛有星辰。

简阳停顿了下，然后也跟着开心地笑了起来。

此时弹幕瞬间暴涨——

"扎心了老铁。"

"心疼。"

"你还是别笑了，笑得我都替你难受啊兄弟。"

"前女友比自己打游戏还强是一种什么体验？@阳神，你打职业的那一天一定不会想到，有朝一日自己坐在基地里寂寞地替前女友解说S系半决赛……"

最后那个弹幕大概是被简阳看到了，他先说了句"恭喜ZGDX战队，恭喜HPL"，然后沉默了几秒，这才继续淡淡道，"其实是没想到的——我跟她，哎呀，就那个暑假嘛，我教她学会了《英雄王座》这个游戏，我们一起打了一个暑假的排位，她中单，我打野……是啊，她从一开始就是中单位，因为有我这个电一王者打野罩着，打哪条路不是杀穿对方？"

简阳的声音很平静，嘴角甚至带着笑意，那笑意并不勉强。

这么久了，长大了的不只是童谣一人。

"后来暑假结束嘛，我就收到了CK战队打职业的邀请——当时很兴奋，也没考虑那么多……我还记得那天是暑假快结束，她兴冲冲地跑来问我作业写完了没，"像是想起来什么，简阳的笑容变得更加清晰，他关掉比赛视频，靠坐在椅子上，"我说我没写作业，因为我要去打职业了……当时她看我像看个神经病，一脸茫然，哈哈哈哈……没有，没什么不能说的，反正都过去了，现在大家又都是职业选手。说实在的，我还蛮骄傲的啊，没有我，哪有你们今天的世界第一中单smiling、HPL魔术大师双子星？"

面对弹幕一堆"心疼""我要哭了""怎么能这么惨？听不了这种故事"，简阳一脸无奈地笑着打哈哈："看见她在国际舞台上发光发热，我也很开心，真心的，HPL真的太缺一个世界冠军了。"简阳淡淡道，"虽然放在一年前，打死我也想不到这个HPL的愿望是由童谣来完成的。"

简阳："后不后悔教她《英雄王座》？"

简阳："那肯定是不后悔的啊。"

简阳："虽然是便宜了诚哥，但那是诚哥嘛……我要是女人我也喜欢他，没毛病——真的真的，祝福人家，酸肯定也是要酸一波的，毕竟教会徒弟饿死师父，徒弟奔着冠军去了，师父八强淘汰了……但是祝福还是主要的！"

最后简阳笑着挥手，跟大家说拜拜，然后关掉了摄像头。

录播到此结束，陆思诚退出视频，看了眼标题，很恶搞地写着"HPL史上最扎心解说"。

此时，童谣窝在陆思诚怀里一时间动也未动，陆思诚拍了拍她的肩膀，低下头看着她，看她双眼微微泛红，用粗糙的指腹揾了揾她的眼角："很感动？"

"感动啊,"童谣嗓音沙哑,"一种儿子长大了的感觉。"

停留在她眼角的大手停顿了下,然后男人笑了起来,将她抱起来捞进怀里。

"你笑什么啊?"童谣抬起头看着他。

"心疼阳神,一顿深情演讲,换来一张儿子卡。"

童谣白眼翻上了天,陆思诚拍拍她的脑袋:"决赛好好加油,给CK战队和YQCB战队报仇。"

童谣点了点头,双手环抱住男人的腰,脸埋进他怀中深呼吸一口气,鼻息之间是她熟悉的气息。

此时此刻,她的内心是前所未有的平静,一腔热血走到现在,整个人都仿佛被坚定填满,她对赢下即将到来的决赛这件事更加信心满满。

第三十三章

从旧金山的比尔·格雷厄姆市政礼堂,到芝加哥歌剧院,到纽约麦迪逊广场花园。从九月三十日开始,时经一个月,这一路上,有欣喜也有失望,有欢笑也有泪水……有那么一群人于聚光灯下欢呼着相互拥抱,斗志昂扬地奔向下一个战场,也有另外一群人站在角落里满眼羡慕地看着那些人,而后转身黯然离开,握紧拳头默默地对这世界舞台发誓:明年,我还会回来。

而今,十月三十日,人们终于盼来了这一天。2016年《英雄王座》职业联赛全球总决赛的舞台终于来到位于美国西海岸的洛杉矶斯台普斯中心。在这里,所有玩家齐聚一堂,将共同见证今年的巅峰王者于荣耀之中捧起那座人人梦寐以求的召唤师奖杯!

这一日,庞大的比赛场地座无虚席,观众提前四个小时便井然有序地陆续入场,每个人的脸上都带着笑容,他们讨论着自己喜欢的队伍,手上拿着印有喜欢的队伍队标的应援物。等待的过程中,他们交头接耳地讨论着喜欢的队伍和喜欢的职业选手。

来自世界各地的玩家聚集在这里，犹如他们曾经同样聚集在那个名叫召唤师峡谷的地图，他们或许来自不同的国家，说着不同的语言，拥有不同的肤色和发色，然而此时此刻，当谈及自己所支持的队伍时，他们眼中闪烁着的骄傲光芒，却是一模一样的！

"（英）我完全没想到G4战队能走到今天这一步，我是说，我们已经离开总决赛的舞台太久了——刚开始甚至没有人看好这支队伍，他们却坚强地走到了今天，连续打败了两支HPL的队伍！"

话筒前接受采访的路人小哥哥很兴奋，他的脸上还贴着G4战队的文身贴，接受完采访后他走向他的朋友，更多的人向着现场采访的记者涌过来。

"（德）没有人再看不起欧洲队伍！我们很强，哈哈哈哈哈，真的，我多久没看过没有HCK的总决赛了？我希望今天的BO5能够打满，无论如何，让我享受得稍微久一点！G4战队！耶！"

"（中）我在洛杉矶读书——现在我无比庆幸两年前决定来洛杉矶读大学！HPL！时隔几年，我们又回来了！ZGDX战队加油！"

"（英）实不相瞒，我是支持ZGDX战队的，谁让他们有妹子呢？第一次看smiling坐在比赛台上的样子就被她迷住了，怎么能有这么可爱的小姑娘，打游戏还厉害，能带人上王者的那种……"

"（中）微笑在S2的遗憾，希望你带着同样含义的ID在世界赛的舞台上为他弥补空白——懂的人都知道我在说什么，ZGDX战队，加油！"

当夜幕降临，观众终于入场完毕，黑压压的人群将巨大的场馆填满，他们手中的荧光棒和荧光牌犹如黑夜之中的萤火虫星光

第三十三章

闪闪。

有些人没买到好的内场票,距离比赛台太远,远到选手可能根本看不清他们手中的应援物,但是当选手陆续入场,并对着观众席挥手致意时,他们还是高高举起应援牌、iPad、手机,激动地挥舞着,尖叫着!在这样热闹欢愉的气氛中,三位解说各就各位。

解说D:"女士们、先生们!欢迎回到2016年《英雄王座》职业联赛全球总决赛之决赛现场!我是你们的主持人D!"

解说F:"我是F。"

解说G:"我是G……呃,可以看到我这两位同事一脸高兴,不得不说,他们这样免费环美一月游的日子看上去过得十分滋润。"

现场的人们哄笑起来。

此时,大屏幕亮起,播放起今年S系全球总决赛的宣传片。因为总决赛的两支队伍分别来自HPL和HCS,所以宣传片被重新混剪,画面交错在一起,最后一个镜头是童谣从黑暗中抬起头,一束光照在她的身上,画面再一切,同一束阳光拨开重重迷雾,G4战队中单从薄雾之中走出,挥手驱散所有的雾霭!

"咚"一声巨响,《英雄王座》游戏开发公司蓝脑的标志出现在屏幕的最中央,屏幕暗下来,现场的人们开始热血沸腾地呐喊。

熟悉的BGM声响起,又到了激动人心的赛前垃圾话环节。

TOP组——

G4 ABB:"我会用实力证明谁是第一上单,打爆他是无须质疑的事情,就像打爆他们的兄弟队伍一样。"

ZGDX CAT:"说实话,走到今天,我觉得谁是第一上单这件事已经一目了然……有我老猫不会用的上单英雄吗？没有。蓝领只是我的一个身份，中国有句古话可以反着用用——'败絮其外，金玉其内'……知道啥意思不？不叫的狗才咬人，汪汪叫的都是吉娃娃。"

JUG组——

G4 ARUN："K选手对上我就像是小鹿遇见狮子，毫无胜算——我知道HPL打野，一到决赛就腿软的特点他们改不了。打架赛区？真会吹牛。"

ZGDX K："别嚷嚷，HPL会笑。别低头，菜鸡帽子会掉。"

比赛台上，童谣拎着耳机看着上野组合："你们是不是深得小胖真传，把坐飞机过来的时间都用在想骚话上了？"

老猫："我就即兴发挥，毕竟是个有文化的人。"

小胖："别听他瞎掰，写了一大堆还找工作人员投票呢。"

MID组——

ZGDX smiling（高举双手）："没有骚话，大王万岁，HPL万岁！"

G4 BIGBOOM（微笑）："对面的中单真可爱。"

陆思诚："傻吧你们？"

小胖："能不能好好说话了你们？老猫和老K的付出到你们这儿就一把火熄灭，高呼友谊万万岁？"

老K:"真的傻。"

老猫:"像邪教组织,你偶像付你广告费了吗,那么卖力?从世界赛开始一路打广告打到世界赛结束……"

SUP组——

G4 bigleg:"听说对方辅助很会说,我想听下他说什么……"

ZGDX pang:"我看过G4战队的比赛,对方辅助对于视野的把控能力和地图掌控力,啧啧,还不如踩在美洲大陆上强行说自己到了印度的哥伦布。"

G4 bigleg:"哈哈哈哈哈,我服了!"

童谣:"哈哈哈哈,墙都不扶就服你,哈哈哈哈!"

陆思诚:"国际友谊的破裂就从小胖张嘴说话开始。"

AD组——

G4 riot911:"Chessman?并不被我放在眼里,我是曾经差点单杀教皇的人,如果不是当时太激动不小心把技能点错了……"

ZGDX Chessman:"哦,从你多年前点击'游戏安装'的那一刻起,你就点错了。"

童谣:"相比你们,我现在真的觉得自己有点儿傻——你们串通好这么不友善之前并没有人准备和我商量。"

陆思诚:"这种事全靠自觉和智商,没有人会在世界比赛台上,当着自己未婚夫的面,高呼别的男人的名字还嚷嚷着万岁。"

童谣:"让我们换个话题,今天第一局拿什么好呢?我觉得他们又不会给我放魔术大师和妖姬了。"

陆思诚:"拿个狗头吧,适合你。"

童谣:"你是不是想吵架?"

陆思诚:"我还想打人呢。"

众人沉默地围观队伍双C位你一言我一语似乎就要上演恩断义绝的戏码,没有人敢说话甚至大声呼吸,生怕这时候被注意到然后被无辜地卷入战场。

在两个人的争执中,裁判过来示意选手戴上耳机,准备进入BAN&PICK环节,众人纷纷松了一口气。

队内语音频道里有一到比赛台上进行BAN&PICK环节就性情大变,变得很凶的明神镇压,只要有他在,绝对能够让童谣和陆思诚双双闭上嘴。

此时,童谣根据裁判示意戴上耳机,身边的嘈杂声一下子消失得干干净净,她伸手握住鼠标,体内的热血难以抑制地沸腾着。

当点开游戏界面,进入比赛专用服务器输入游戏ID的那一瞬间,她恍然如梦,觉得这一切竟然有些不真实。

那年暑假,刚刚接触《英雄王座》这款游戏时,有她大呼小叫地送人头,被队友嘲讽不如对方炮车的愤怒;有第一次拿到五杀的喜悦;也曾经幻想过职业舞台。那时候,职业选手对她来说显得那么遥远,仿佛只能仰望。直到今日,她以职业选手的身份,代表赛区,代表国家,终于来到世界巅峰对决的舞台。

第三十四章

解说D："让我们想想，这一局的G4战队会BAN掉什么中单英雄——哈哈哈，没错，在连续淘汰两支以中单为核心的HCK队伍之后，我的重点也完全放在了ZGDX战队的中单身上。"

解说F："你直接说你的心放在姑娘身上多好。"

解说D："不然呢？难道放你身上？"

解说G："我们可以看到ZGDX战队首BAN超元龙王，对于G4战队使用超元龙王有一手而自己并不擅长这一点非常坦然——我就不会，我就不拿，我也不让你拿！"

解说G："都决赛了，你们俩能好好解说吗？"

解说G："抓下重点。"

BAN&PICK环节顺利进行中，首先由ZGDX战队首BAN掉G4战队中单BIGBOOM的超元龙王，这只超元龙王在之前的常规赛和八强赛里一直有着不俗的表现，曾经以一手推线支配YQCB战队的艾佳一整局，导致艾佳有了现在打RANK时顶着队友一连串的问号也要BAN超元龙王的严重后遗症。

作为回应，G4战队反手连BAN妖姬、魔术大师，对此童谣表示："已成定局，但是总决赛不用妖姬的话我冠军皮肤怎么办啊？一会儿2:0以后我们派个代表去跟对方说一下，第三局放我妖姬，让我拿个皮肤。"

童谣："队长，就决定是你了。"

陆思诚："当我傻啊？这种找打的事我不去——这队长我不干了，谁愿意谁来。"

童谣："你还同时身兼我未婚夫的重要身份。"

陆思诚："现在悔婚还来得及吗？"

童谣："来不及。"

小胖："现在规矩好像改了吧，常规赛用过的应该也可以——而且谁都知道我们队伍魔术大师和妖姬双子星啊，拿不到有什么办法？"

老K："是啊是啊，这规矩确实不合理——除了老猫这种蓝领砖，哪里需要哪里搬的，谁还没有个招牌英雄，那肯定是不会放的啊！"

老猫一听怒了："没我Carry你们渡过表情包战队难关，你们还有机会在这儿大放厥词？"

话音刚落，五人从陆思诚开始一溜过去每个人脑袋上都被文件夹拍了一下，队伍语音交流频道里，明神的声音十分淡定地响起："疯狂'奶'了一波自己，有毒吧你们？人家G4战队怎么了？虽然菜，但也是连续把HPL两支队伍在八强和四强送回家的小巨人,打都还没开始打就讨论冠军皮肤!这要是输了比赛——"

童谣:"哎哟!"

小胖:"哎哟!"

老K:"哎哟!"

老猫:"哎哟!"

陆思诚:"这个数据分析师会不会好好讲话?提议把他轰下去,我们自己BAN&PICK。"

明神:"对方第三手BAN了灵魂射手卡莉,可以,皮肤?没有的。老K,你狂猎女猎放了,恭喜你。"

老K:"拿狂猎女猎,拿狂猎女猎,给我抢一下啊猫神。"

老猫给老K拿到他最爱的狂猎女猎后,对方拿了中单上条人偶和辅助牛首酋长,上条人偶大招拉人,辅助牛首酋长有QW二连,都是留人能力很强的团战英雄。

ZGDX战队这边拿上单远古恐龙和辅助盾人以不变应万变,不至于被拉到毫无还手能力。童谣最后锁了暗黑球女,陆思诚拿的轮子妈,BAN&PICK至此顺利结束,众人开始抓紧时间调整符文和天赋,此时场上的BAN&PICK情况为——

G4战队BAN:妖姬、魔术大师、灵魂射手卡莉。

ZGDX战队BAN:超元龙王、光头法师、时间猎人。

G4战队PICK:机械爵士、双生玉、上条人偶、伊泽、牛首酋长。

ZGDX战队PICK:远古恐龙、狂猎女猎、暗黑球女、轮子妈、盾人。

双方选手十人进入游戏载入画面,大约二十秒后,十个英雄分别"砰砰砰"出现在各自阵营泉水中，童谣进入游戏，点击鼠标在泉水里转了一圈，直接亮狗牌："为给前男友报仇而战斗！"

队伍语音里沉默了下，陆思诚冷笑一声："我看你是不想赢，下路挂机了。"

"消极比赛要罚款的。"

"你以为都像你这么穷？"

两个人你一言我一语怼得开心，队伍的气氛倒是轻松，毕竟总体印象还是HCK好于HCS，能够杀掉两支HCK队伍闯入决赛，此时此刻，ZGDX战队众人不论是从实力还是心态上来说，早已不能和打夏季赛时的他们同日而语！

众人谈话之间各自上线，开局大家都很小心，知道欧洲队伍最喜欢搞怪，一级套路也多，上线先往重要草丛插眼。果不其然，老K在自家Buff旁边的草丛里一眼照出三个人想阴人，正好小胖是个一级强势的盾人，也不虚，上去直接给技能就是顶在前面一阵A，强行打出对方AD的凌波和治疗！

陆思诚："老K刷完半圈野来下路一波，这局对方下路结束了。"

正如陆思诚所说，对方下路以为自己没有了双招，反套路老K反而不会来抓，然而没想到的是，当陆思诚他们抢先到二级时，草丛里就跳出来一个狂猎女猎，一个标枪定住伊泽，再由轮子妈收割！

此时盾人和牛首酋长两个大块头相看两相厌，互相在黏对方，牛首酋长见自家AD死了，顶着丝血放了个E"奶"一口就走；轮子妈和盾人还想追，牛首酋长回头顶走盾人，却在慌乱之间走进兵线——正常对线中或许这是个不错的选择,然而此时他忘记了他面对的是个轮子妈,一发Q技能以小兵为跳板被带走!

双杀!

开局下路组轮子妈两个人头在手,本来是前期主发育怂起来的英雄一下子变成了线上小霸王,从第四分钟开始,G4战队下路就再也没有出过自家一血塔下。

解说D:"这就叫给我一个人头,还你一个世界。"

解说G:"Chessman果然是个可靠的男人,呃,想嫁。"

解说D:"你不是让我们好好解说吗?"

解说F:"我认为G4战队这局下路很难了,如果中单上条人偶再不找机会游走支援一下的话……我希望他们能够稍微聪明点,至少上条人偶的发育还不错的,来吧,G4战队,来吧,BIGBOOM——"

解说D:"啊,说着说着,中单就来了!"

解说D:"ZGDX战队的中单。"

解说D:"哈哈哈哈!"

在解说D杠铃般的仰天大笑之中,smiling的暗黑球女第七分钟游走至下路,带着一身的球直接将怂在塔下的二人推出安全范围,发育良好的下路组合直接越塔配合童谣一波技能强杀,陆思诚和童谣各自拿走一个人头,小胖混得两个助攻!

开局4:0,拿下一血塔后经济差距直接来到两千五!

这才七分钟!七分钟两千五的经济!

童谣:"如果现在有弹幕,我相信弹幕一定已经被'厉害'覆盖……我这波游走灵性吗？我推完兵线假装急着补装备回城，对方中单还伸脑袋看了我一眼，看我回城他也回了，哈哈哈哈哈，然后我就来下路了，哈哈哈，演技一流，他很气！"

陆思诚往草里一躲，回城："吊起来打，李君赫还有蝴蝶他们怎么输的？"

"怎么输的？"老K这时候幽幽道，"你们打开数据面板看一眼，看一眼我们这从开局到现在就显得异常沉默的上单，一直就这样默默地……"

童谣打开数据面板看了一眼，将老K的话说完："默默地被压了二十刀——我说这局老猫怎么这么安静，上路的兄弟，风景还好不？"

"这个机械爵士有点厉害，打得我的小远古恐龙生活不能自理，你们在下路风生水起的时候，并没有考虑到这个世界上还有个上单饥寒交迫……"老猫刚刚被打回城，这会儿又亏了半波经验，等级直接落了人家上单机械爵士一级，"打野还不来GANK上路，选个狂猎女猎就知道刷野！"

"狂猎女猎刷野快啊，不刷野干吗？"老K笑嘻嘻。

老猫也没说什么，虽然落了一级，心态好像也还挺好的，不知道怎么就这么乐观，这要是对方是TAT战队或者OP战队的上单，现在他说话大概已经是一个字一个字往外蹦的那种惜字如金了。

第十二分钟，老K拿了第一条元素龙，路过中路，帮童谣推了一波兵线后直接回城帮忙上单，远古恐龙正好变大，配合狂猎女猎把小短腿机械爵士定在墙上一顿怼，上条人偶来支援，略晚

第三十四章

一步,上来只来得及开大拉住狂猎女猎,机械爵士交出凌波丝血逃亡,此时狂猎女猎也残血。

这属于中上配合有些脱节,如果上条人偶早来一步,就上条人偶这伤害,直接帮机械爵士反杀狂猎女猎外加快变小且发育不良的远古恐龙也不是不可能。

老K:"可以,不出意外对方的上中现在要么在吵架,要么就是在死亡沉默,很尴尬……"

老猫:"机械爵士心想你怎么不等我'尸体'凉透了再来,上条人偶心想你一个破机械爵士压了几十刀就膨胀,压那么深难道不是找死!"

童谣:"我们以前也这样,除非主动出击,否则支援速度慢,被人当猴耍,总是在这上面吃亏。"

陆思诚:"少说两句,把先驱开拓者拿了,然后来中路团,把上条人偶一塔拿掉。"

此时游戏第十八分钟,双方经济差距四千五,ZGDX战队一塔一龙在手,轮子妈已经做好一个半大件装备,拥有相当强的团战能力,这一切对第十八分钟来说是一个非常恐怖的数据!而G4战队在运营兵线牵扯方面并不如HCK的各个队伍,所以在逆风局中打反手并不厉害,整局比赛逐渐落入ZGDX战队的节奏。

越塔,杀人,推塔,清兵线,拿龙。

这仿佛变成了一个非常简单且思路清晰的游戏,哪怕是在场的青铜观众几乎也能看明白ZGDX战队接下来要去做什么,因为装备上的碾压让他们可以不用再带着脑子进行这场游戏。

第三十分钟,ZGDX战队拿下大龙的一瞬间,整个游戏画面突然强制性移动至G4战队的主基地,片刻才反应过来发生了什么的观众哗然,G4战队直接点出投降!

解说F:"我还能说什么?我无话可说。"

解说D:"呃,好吧,也许是为了保持心态,也许出于别的什么原因,G4战队点出了投降,让我们恭喜ZGDX战队拿下了第一局比赛!"

此时,国外媒体论坛彻底爆炸了,被吊打三十分钟已经看得人心力交瘁,G4战队最后一手投降直接让观众的心态崩塌!

"总决赛投降的,我第一次见。"

"我们再也不用嘲笑HPL在S5的揭幕赛上投降这种事了,讲道理,总决赛投降更丢人……"

"S6的总决赛早就结束了,在ZGDX战队战胜TAT战队的时候——现在?全明星预热娱乐赛吧,冰队(全明星只分冰火两队,赛区混战,三三组合)投降了,跟HCS没啥关系,别算我们头上。"

"你们说这一点,除了丢脸丢到姥姥家,是不是ABB心态崩了?上单发育得好好的,一抬头下路已经山崩地裂。"

"我不知道,我什么都不知道,我是ZGDX战队的粉丝,我能大声说话啦,好开心,哈哈哈!"

一片混乱之中,此次战役被封为"史上第一投降战役",纳入HCS赛区耻辱史册,在这样暴躁的气氛中,人们静待第二局比赛开始。

第三十五章

童谣:"我学习英语,大概就是为了这一天让我愉快地上网看着外国网民心态爆炸……看见他们心态爆炸我贼开心,这样是不是很坏啊?"

"你脸上的表情告诉我你挺高兴当这坏人的,"陆思诚从童谣面前路过,弯腰打了杯水,"但是G4战队真的和韩国队伍有差距,YQCB战队他们再多磨合半个赛季也不至于打不过他们。"

小瑞:"又给自己的朋友挽尊。"

童谣:"比赛里他就开始了,我都习惯了,头顶一片绿,抱着隔壁队辅助小哥哥瑟瑟发抖。"

因为第一局比赛拿得比较顺利,ZGDX战队的休息间一片和谐,第二局比赛开始前被通知上台准备,众人脸上的表情也都很轻松。

相比之下,对面G4战队的表情也没见多沉重,他们似乎并不太在意外面的舆论说法。也是,如果他们在意,就不会直接点投降了。

开玩笑归开玩笑，其实童谣的猜测是，对方会在这种时候点投降，恐怕也是无奈之举，生怕再继续这样打下去心态真的崩盘，还不如投了等下一局。

事实证明，她的猜测也是正确的。

第二局上来，可以看出对方的心态并没有受到太大影响，甚至状态比上一局比赛时还更好一些，从BAN&PICK按部就班顺利完成就可以猜到了。

ZGDX战队这一局拿的英雄甚至不算太优，BAN&PICK结束时，陆思诚看了眼他们的阵容：上单机械爵士，打野狂猎女猎，中单飞行员，下路轮子妈和海潮鱼人。

陆思诚："没前排。"

童谣："考验你走位的时候到了。"

陆思诚："别啊，我一个脆弱的轮子妈……"

说话间，双方十人再次载入游戏，第二局比赛正式开始！

正所谓从哪里跌倒就从哪里爬起来，这一次，ZGDX战队众人都以为G4战队在上一局一级团已经蹲出大问题的情况下就不会再来了，没想到对方相当执着，而且这一次，他们成功了！

比赛开局，小胖率先上线。正习惯性地想要去三角草丛做个眼的海潮鱼人路过草丛时，被对方突然从草丛里伸出来的钩子钩中，只留下一片海潮鱼人的鱼鳞，从此再也没有出现在人们的视野当中。

第三十五章

直到屏幕正中央亮起对方黑枪拿到一血的提示,ZGDX战队语音交流频道里响起一声经典的国骂!

拿着轮子妈刚到线上的陆思诚很淡定:"这局下路又结束了。"

陆思诚:"我们结束了。"

而ZGDX战队队长的话总是很有领导风范,通常来说,他说剧本是什么就是什么,更何况能打到世界赛总决赛的下路组合,再菜也还是有个底线在的。所以在开局第五分钟时,轮子妈已经被拿了一血起飞的黑枪压成了麻瓜。

下路的情况不太妙,连带着童谣在中路也不敢贸然行事,然后G4战队开始借着下路优势,中路牵制,疯狂越塔上路,一言不合上野辅三人越塔抓老猫的机械爵士。第十五分钟时,把机械爵士抓成了0/4/0的可怕数据!

打第一波小龙坑团战,机械爵士传送下路,一个大招放下来,对方的肉上单就掉了个血皮,此时老猫也忍不住爆了声国骂:"本机械爵士之神心态崩了!还说皮肤要机械爵士的,现在考虑要远古恐龙算了!生气!"

这一波团战,ZGDX战队被对方打了个一换三,丢了龙还丢了中路一塔,经济差距被拉到两千五,很亏。最糟糕的是,他们的三线菜刀队伍在前期没拿到优势的情况下,已经开始暴露出阵容没有前排带来的种种不便——

团战中,陆思诚因为缺乏保护,必须要花费大量的时间穿梭于人群之中躲避技能,抽空输出,而一波团战一般二十秒左右就能打完,陆思诚这样的走位,势必浪费很多时间,然后输出不足,输团战。

解说G:"比赛准备进入第二十分钟,大龙即将刷新,而ZGDX战队也即将面临真正的考验。"

解说D:"G4战队这一局的优势很大,如同上一局他们面对的ZGDX战队一样……虽然我们知道这次不能指望对方投降——"

解说F:"代表本土赛区的人们说一句,拜托了,就赢一局吧!"

观众席的人们哄笑。

而这时,"解说'毒奶'真的很毒"的万年玄学理论再次证明了它的伟大——

第二十一分钟,大龙刷新,此时在ZGDX战队下路一塔和二塔之间爆发了一场小规模遭遇战,简单来说,就是对方打野、辅助和AD在下路抓到了落单收兵线的陆思诚和小胖。

上一局被欺负了三十分钟,主动第一个点投降的G4战队AD瞬间上头,和打野、辅助对着小胖和陆思诚一路穷追猛打,小胖的海潮鱼人回头放大,顶起三人,陆思诚回头放Q,刮到三个,而后也不恋战,扭头就跑,带着对方中野辅三人一路来到自家二塔下。

此时坐在内场的观众可以看到,陆思诚的嘴一直在动,他在指挥什么。

这时,毫无征兆地,导播把镜头切到了大龙,人们定睛一看,这才发现ZGDX战队的中上野居然在大龙刷新没多久的情况下开始疯狂偷龙!

现场一片哗然!

第三十五章

而G4战队的上单和中单显然万万没想到ZGDX战队会这么干,两个人还组队去ZGDX战队的野区偷红Buff,顺便准备堵住并杀了陆思诚和小胖再去拿大龙!

当他们反应过来时,为时已晚,大龙还剩丝血,被狂猎女猎稳稳惩戒收下,与此同时,陆思诚在二塔塔下丝血反杀,换掉对方AD!

解说D:"看呆了。"

解说G:"下路遭遇战不该打那么久,轮子妈手里还有大招,怎么可能追得上她……这次是G4战队上头了——世界赛上,你们面对的永远是一线强队,上头不该出现在情绪里,这比绝望更加可怕。"

解说F抱头,沉默地盯着屏幕看了一会儿后幽幽道:"此时ZGDX战队连推中上两座外防御塔,经济被追回。好了,我不想说,也无话可说。"

至此,ZGDX战队吹响了反攻的号角!

一波强势的拿龙推塔,疯狂弥补双方落差经济,当ZGDX战队再次推上G4战队高地,又一波新的团战后,G4战队再次感觉到了上一局被支配的恐惧。

第三十五分钟,游戏局面已经发生了翻天覆地的变化!

第二局比赛结束,童谣站起来摘下耳机看了眼对面——这局天大的优势被翻盘,对方脸上的表情似乎真的乐观不起来了,尤其是开局优势很大的上路,好像几乎要和下路吵起来,大概是觉得他们要是不去追这一波,也就不会被翻盘。

童谣一步三回头:"他们的上路和下路好像吵架了。"

"走吧,"陆思诚推了她一把,"你怎么这么八卦?"

第三十六章

2016年《英雄王座》职业联赛全球总决赛现场,比赛已经进行两局,G4战队以下路错误的决策丧失大好局面,一手千里追击,亲自将自己的队伍推到了悬崖边上。

2:0。

再失一局,这将成为历史上最快结束、实力差距最大的BO5总决赛。对此,HCS赛区的粉丝们内心焦灼,纷纷无声呐喊:"说好的把HPL队伍的人通通送回家呢!这和说好的不一样啊!哪怕ZGDX战队真的很强,你们也不能让别人3:0这么夸张吧!"

此时此刻,ZGDX战队休息室中。

童谣坐在休息室里还在碎碎念:"这局我要是上单,我心态也崩了。你说,好好的优势局他们下路组追着你杀是图什么,不就三百块钱吗?而且还是下路,再转线去大龙也是登天那么远,等他们到了,你都差不多复活了,还真不一定能打得了大龙……杀了你又如何?除了能解气一点用都没有。"

童谣强调道:"真的,我要是他们上单我也生气,辛辛苦苦打出来的优势,队友瞎浪。"

陆思诚端着水杯目不斜视地从童谣面前经过,童谣伸出手拽住他的衣服下摆,陆思诚露出无奈的表情,倒退回来低头看着她,用手里冰凉的水杯碰了碰那仰着脸眼巴巴看着自己的人:"你这是什么新境界?打比赛打了一半开始操心对方战队。"

童谣动了动嘴正想回答,这时从隔壁突然传来惊天动地的声响。童谣吓了一跳,松开陆思诚的衣服,一群人整齐划一地往声源方向看去。

小胖:"咋了这是?"

过了一会儿,门外好像有什么人开始奔跑,有人在飞快地说话,似乎乱成一锅粥的模样。

在ZGDX战队安静的选手休息室中,童谣一脸茫然地问道:"着火啦?"

陆思诚看了她一眼,伸手拍拍她的脑袋,示意她坐好别乱动,自己则抬脚往外走去——开门伸头看了眼,然后直接从门缝溜了出去,关上门,剩下一屋子人眼巴巴地盯着门。

过了一会儿,陆思诚回来了,看了一眼屋里众人,指了下童谣:"你有毒。"

童谣:"你好好说话,外面怎么了?"

陆思诚:"G4战队上单和AD一言不合打起来啦,你信不?"

童谣:"我不信。"

陆思诚将门拉开一些,露出身后还是一脸茫然加"这都叫什么事"的工作人员,一脸冷漠加淡定道:"可惜是真的。"

陆思诚:"都出来吧,准备下一局,争取顶着对方'上下恩断义绝Buff'打完三局回家,请你们吃一个月私房火锅吃到吐。"

比赛场上,气氛已经达到白热化的程度。

解说D:"很显然,现在G4战队已经被逼入绝境。"

解说F:"我只是希望他们能够拿出四强和八强赛的精神来!打起精神,老哥!你们绝对不只是这样而已!"

解说G:"说实话我很紧张……虽然作为解说,不该有所偏袒,但是我总觉得好像哪里不太对劲啊,有谁能告诉我ABB脸上的那是什——"

解说D:"咳!女士们、先生们,欢迎回到S6《英雄王座》职业联赛全球总决赛的比赛现场。现在,第三局比赛已经开始。我们可以看到,G4战队在经过一番讨论后,还是BAN掉了妖姬及魔术大师!"

解说台上,解说G显然是有些茫然地扭头看了一眼解说D,似乎不明白发生了什么。解说F则向身后的人要了一张纸条,趁着导播把镜头切走,飞快地将刚才解说G去洗手间时错过的一切告诉了他,解说G看了一眼,无声地瞪大了眼,用嘴型说了句:"我的老天爷哟!"

这群不分场合吵架的家伙!要吵架不能等到打完比赛再说吗?ABB还发推特了!我就说他刚才莫名其妙发了个笑呵呵的表情是什么意思!

在解说G的震惊之中，BAN&PICK顺利进行中，只是可以看到G4战队队员脸上的表情并不是那么好看，他们意料之外地放出了陆思诚的灵魂射手卡莉及辅助火女，这个在S5战场上被开发出来并在S6炙手可热的双人路组合，被ZGDX战队一手拿到。

在ZGDX战队一二选双锁下路组合的时候，场上一片嘘声，有些手上举着G4战队应援牌的粉丝露出愤怒的表情。解说们面面相觑，支支吾吾，似乎也头一回不知道该说些什么好。

BAN&PICK环节很快结束——

G4战队BAN妖姬、魔术大师、狂猎女猎。

ZGDX战队BAN光头法师、超元龙王、伊泽。

G4战队PICK机械爵士、酒徒、上条人偶、轮子妈、牛首酋长。

ZGDX战队PICK远古恐龙、双生玉、暗黑球女、灵魂射手卡莉、火女。

双方十人载入游戏，童谣扳了下手腕："争取一局拿下，这么精神高度紧张的比赛，两局我就累了。"

陆思诚："就怕这些人越挫越勇啊，他们第二局打得比第一局还好，第三局不会超神了吧？"

小胖："你闭上嘴，真的，刚才第二局就是你在这儿疯狂地'奶'对方，'奶'得我们差点爆炸。"

陆思诚："怎么怪我？"

小胖："不怪你怪谁？"

陆思诚整理了下手上的绷带，一脸放松："是谁脸探草丛，去了就再也没回来的？你的一千次阵亡成就拿到了吧？算上外卡，

第三十六章

六大赛区,联赛第一人头ATM自动提款机——ZGDX pang。"

童谣:"哈哈哈哈!"

进入游戏,这次没有人再打一级团,小胖放个眼躲得十万八千里还要让陆思诚陪着才肯去,像个走夜路怕黑的小姑娘一样矫情。难得的是陆思诚真的陪他去了,看来小胖也是没白给他做了两年辅助,为他的第一AD织了两年的嫁衣。

正常对线期,三级。

酒徒来到中路,E技能加凌波撞到童谣,此时童谣刚刚四级,还没来得及点技能交凌波,直接被撞到对方上条人偶的眼皮底下,这种前期没有防御塔的情况下,要秀比登天还难,童谣当时双手离开键盘,放弃抵抗。

G4战队中单光头法师拿到第一滴血!

陆思诚:"真的猛起来了。"

"你别说话。"童谣抓紧时间,在复活期赶紧用纸巾擦了下手心的汗,"上条人偶要发育起来了,老K来给我守一波线,别让它推过来,不然我要炸了,守住这波线,我还能单杀!"

第六分钟,上条人偶先手到六开大拉童谣,童谣反向凌波,躲过上条人偶大招,同时回头收兵线到六级,开出大招第一时间抓三个球推了上条人偶,QEWWQAR,一套爆发再挂灼烧,直接将满血上条人偶打残血。上条人偶只能给自己上个盾凌波跑走,同时回头Q童谣,回到自家塔下,却被草丛里突然冒出来的双生玉一发普攻收掉人头!

1∶1平手!

此时一波兵线推进G4战队中路一塔,上条人偶吃不到这波兵线,只能叫来自家打野帮忙收线。童谣拿到助攻,又追回七八个补刀美滋滋,和老K双双回城更新装备,并分别出了真眼道具。

童谣游走下路,在对方一塔后的草丛里放了个真眼,为之后的第一场团战埋下伏笔。

第十一分钟,G4战队中单上条人偶游走下路,童谣立刻嗅到了他的动向,也跟着往下路走。

第十一分零五秒,老K留在对方野区的眼位照到上条人偶,陆思诚他们开始往后撤退,G4战队下路组合不疑有他,跟着推进。

第十一分零六秒,上路老猫一波主动TP,此时G4战队的酒徒想要绕后抓上,但是没想到,走到一半就看见远古恐龙开始TP,酒徒一愣,开始疯狂给下路提示上单传送了,上单传送了。

第十一分零九秒,这时候,稍微慢了一拍,明显是犹豫了一下的机械爵士才开始摁下TP技能。

此时,远古恐龙已经在下路草丛绕后眼位落地,A掉一个推至塔下的小兵,攒够能量瞬间变大,大远古恐龙张开四肢从草丛一跃而出,拍击着地面,在召唤师峡谷地面裂痕中央,狠狠将对方下路组合连带着中单一起拍到墙上!

一定三!

解说G:"全部定到了!"

在解说G的咆哮声中,ZGDX战队打完半吨输出后,对G4战队的定身效果即将结束,此时灵魂射手卡莉开大将辅助火女扔进三

第三十六章

人中间，火女撞起击飞刚刚能够开始行动的三人，瞬间开大招，大到三个，暗黑球女上前收割，完美技能Combo！

解说D："下路结束了。"

解说F："此时机械爵士TP下来，给了个大招，逼退对方的AD……然而这有什么用？你的队友都快死光了。"

解说G："机械爵士就不该下来……下来也要死，感觉是跑不掉了，虽然远古恐龙已经变小，灵魂射手卡莉也离开了，但是smiling还——哦，smiling状态绝佳，抓球拉回机械爵士，将其击杀，一波零换四，G4战队这下惨了。"

第十二分钟，在拿到对方四个人头的情况下，ZGDX战队不客气地收下一血塔和第一条元素龙。G4战队复活后选择放弃争夺这条土龙，而是扭头试图推掉ZGDX战队中路一塔，只是这时被及时赶到、手里还有大招的双生玉和暗黑球女打断，被拖延了时间，没能推掉那座中路一塔，随后ZGDX战队其他人陆续赶到，只是此时大家的状态都不是很好，所以在逼退G4战队后，没有选择继续追击。

场面上ZGDX战队已经拿到很大优势。

童谣躲在塔下回城时，心跳突然没来由地开始加速，所有的血液仿佛在一瞬间冲上大脑，然后再缓缓流淌至她的指尖，那种想要胜利的欲望突然变得前所未有地强烈。

想要赢。

想要拿下这场比赛。

童谣深呼吸一口气，短袖队服外的皮肤起了一层鸡皮疙瘩，放在键盘上的手微微颤抖……突然,她感觉到自己的手臂被人碰了碰,她转过头,看了眼身边,随即对视上一双安静的瞳眸,男人沉默地看着她,然后冲她笑了笑。

童谣突然想起那一天夜里,坐在车上,男人缓缓地对她说:"别着急,你想要的,都会有。"

童谣定了定神,体内沸腾的热血仿佛得到了安抚,她将注意力重新投回眼前的比赛中。

第二十一分钟,远古恐龙去上路带线,被机械爵士和酒徒抓到,好在此时远古恐龙及时变大,拖延了不少时间,直到ZGDX战队的AD和AP同时赶到,一波反打,收掉酒徒,机械爵士丝血跑路回城。

天大的喜讯啊!ZGDX战队顺势就近拿掉大龙,当老K交出惩戒的那一刻,现场来自HPL粉丝的欢呼声铺天盖地,很好地掩饰了另外一个半区沉默的尴尬。

此时,对方的下路组合配合中单分别在ZGDX战队拿下大龙时转推防御塔弥补经济,并拿下中路二塔和下路二塔两座防御塔,推完塔后立刻回城更新装备,准备迎接接下来的高地争夺战。

第二十三分钟,带着大龙Buff的ZGDX战队势如破竹,在大龙Buff存在期间推掉对方剩下的三座外塔,比赛的经济差距达到六千。

随着时间的推移,对方明显越来越焦躁——

上单与队伍脱节,团战入场慢;AD在没有视野的情况下,犯

第三十六章

下独自带线至对方二塔那么深的地方的低级错误;打野一个人努力带着节奏,却因为外塔掉光了,视野完全做不出去……

队伍进入慢性死亡的第十分钟,这时,就连G4战队的队员都不相信自己还能够翻盘。一直以来,他们都用绝对的自信和放松的心情面对比赛,在比赛中以随机应变战胜墨守成规的敌人,但他们始终未能一帆风顺。

第三十七分钟,再次绞杀大龙的ZGDX战队从上路带着一拨兵线杀进G4战队高地,酒徒上前一个炸,直接将远古恐龙炸进自家队伍,炸到了AD脸上。

在解说痛苦的呼喊声中,观众只能看见比赛台的选手座席上,老猫激动得面红耳赤,咆哮着喊道:"Nice!炸得好啊!谢谢酒徒'爸爸'!"

对方满血的轮子妈被摁在地上动弹不得,开大招想溜时又是灵魂射手卡莉加火女的技能Combo,击飞,开大招,暗黑球女跟上QE二连再开R直接秒掉轮子妈,同时双生玉大招落下,保护进入人群的火女安全归来,AD给治疗"奶"上一口,全员存活!

在对方阵容缺少AD输出的情况下,上条人偶再次令人绝望地空大,机械爵士双拳难敌四手,力挽狂澜也无能,凌波烘烤ZGDX战队后排打乱阵形,却在上条人偶无大的情况下,只剩下被收割人头的命运。

小胖咆哮道:"收割收割!别让机械爵士回泉水!"

"别别别,他们起不来,起不来,还剩个辅助能干什么?"老K叫道,"门牙塔拔了,门牙塔拔了,可以赢,可以赢,GG!"

老猫:"杀人,我变小了,对面AD二十秒复活!"

陆思诚:"点塔,集中精神,点塔,点基地——"

童谣:"好像,是要一波了。"

一波了。

一波了!

一波了啊!

拆掉两座门牙塔,当鼠标点在对方蓝色水晶基地的那一刻,看着那长长的血条一点点减少,体内平息的血液再次沸腾,眼眶开始迅速变得酸胀,她知道这意味着什么。

当G4战队的AD复活,即将冲出泉水的一瞬间,大水晶的最后一丝血被童谣一记平A点掉,游戏画面完全定格,曾经看过无数次,堪称最美的水晶炸裂动画出现——

"我们赢了,冠军。"

视线变得模糊,眨眨眼,一颗滚烫的眼泪掉到了队服领子上。

周围的世界仿佛一下子失去了声音,童谣摘掉耳机站起来,耳边是小胖野兽一样的咆哮,是老K欢快的笑声,是老猫嚷嚷着"冠军皮肤我要机械爵士"……

恍惚之中,童谣感觉自己被一双温暖宽大的手一把抱起,双脚离地,她下意识伸开双手抱住男人的脖子,然后看着他大步流星走出隔音房,用肩膀顶开隔音房的门。

陆岳、明神、小瑞、教练阿猴冲了上来,一把抱住从隔音房中走出的队伍五人。童谣感觉到有人把鼻涕和眼泪都蹭在了她的手臂和腰上,但是这会儿,她什么都说不出,就顾着一边趴在陆

第三十六章

思诚肩膀上哭,一边傻笑,像精神分裂一般。

他们来到那梦寐以求的召唤师奖杯面前,陆思诚将童谣放下,然后队伍六人围着放着冠军奖杯的高柱站定。

当比赛台的灯光打亮,彩色的碎纸屑撒在肩头,世界的声音仿佛回来了,如雷的掌声,还有那样整齐划一的中文呐喊——

"ZGDX战队!"

"ZGDX战队!"

"ZGDX战队!"

童谣微微眯起眼,抬起头看向黑压压的观众席。突然,她看见一面红色的旗帜缓缓展开,从观众席的最后方,由一双双手,缓缓地、稳稳地传递到比赛台前。

小瑞跑去接过国旗。

童谣在耳边乱糟糟的笑声中,听见"一二三"的口号,她猛地回过神,急忙将自己的手放到那冠军奖杯上,冰凉的金属触感让她发热的脑袋终于稍稍冷静下来。

百万观众面前,他们终于整齐地举起了手中整整一个赛区千万粉丝和职业选手们梦寐以求的奖杯!

这一天,注定是中国《英雄王座》职业联赛史中最辉煌的一天。

看台上的那些人跳起来,抱成一团,像是一群疯子又叫又闹。贴吧的人们发帖速度一秒几百,标题是那样统一:

"恭喜ZGDX战队,恭喜HPL!"

"我们有冠军了!"

"中国《英雄王座》职业联赛大陆赛区,HPL,有冠军了啊!"

此时此刻,那群站在比赛台上的少年们彼此拥抱、欢笑,从粉丝的手中接过鲜艳的五星红旗,让这面旗帜再一次在电竞舞台之上飘扬。

也许终有一天,他们将退役,结婚,生子,然后离开这个他们曾经洒过热泪、献出一腔热血的比赛台,但是他们终其一生,都会始终热爱着电竞事业。

致那些在HPL最需要一个冠军证明赛区的时候站出来的人们:

没有人能够忘记那一天,自己坐在家里、网吧里、酒吧里,看着直播,跟着屏幕中的那些人一起泪流满面;也没有人能够忘记,那些人红着双眼,却笑着举起那座奖杯。

他们站在世界之巅,聚光灯下,将鲜艳的五星红旗展开,举过眉心,那是信仰,那是与手中的冠军奖杯同样珍贵的存在。

比赛结束了,少年们的路途却还遥远,只要电竞还在,他们的传说就还在。

《你微笑时很美5》完